天狼星书系

SIRIUS SERIES

自然的灵异，悬疑的惊悚；
逻辑的力量，理性的光芒。

天狼星书系
Sirius series

心理猎人

MIND HUNTER

符珑译 著

法律出版社
LAW PRESS·CHINA

目　录

第一章 | 心理大赛

“距离比赛还有十分钟，请诸位参赛者及时领取地图手册，核实身份后入场。”

一阵标准又柔美的播音，引导着大家来到一间小木屋前。他们神态各异，比赛还没开始却都小心翼翼地提防着身边的人，以免中了什么心理暗示的诡计。

而就在半小时之前，有一名神秘人悄然潜入了摆放地图手册的木屋，并从背包后取出了另一沓几乎完全相同的地图手册，将其替换掉，随后迅速地离开了。

一名女参赛者非常认真地阅读着地图手册，希望借此制定出“战术策略”。地图大致分为十二个区域，每个区域都用圆形圈住划分了出来，类似吊环，又形似套索。她窃笑了一下，似乎发现了其中的秘密。

这个女人脸上没有皱纹，白白净净，看样子只有三十多岁，眉宇之间有着雍容的书卷气，不过眉毛稍直，又显示出了凌厉的味道。她眉头微微一蹙，这地图手册唯一令她不明白的地方，就是多数区域都用了红色或者淡红色，这是在暗示着什么？红树林吗？

她环顾了一下周围的参赛者，发现大家也都浮现出同样的疑惑神情时，才放心了——至少大家都没解读出来。

她随着人群陆续进入了比赛场地，然后就“各奔东西”了。两小时后，体力有些不支的她，在一棵老树下坐了下去，正当她一边喝水解渴一边感受微风的时候，树上的老藤摇曳了起来，还来不及反应，她的瞳孔就猛然扩大了——绞刑架赫然映入眼帘，作为女囚的她，彻底崩溃了。

面对可预知的死亡威胁，她吓得缩紧了身子，不停地朝后退，干涸的嘴唇不停地颤抖，脸色惨白如纸，身子抖得如秋风中的落叶。

紧张的心跳声，急促的呼吸声，在静得有些诡谲的气氛下，异常清晰。

她拼命地挣扎着，撕心裂肺地哭闹着，两名身材魁梧的刽子手合力才能勉强控制住她，他们几乎是用尽了全力才把这女人给拖上了绞刑台。

当距离死神又近一步的时候，她那歇斯底里却羸弱了许多……

她忽然软了下来，眯着眼睛，蜷缩的手指颤抖着指向绞刑绳套，嘴唇哆嗦着想要说什么，却发不出半点声音。

伴随着不规律的细碎窸窣声，失控的尿液打湿了她的脚。

绞刑架的踏板上画着一双黑色脚印，一名刽子手架着酥软不堪的她，另一名刽子手则细心地将她的双脚对齐黑色脚印的位置。

“不……”她极为勉强地在临死前挤出了一个字。

白皙的脖子被套上绞索后，她的脚下便落空了，很快，她那挣扎的双脚便不再动弹了，她所希冀的未来，也于此终止。

“又淘汰了一个，合格者只剩下十个人了吗？”一阵略微尖锐的声音说道，不多一会儿又转为低声轻笑，不再说什么。

“老张，你设置的催眠幻境，已经淘汰掉多少届参赛者了？数都数不过来了吧？”一道温润而富有磁性的嗓音传来，带着几分嘲弄的冷意，说话的人正是协助举办这次心理大赛的刑警队长赵志国。

这个被称为老张的男人，是与赵志国一同从警校毕业的天才学员。几十年过去了，赵志国成了令人敬畏的刑警队长，而他，张渊博，也成了心理学博士，更是业内的泰斗，心理学大赛那千奇百怪的“题目”，自然都是出自他的手笔。

张博士目不转睛地盯着监视器，脑子里的复杂想法使他时而高兴，时而忧郁。连老同学赵志国，也难以揣摩出这个怪人的心理。

“半小时前的那三个人的表现有点意思，面对死亡的催眠情境，居然还能神态自若。真想看看他们现在都行进到哪一步了。”怪人张博士拉高了声调，他的声音与他的年龄、形象，都出奇地不吻合。

“不过他们都已经偏离了监控区，或许是太有主见了，都不爱在一个固定的区域里待着。”赵志国从一旁拿起了决赛成员的名单，百无聊赖地瞅了眼，毕竟他协助老同学举办心理学大赛多年了，也没见过几个所谓的优秀“种子”。

就在这时候，特殊监控室外廊上传来一阵急促的脚步声，旋即门被推开了。

“小绍，和你说过多少次了，敲门是一种基本礼仪。”赵志国批评道，而张博士依旧全神贯注地盯着监视器。

“不好了！赵队！犯罪嫌疑人黎厚健，在去做精神鉴定的路上杀死了随行警察和护士，逃了！”前来汇报情况的小绍脸都急红了，头上冒着豆大的汗珠。

“什么？你们怎么搞的，居然让他逃了？还出了这样大的事！”

“而且……”

“而且什么？别磨磨唧唧的，挑重点说！”赵志国确实着急了，这个黎厚健，可是他扳倒毒枭冯国峰的重要棋子。

“我们已经就近展开全面搜捕，可是他逃跑后消失的地点，就在心理学大赛场地的附近，他很可能已经……”小绍欲言又止。

他很清楚这比赛吸引了全国的心理学高手参与，并且媒体也很关注，如果比赛中断，难以向大众交代；但是不中断，疯子黎厚健可能会在赛场内杀人，后果也同样不堪设想。

“心理学赛场是湖中岛，就算特警展开全面围捕，也需要时间，况且那样更容易导致黎厚健狗急跳墙，威胁到参赛者的生命安全。最关键的是，复杂的地形和浓密的森林，也不好安排狙击。”赵志国一拳擂在了桌子上。

“志国，这么多年了，你还是很急躁。”张博士终于把目光从监视器的内容回放上移了过来。

赵志国眉头一蹙，脸色铁青。

“难道你有什么好办法?”

“我相信这一届的参赛者，也许有能力抓住这个凶徒。”张博士拔高了声音，用刺耳的分贝激动地说道。

赵志国倒是沉默了，因为这本身就不是普通的心理学知识竞赛，而是心理协会与公安合作举办的特殊比赛，意在成立“心理猎人”小组，专门负责最棘手的异常案件。

如果精心挑选出来的人才，连应对凶犯的能力都没有，那就只是纸上谈兵而已。

“你能保证参赛者的安全吗?”赵志国低沉地询问道，眉头仍旧紧锁着。

张博士点了点头：“最初我在区域安排和人员配置比例上，都做了多重方案，他们的分散度以及个人应对能力都足够自保，这本身也是为了防止意外状况的发生，而我们现在要做的就是尽快实施救援。你也很清楚黎厚健是具有偏执型人格的人，心狠手辣，所以要尽快行动。”

赵志国提醒道：“我们得尽快，气象报告说有场暴雨将至，或多或少都会影响我们的救援。”

“还没被淘汰的参赛者有十人，要不我们广播通知一下，让他们注意第十一人?”小绍走到了监视器前，思考着提了个建议。

赵志国一挥手：“就这样办，通知他们能自己回来的就赶紧回来，回不来的，就隐藏好自己等待救援!”

“让参赛者提前知道他们的处境，有利于躲避甚至协助抓捕罪犯，但是我们的广播并没有覆盖所有的区域。”张博士猛然扭过头，意识到广播还是存在缺陷。

“还有一个问题，这些参赛者在分散的情况下，未必会知道闯入的第十一个人是谁。”赵志国沉思了片刻。

“心理猎人的任务，就是要面对一切突发的情况，而代价就是生命随时会遭受威胁。这三棵好苗子可不能在这个意外状况中夭折了！”张博士那尖锐的嗓音，差点没贯穿赵志国的耳膜。

赵志国取出了地图，和张博士开始焦急地制订救援和围捕方案。

心理学大赛的场地设置在一座湖中岛上。

岛上森林密布，黑色的叶片、枝干给人的感觉极其压抑阴森。一些蛇形毒物缠绕在几十丈高的树干上，冰冷到没有任何温度的梭形瞳孔死死地望着来人的方向。

饶是参赛者再大胆，看到这些形状可怕的蛇形毒物，身上的汗毛依然会一根根地竖起来。

只不过参赛者都相信自己的生命是有保障的，虽然签署了“生死合约”，但是他们并不觉得这是一场会玩命的比赛，况且多年来也没出过人命事故。

在这偌大的黑森林中，程浩然的身影正穿梭其间。他俊美的脸上噙着一抹放荡不羁的微笑。只不过左眉上有一道浅浅的疤痕，是俊脸上的小小瑕疵。

夕阳西下，他的身影在地面越发瘦长起来，像细线似的。橘黄的光跳跃在男子的身上，淡淡的阴影给那张俊美却不失坚毅的脸庞增加了几分稚气和柔和。

在找到一棵粗犷又散落着叶须的大树后，他坐了下去，背靠着树干，这才松了一口气。他一直觉得有人跟着他。

他心里抱怨着，那个催眠植入的绞刑台考验，确实太吓人了，要不是自己心理素质过硬，估计已经被淘汰了。

最可怕的是——几乎所有的参赛者都不知道自己被植入了绞刑台的心锚，以至于在不确定的时间或场景，突然就会陷入幻境当中。所幸的是，熬过去之后，催眠幻境也就结束了。

“真见鬼，出题的张博士心理到底有多阴暗！况且决赛场地怎么会设置在这种地方？不过无所谓，反正冠军肯定是我的。”程浩然搓了搓手，望着远方逐渐微弱的夕阳，觉得要找一个安全的落脚点才行。

他稍作调整便提起背包继续前进，否则夜幕完全降临之后，又不知道会出现什么意想不到的事情了。

他往前走没多远，发现一些树木和草丛出现了被人劈砍和踩压过的痕迹，他想，沿着这痕迹走，说不定能偷袭到开路的人，从而减少竞争对手。

但这是心理学大赛，如果纯粹凭借直觉去行动，只会令自己早早被淘汰。

程浩然不打算偷袭谁，所以他并没跟着那条开辟出的路来走，相反地，他选择了容易暴露自己的小河，沿着河流走。

黄昏时的小河是那样安逸，血红的夕阳把河水染得通红。在晚风的抚摸下，河水荡起了无数的涟漪，犹如一条条红绸轻轻地流动着。

夜色降临，程浩然走到一片灌木丛时，一侧身就钻了进去，甩掉跟踪他的人。

果然，一直不动声色的三个跟踪者在程浩然消失的地方搜索一阵之后，一无所获，悻悻离去。

躲在树上的程浩然看没了动静，才悠然落地继续前行。

夜色越来越重，森林里也起了薄雾，程浩然只能艰难地前行着，心理大赛对于每名参赛者的要求都不一样，所以人人自危。

就在他摸索着走了好一段路之后，居然恰巧看到了追踪他的三个人，但那三人似乎又找到了其他的“猎物”，一拥而上之后，传来了女人挣扎的声音。

他踌躇了片刻，还是决定多管闲事，尽管他很清楚设计者的构思——为了胜利不择手段，勾引出人性最阴暗的那一面。

在这比赛中不断显露出自己阴暗面的，其实已经被淘汰了。

程浩然原本只需要不断地躲避，并且表现出“君子”风范即可。但是现在他却不能坐视不理了，三个男人欺负一个女人，是可忍孰不可忍！

当程浩然拨开与人齐高的草丛，大步流星地奔至求救声传来的地方时，他被眼前的景象惊呆了……

三个男人居然互相厮打，最令人难以置信的是，他们竟然面无表情，即便挨到了拳头，也似乎没有什么痛感。

精通精神分析的程浩然很清楚，在连应激性创伤障碍都来不及造成的反应时间内，怎么可能又转变得泰然自若，而且还是边打人边露出淡定的神情！

那么只有一种可能，就是他们被操控了……

他来不及多想，匆匆赶到了那求救的女人身边，可当他扶起那个女人的时候，她居然径直从地上抓起一支尖锐的木枝，朝着他的腹部刺了过来。

程浩然一个激灵，双腿骤然发力，身子下意识地往后躺了下去，虽然勉强躲避过这一击，但是他的手臂却被深深地划到了。

但是那女人速度极快，程浩然猝不及防，就被她骑到了身上，当凛冽的月光跃过他的视线时，只听“咚”的一声闷响，那女人的头部重重地挨了一棍，她随即顿了顿，然后摇摇晃晃地瘫倒在了一旁。

程浩然这才松了口气，他知道被救了，于是冲着黑暗中模糊的人影说道：“感谢大侠相救。”

“差点就丧命了还有心思贫嘴？”

出乎程浩然意料的是，救他的居然是一个女人。

她蹲了下来，脸上带着淡淡的笑容，却绝不是让人惬意的笑容，笑里充满骄傲的味道，而她微微上扬的嘴角，也饱含了讥讽。

在一处偏僻窄浅的小山洞内，柴火燃起的微弱火花勉强支撑着阴冷的寂夜。

“我叫程浩然，擅长精神分析，参加这次大赛吧……就是想赢得奖金，开一家自己的心理诊所，只接想接的客户，只帮那些值得被帮的人。虽然我知道这样会倒闭，但只要我高兴就好。”程浩然折断了一支细木，丢进了火堆中。

“哦？挺好的。”她冷冷地回应着，让本来就寒冷的环境，变得更加尴尬。由于她坐在较高的大石块上，就连目光都成了居高临下的样子。

“别那么冷漠嘛，我得感谢你帮我包扎伤口呢。况且来参加大赛的人，好歹都是在心理学上有造诣的，难道连心理学入门基础——共情都不会吗？”程浩然故意调侃道，抬头看了一下这个冷漠的女人，还挥了挥被包扎好的手臂。

随着视线上移，他的目光停留在那张完美无瑕的脸颊上，白皙的肌肤犹如吹弹可破般，泛着健康而动人的红润，脸颊之上噙着一抹轻柔的笑容，让人有种如沐春风的柔和感觉，仿佛只要看到她的笑容，心中的种种焦虑，便会在顷刻间荡然无存，充满着异样的魔力。

这样的女子，就犹如那集天地灵气于一身的仙女般，完美无瑕，却又难以接近……

“白可。”她淡淡地说。

“我叫程浩然。刚才那些人为什么会互相厮斗？”程浩然有点明知故问地提起这件事情，顺便看看白可的实力。

“他们都被催眠了，但不是催眠我们的那个老头干的。他植入的潜意识恐怖却无害，但是那些人，却都已经变成了人皮傀儡，受到的精神创伤短期之内估计是难以恢复了。”白可轻咬着下唇，似乎对这种无差别的精神伤害感到深恶痛绝。

“人皮傀儡，形容得太贴切了！但他们都是很优秀的心理学高手了，是从什么时候开始……”程浩然不免有所担忧，按照历届大赛都不会出事故的情况来看，刚才发生的事情也不可能是那怪老头安排的，而是真的要出大事了。

让程浩然耿耿于怀的是，那些人倒下之前依旧是木然的神情，更严重地说，就算是昏迷都没解除被控制的状态。

能催眠到这种程度，而且还是团体催眠，这凶手的实力不容小觑。但是即便如此，凶手的意图又是什么？

诸多的烦恼袭来，思绪凌乱不堪，程浩然拾起了一块较为别致的石头，看了两眼之后，便随手扔到了身后。

“你是孤儿？”白可难得主动说话，却如此尖锐。

“你是怎么知道的？”程浩然倒也坦然，虽没直接承认，但总比支支吾吾掩饰得好。

“篝火带来温暖，意象是家庭。当你遇到困难的时候，第一直觉并不是寻求家庭帮助，而是选择了冰冷却别致的石头，继而又把它丢掉，可见到现在为止，能真正帮助你的人，还没出现。”白可的眼神有所变化，她看程浩然的时候，柔和了许多。

程浩然咽了口唾沫，没想到这女人如此厉害。

“你擅长的手法难道是……”

“没错，系统排列。根据物品的位置，能分析出对方的潜意识，甚至是人生经历。”白可的目光游离着，语气也没那么生硬了。

“你是在单亲家庭长大的吧，而且应该是跟随着母亲。”程浩然一改那不正经的表情，压低了声音，以表明他不是在开无聊的玩笑。

白可有些吃惊，不过她很快淡定了下来。

程浩然也不是那么不知趣的人。分析别人的故事经历，并不是用来咄咄逼人的，而是为了更容易体谅别人的感受。

就在他准备熄灭篝火，让白可休息时，她却开口了：“你又是怎么知道的?”

她的语气中略带着不为人知的悲凉。

“童年就处于单亲家庭的女生，尤其是跟随母亲生活的孩子，她们对男人的情感会尤为复杂，爱恨交错，既好奇又设立层层心理高墙进行防御。”程浩然也不知道当说不当说，但还是说出来了。

谁知道白可凑了过来，蹲在了程浩然的身旁……

火光照耀着两人的面庞，一种说不上的情愫弥散在这狭小的空间当中。

白可俏皮一笑，一反常态地用食指戳了戳程浩然的额头，说道：“你猜错了，看来精神分析你还没学得足够好哦。”

程浩然苦笑了一下。

“好了，休息吧。这次的比赛一定是出现事故了，明天还不知道是怎样的一天，警察应该在找我们了。在此之前，我们只要能安然无恙就好。”说罢，白可推了一下土堆，便把篝火熄灭了。

她找了个较为平坦的地方，蜷缩侧卧着，迷迷糊糊地进入了梦乡。

程浩然悄悄地为白可盖上了他的衣服，他坐在了洞穴入口处，手里捏着一块尖锐的石头，守护这个缺乏安全感的女人。

月色姣好，程浩然回头望了望呓语的白可，微笑着喃喃自语道：“我的精神分析确实该再学一学了，如果能分析出你的全部过往就好了。”

豆大的雨滴时缓时急，杂乱地敲打着清晨的洞穴口和那黑压压的浓密森林，宣告着雨势的来临。

程浩然遥望了一下初亮的天际，轻叹了口气，把脸深深地埋进了自己单薄的背心当中，尽力想暖和一下冻僵的鼻子，就算没多少效果，至少这个行为能让他感觉到一点心理上的暖意。

由于坐了一宿，而且这森林环境又出奇地寒冷，程浩然感到脚已经麻木了，于是他摇摇晃晃地站了起来，在泥泞的土地上跺着脚，保持着自己血液的循环。

他闷闷不乐地注视着不远处的森林，按理说警察应该来救援了才对。也许是因为森林覆盖面积过大，而他们身上又没有通讯设备，才导致了救援时间的延长吧。

身心疲惫的他，突然看见浓密的灌木丛中晃过一道人影，这让他的困意陡然消失了。他紧握着尖锐的石头，以防对方发动袭击。

雨越来越大，也许其他参赛者仍沉浸在这错综复杂的比赛环节当中，而不知危险已降临。

由于洞穴很浅，光是白可蜷缩的身体，就已经占据了大半的空间。密集的雨点随着猛烈的风灌进了洞穴中。为了不让白可被雨淋到，程浩然一边不断用手掌搓着双臂，一边站在了白可的前方，为她挡风遮雨。

当白可微微睁开眼睛的时候，柔亮的光线让程浩然那不算魁梧的身躯显得无比伟岸。

听到身后有动静，程浩然回头看了一下，柔和地问道："你醒了？睡得还好吗？"

白可看见嘴唇略微发紫的程浩然，再看到他身上那单薄的背心，心有愧疚地赶紧从身上脱下了程浩然的外套，递还给了他。

"没事儿，你先穿着。我不冷。"程浩然咧嘴笑着说道，可是那不争气的牙齿，居然不由自主地哆嗦了起来，咯咯作响。

"你还是赶紧穿上吧，在救援到来之前，我们还不知道要熬多久。"

程浩然只好苦笑着接回了外套，他恨不得立刻就把自己裹进这外套中，但又要保持型男形象，只好不紧不慢地穿了上去。

"真暖和……"他的内心不免发出一阵感慨。

看到程浩然脸上那抑制不住而流露的满足感，白可不禁抿嘴窃笑了一下。

"喂喂，我说你也太没同情心了吧？这骤降的温度，要是没感觉那才奇怪!”程浩然嘀咕着为自己争取形象。

就在这时，洞穴口倏然出现一个黑影，白可微微皱眉之际，程浩然猛地转身，将那个不速之客顶在了岩壁上。

程浩然左胳膊架在对方的脖子上，右手高举着尖锐的石头，随时都可以制裁对方。

来人是个左臂有伤的中年人，他双眼细长，鹰钩鼻子，一身煞气，让人一见就不禁打了个冷战，想敬而远之，而且这中年人的身材魁梧，一不小心就可能会被他反扑。

“你要伤人?你不会的，你眼中没那样的东西。”中年人冷笑着说道，他看见程浩然握着尖锐石头的右手还在颤抖。

白可悄悄地在一旁也摸起了一块石头，以防不测。

“你想做什么?”即便程浩然确实不会下狠手，他也不能放松警惕。

也不知道是气温骤降的原因，还是这中年男人过于凶神恶煞，程浩然质问对方的声音略带哆嗦。

“年轻人，你先看看我的制服，真动手了，你的罪可就重了。”中年男人摇了摇头，似乎是觉得现在的小年轻就是充满戾气，还是需要沉淀。

由于两人贴得很近，刚才程浩然的行为又是一系列的条件反射，所以他确实没来得及看清楚对方的衣着。

“要不先放开他吧。”白可也意识到这个中年男人穿的居然是警服，按照时间推算，确实也该有警察搜寻到附近了。

程浩然一愣，他倒是没注意到这些。于是放开了中年男人，但是握着尖锐石头的手却不曾松懈。

这男人顺了顺胸前的警服，一脸淡然地扫视了一下洞穴的内部，然后稳重地说道:“放心吧，没多久其他的警察就来了。”

“别废话，你是警察的话，为什么连通讯装备都没有?!”程浩然虽然不像白可那样，能通过系统排列精准读取对方的潜意识，但是他的分析能力和洞察力也不逊色。

“你看到我手上的伤了吗？这里有逃犯，刚才搏斗之后，让他跑了。通讯设备也损坏了。所以我想先躲过这场雨再说，有什么不正常吗？”

“怎么称呼你？”程浩然总觉得哪里不对，但是对话的内容太少，信息量不够，这也是精神分析的一个小弊端。但是他身边有白可这样的系统排列高手，只要一会儿，白可肯定就能看出个所以然来。

“你们叫我黎叔就好，大家都是这样称呼我的。”中年男人不卑不亢的态度，还颇有几分老干警的风范，只是那锐利的目光中暗藏着狡黠，淡定的肢体语言中隐隐透着侵略之势。

“黎叔过来这边休息一下吧。”白可起身让出了一个干净的位置，伸手示意。

白可起身时，在身前随手撒下了手指那么长的木枝、拇指大的不规则小石头以及一片残破却透露着绿色生命的叶子，黎叔要坐下的话，有好几种选择——扔开其中一个象征物，扔开多个象征物，或者索性都不扔。

黎叔走到白可让出的位置那儿，低头一看，在干净位置的外围上，还有那么几个细碎的小物品。一般人在这样尴尬的时刻，都会有意无意地随便拿起一个来摆弄。

“黎叔，当警察应该很不容易吧？”白可清甜的声音以关怀的音调隐藏了她的怀疑。

黎叔并没有与白可的目光接触，只是低头沉闷地应了一声，旋即注意到了地上的东西。以白可的预计，如果这中年男人真是警察，那么他触摸长木枝等于选枪，选绿叶代表生命，唯独选不规则石子的话，她就得多加防范了，因为这石头意味着潜意识中的诡变和冷酷。

黎叔向那些细碎物品伸出了手，可是在空中却停顿了一秒，并且用余光瞥了眼白可。她的眼神倒也自然，并没显得过于关注。随后这个中年男人展现出一副较为坦然的样子，低沉地说道：“这石子很有意思。”

白可一怔，因为她从黎叔的选择中，看出了他的危险性。

骤降的温度，加上未知的恐惧，一阵寒意从白可的脊梁骨攀爬了上来。

她尽量不让黎叔看出她的表情变化，虽然程浩然并不是很懂系统排列，但是她相信，以他的水平，一会儿肯定能看懂她的暗示！

“对了黎叔，你那么健硕的身板，怎么会搏斗不过歹徒呢？居然还让他跑了，你的同僚没帮忙吗？”程浩然只能不断通过对话去寻找对方的破绽。

“他们死了，歹徒非常凶悍，拧断了我同僚的脖子……”黎叔一边说着，一边哽咽了起来。

从微表情来判断，他对歹徒应该是厌恶和愤怒的——额头应该出现皱纹；眉毛下拉或者紧锁；下眼睑上扬，下方出现皱纹；脸颊肌肉紧张或者微微鼓起；嘴唇紧闭，嘴角向下。

可是！

黎叔哽咽的声音之下，他的微表情居然是——额头平展；下眼睑微微上扬，眼角外露出鱼尾纹；脸颊虽然鼓胀，但使双眼变窄细；嘴角上扬，嘴巴变长。

程浩然瞬间就被一种恐惧笼罩住了，黎叔这种离经叛道的微表情，明显是沉浸在一种“快乐”当中，这让他严重地怀疑：这个叫作黎叔的人，他的警服是从哪里来的？

当他与白可的目光交汇时，两人产生了一种心照不宣的默契，看来彼此都找到了甄别这个中年男人身份真伪的方式，并且都做出了相应的判断。

黎叔的腰间别着配枪，他们两人即便有着再强的分析能力，却不具备制伏罪犯的实力。

“你们也坐一会儿，别在那儿发呆，养足了精神才行。”黎叔招呼了一下。虽然程浩然就在洞穴口，但他只要跑出去转个方向，就算这家伙掏枪也来不及。但是白可就在黎叔的旁边，况且她还救过程浩然一命，如果现在丢下她跑了，那程浩然毕生的追求，也算是在此画上句号了。

为了不让黎叔起疑动杀心，程浩然索性将手中唯一的防身石头丢到了一旁，装作一副受到警察保护，不用再担心的样子。

白可很清楚程浩然可以丢下她逃跑的，而现在他已经完全失去了逃生的机会，两人的命运牢牢地绑在了一起。

三人都很尴尬地坐在小洞穴中，气氛很凝重，黎叔并没多说什么，只是时而痛苦地将十指插入头发中，时而又发出奇怪的笑声。

程浩然和白可都不敢直接与其对视，程浩然一直想找机会夺枪，但是又没有十足的把握。

这时候洞穴口又出现一个人影，三人都不免警觉了起来。

这是一个削瘦高挑的身影，他的衣衫有些凌乱，一头黑发披散在脑后，看上去颇为狼狈，但那对漆黑的双眸，却是异常明亮。

看见小洞穴内有一个人穿着警服，那人异常激动地说道：“得救了，得救了……”

一瞬间，黎叔准备拔枪，而白可和程浩然差点也要放手一搏了，可当他们看清楚来者是如此落魄的一个人之后，紧绷的弦才勉强地松了点。

只见那人舔了舔嘴唇，慢悠悠地走了进来。他倒是保持了距离，头发上滴下的雨水颇有节奏感地落到了泥土中，他的嘴唇一张一合地念着什么。

黎叔的注意力全被这人吸引了，他怔怔地凝视着那人的嘴唇，不知不觉中，他感觉到眼皮越来越重，而那人轻语的内容，虽然听不清楚，却有种微妙的旋律，让他感到很静谧安逸。

不仅是黎叔，程浩然和白可也昏昏欲睡。

那人轻轻地挪着步子，来到黎叔身旁，缓缓朝着其腰间的配枪伸出了手。

眼看配枪就要到手时，这人的手腕被黎叔一把钳住了，黎叔猛然一个过肩摔，使这个人猝不及防。

打斗让程浩然恢复了精神，他知道这家伙会用催眠术，只可惜黎叔这个疯子，也不知道大脑里装的都是什么，居然能从催眠幻境中出来。

程浩然扑了上去，从黎叔的身后死死地扼住他的脖子，但黎叔似乎很擅长反攻，他又一个过肩摔，将程浩然重重地砸到了地上。

白可清醒之后，赶紧从地上抱起了大块的石头，朝着黎叔的头部重重地砸了下去。

鲜血很快就沿着黎叔的脸庞流了下来，他身上淌满了殷红的血。在挣扎撕扯中，他身上的警服被扯破了，他那强壮如野兽般隆起的肌肉不停地颤抖，后背上那恐怖的黑狼头刺青配合着他的凄厉咆哮，仿佛一只黑色野狼在黑峰山中狂啸，全身散发出一种睥睨天下的霸气。

从背后抱着他的程浩然，由于手臂上有伤，在黎叔这猝不及防爆发的气势中再次倏然倒地。

黎叔准备拔枪的时候，白可毅然扑了上去，死死拽住了他要掏枪的手臂。

而那貌似会催眠术的男人，径直冲了上来，双手大拇指狠狠掐住黎叔的太阳穴，嘴里依旧在念着什么。由于距离非常近，白可终于听清楚这男人念的是什么了。

“当我数到十的时候，你将进入深度催眠当中，你越是用力，就越快地进入其中。”头发湿答答的男人快速却沉稳地念着，虽然他也有点上气不接下气，却尽力稳定着说话的语速和语调。

白可用尽全力拉扯住黎叔的手臂，不论能否改变这一切。对于她来说，每一秒都特别漫长。

“一、你感到全身越来越沉重，但空气非常凉爽，你想好好地休息一阵。”男子的语气非常专业，声音也很有磁性。

血水渗入了黎叔的眼睛中，可是他似乎没那么强烈的反应了。

“二、流入你眼睛的，是自由的温度，你很享受这种感觉。”

黎叔那抽搐的表情居然渐渐地缓解了。

随着一阵稳健的催眠术语引导，由于力量和精神爆发而陷入疲惫的黎叔，深深地陷入了催眠幻境当中。

……

“十、你完完全全地进入了这美妙的环境中，享受着。”

刚才还险象环生的场面，又重归于平静当中。

“赵队，狙击手已经布置好了，随时听候调遣。”小绍举着望远镜，尽可能地探视着洞穴内的情况。

“各单位注意，没有我的命令，不准轻举妄动，以免伤害到人质！”赵志国一手端着望远镜，一手捏着对讲机吩咐道。

过了十分钟左右，程浩然和那会催眠术的男人押着黎叔缓缓走了出来。

赵志国不免有些许诧异，黎厚健可是心狠手辣又狡诈的人物，当初为了抓他还牺牲了一名干警，这一次的逃亡又搭上了两条人命，而这三个手无寸铁的年轻人，居然制伏了这个恶徒？

“400 米，4 级风速，和风，大约 7 米每秒，吹 9 点全速风。”一个身着淡绿特种迷彩服的男子，在一处极为隐蔽的地方默念着，嘴角挂起了一丝送葬者的诡笑，胸前挂着一个锈蚀的十字架。

黎厚健虽然意识模糊，但是当他见到了从乌云中透出的缕缕阳光时，居然还扬起了头，缓缓张开双臂，似乎想拥抱清晨。

“心理猎人小组成立有望了！”赵志国内心不免一阵欣喜，当他站起来，举起对讲机，准备吩咐收尾的时候，一声枪响划破了森林的宁静……

强火力喷射而出的狙击弹，从黎厚健的下颌射入，贯穿他微微张开的口腔，破开他试图深呼吸的鼻后黏合组织，剿杀他可能准备忏悔的大脑，最后撕裂他脑后比常人突起更严重的枕骨，呼啸而出。

子弹轰掉了他整个后脑，灰白黏稠的脑浆混着深红的血水，从那个恐怖的大洞内喷射而出，溅在身后充满威严和正义感的三名年轻人身上，噼噼啪啪击打得到处都是，一塌糊涂。

白可惊恐地瞪大了眼睛，她的睫毛上还挂着血浆，一阵血腥味扑鼻而来，没有心理准备的她，眼前一黑就昏厥了过去。

程浩然也愣住了，但他还是在白可倒下的时候，一个跨步上去扶住了她，但是他自己也恶心地呕吐了起来，双腿更是不听使唤，发抖得支撑不住两个人的重量，跌坐了下去。

唯独会催眠的男人，只是微微地侧过了脸。

可是程浩然却在这压抑窒息的氛围中，隐约地看见了这男人的微表情——居然是带着笑意的，一阵不寒而栗悄然从冰冷的脚底浮了上来。

“谁开的枪？”赵志国严厉地冲着对讲机吼道。

可是从对讲机的反馈中，并没有哪个狙击小组有开枪的迹象。

赵志国心里一紧，由于心理大赛的场地特殊，极难寻找到合适的，所以才选择了边境线上一个很偏僻的湖中岛来作为“考场”。在警方的保护下，应该不会出现意外的。

可是现在的情况，明显就是毒枭冯国峰那只老狐狸，早就算计好黎厚健会从这里逃逸，提前雇用好了杀手伏击！

“各小队警惕，迅速形成包围网将杀手限制住！”赵志国当机立断，因为还有三个年轻人就像活生生的靶子一样暴露在凶徒的枪口下。

随着一阵较为密集的枪声，对讲机中最后传来了回复：“赵队，那杀手中弹了，但是估计有同伙，还是被他给逃了。”

“迅速封锁场地，做好物证收集。”赵志国一边安排着，一边大步朝着受惊的年轻人奔去。

死里逃生的程浩然怒视着赵志国，咆哮道：“我们都把这恶徒给制伏了，你们眼睛是瞎的吗？还开枪？”

程浩然那布满血丝的眼中迸发出的怒火灼烧着赵志国的内心——他

无从解释，即便这不是警方开的枪，也对这三名年轻人造成了难以修复的精神创伤。

医疗小组迅速赶到，转移了这三名“幸存者”，这场出现了意外状况的大赛，还没被送进医院的人只剩下他们三个……

夜幕降临之后，有的人在安详静谧中享受着酣畅的梦境，有人在闪烁的霓虹灯下放浪形骸，有人忍住满身的疲惫在办公室加班，也有人在黑夜的掩护下开始将自己的阴谋付诸行动。

在黑暗的笼罩下，人们一般都躲藏在屋里，所以很少有人见到黑夜里街上的一切。

这里有人匆匆赶路，一脸意犹未尽却又略显疲烦，估计烦恼的是该怎么和妻子解释晚归；有的人神色慌张，不知道打着什么样的算盘；有的人气定神闲，似乎黑夜才是他们的归属。

他们是谁？做过什么？

睡梦中的人无从知晓，彻夜狂欢的人无法知道，加班工作的人无心留意。

等到阳光重新把这个脏乱不堪的世界推到人们的面前时，晚上所发生的事情已成尘嚣，人们又开始扮出一副充满向往的样子，自娱自乐地活着。

在孤儿院长大的程浩然，对于深夜的理解，亦是对人性的考问。

自从获救以来，已经是第八天了，他们三人被安顿在武警医院的独立病房内，看似无微不至的关照，但也有严密看守的意思。

程浩然病房的门被推开了，心理协会的会长张博士、刑警队长赵志国出现在他的病房中。

这可不是寻常的慰问或看望。

“我什么时候能离开这里？我一点精神问题都没有！不信你们看！”程浩然将焦虑自评量表、抑郁自评量表、哥伦比亚自杀性量表等一堆

A4 纸递给了赵志国。

赵志国粗略地浏览了一下，看见抑郁自评居然才 10 分不到的时候，他抬起目光看了眼程浩然——要知道满分 100 的分数，越高就表明症状越严重。

就连心理素质过硬的干警，在目睹了生死瞬间之后，抑郁指数都会高于 60 分；而这个经历了 PTSD（创伤后应激障碍）的年轻人，抑郁的指数居然不到 10 分，这么低？

“你看看怎么回事？”赵志国眉头紧锁，他可不希望程浩然身上潜藏什么不和谐的潜意识，日后危害社会。

张博士接过那些量表，初步扫了一眼，非但没多说什么，反而又扯起了那尖锐的嗓子怪笑了起来。

“志国啊，你先出去一下，我有话和他说。”张博士又开始了他自己的聊天模式。

赵志国有点想发作，但碍于情面，只好瞟了眼程浩然，便转身离开了，出门时还不忘顺手把门带上。

程浩然也坏笑了起来，双腿盘坐在病床上。

“你笑什么？”张博士好奇地问道，然后寻了一个较为明亮的位置站了过去。

“我说怪老头，心理大赛那坑爹的环境以及那逼疯人的催眠术，都是你设计的吧？”程浩然虽然嬉皮笑脸但又颇带责备地说道，同时他也注意到张博士所站的位置。

“你怎么知道？”张博士推了一把那明晃晃的眼镜。

“秘密！”程浩然倒也任性，他不想接这个怪老头的话茬。

可是张博士却主动继续了话题：“你在试题上留下的数字，用希尔密码将密文矩阵 × 密钥矩阵的逆，即可解意——对应的字母是 incubation period，即潜伏期。”

即便知道环抱双臂是防御心理的一种表现，程浩然也不免架起了双臂。

“而潜伏期是西格蒙德·弗洛伊德在性心理发展模型中列出的五个阶段之一，看来你很擅长精神分析。”张博士非常满意地说道，“所以你既是在表达那天发生的事情，阴影挥之不去；又是表达对我们的抱怨。是吗？”

“无所谓了，我就是想要大赛的奖金而已。冠军你们准备怎么评断？”程浩然依旧关心着他那创办高端咨询室的启动资金。

“奖金都是小事情，我和刑警队的赵队长，希望你们三人能克服心理障碍，成立心理猎人小组，专门应对……”张博士迟疑了一下。

“你是说专门应对类似这一次发生的事件吧？我琢磨了许久，狙击枪九成不是警方射击的，也就是说还有真凶！”程浩然用苛责的目光注视着张博士。

“不仅如此，大赛里还混入了一名血腥催眠师，除了你们三人之外，其他七名参赛者中，三名患上了 PTSD，三名出现人格分裂，一名自残重伤致死。”

“催眠师？难道就是和我一起擒获罪犯的那个男人？”程浩然不解地问道，他觉得那人应该还不具备那么强大的实力，但其眼神中却有种说不清楚的诡谲。

“你说的是秦子谦。他在美国学习催眠的时候我就了解过他，毕竟催眠师的圈子其实并不大，尤其是顶级的。所以我能断定他没这心眼儿，况且他的催眠手法应该不是狠辣型的，因为他国外的导师和我很熟。”张博士一脸笃定地为秦子谦保证着，反而一脸肃穆地注视着程浩然。

“喂喂，老头儿，你别用这种眼神盯我，我又不精通催眠术什么的。”程浩然赶紧晃起了双手为自己辩解。

“只有加入心理猎人小组，把凶手抓出来，才能证明你的清白，否则，你会一直被警方列为重点嫌疑人！”张博士又扯高了嗓门。

“你明知道我可以被利诱一下的，咱提提奖金的事情不就好了，犯不着威逼吧？”程浩然朝着张博士竖起了大拇指，意思是一切都好商量。

“这不是请求，而是要求。你考虑考虑吧。”张博士表情略显沉重。

程浩然为了不接这个话题，便用遥控器开启了挂在墙壁上的电视，习惯性地关注起了新闻频道。

“心理学大赛出现伤亡事故，心理协会张博士引咎辞职。”

“这将是最后一届心理学大赛，虽然其比赛形式别具一格，但由于这次事故，只能无疾而终，着实令人惋惜。”

“大赛主办方已经同死伤者家属达成赔偿协议，心理学界泰斗张博士砸锅卖铁，赔得血本无归。”

电视屏幕上不论换哪个台，都在轮番地争相播报着。

程浩然更加尴尬了，这是他八天来第一次打开电视，却看到这样的新闻。

一旁张博士的气场显然因为这些新闻而黯淡了许多。

“怪老头你别灰心，你办的比赛还是蛮有意思的。以后说不定还可以申请再举办嘛。”程浩然其实很不会安慰人。

“也许你不明白，这是成立心理猎人小组的最后一次机会了。错过了这次机会，也许是五年，也许是十年，我们都很难再找到与那些疯子抗衡的机会了。”张博士幽幽地叹了一下。

“怪老头，我可不想英年早逝！”

张博士驻足在门前，停留了片刻，一改那奇怪的作风，勉强地直起了腰身，转身回来朝着程浩然深深地鞠了一个躬。

“喂，别这样啊，怪老头！”程浩然顾不上穿鞋，光脚跳下了病床，赶紧去扶着张博士。

当张博士抬起头时，他苍老的脸上早已老泪纵横，他哽咽着说道：“你父亲最大的心愿，就是希望你能成为心理猎人小组的成员！”

“什么！”身为孤儿的程浩然，完全无法接受所谓的“父亲”一词！

张博士颤颤巍巍地取出了一份资料，递到了程浩然的手中。当他紧咬着牙关，以一种说不出的复杂心情看完了资料之后，深深地叹了口气，问道：“我是因为这个原因而成为孤儿的？”

说罢，他颤抖的双手已经将资料捏得皱皱巴巴。

“是的，使你成为孤儿的身份虽然很残忍，但也是最安全稳妥的安排。十年前，第一期心理猎人小组成立之初，你父亲他们完成了连最优秀的卧底都无法完成的任务！可是代价……”张博士遗憾地哽咽道。

“我加入！”程浩然紧握着拳头。“那白可和秦子谦……”

“他们将会是你最称心的搭档，只不过……”

“只不过？”

“这次大赛你们未分胜负，实力也有待提升，如果直接让你们执行任务，基本也是凶多吉少。我已经不再是心理协会的会长，但是你们的事情，我会做安排。”张博士语重心长地说道。

“都听你的。”程浩然知道张博士没必要捏造这些资料来骗他，即便他从不知道生身父亲是谁，但是从今天开始，他的人生有了准确的方向。

“这一次大赛，凶手同样极其精通催眠术，并且巧妙地利用了集体无意识。后来我发现我制作的催眠地图手册竟然被换过，上面通过红色来引起亢奋情绪，并且修改了至少三处暗示细节，但恰巧是细节让那些参赛者丧失了判断能力，他们当时也许根本分辨不清楚真实和虚幻。”张博士低语着。

程浩然垂下了目光，他深刻地意识到敌人已然强大到连张博士都不得不重视的境地了。

第二章 | 法老之蛇

三年后一个冬日的清晨。

“起床、起床啦。你要迟到了，可可。昨天晚上你是不是又通宵赶论文了？三年了，你再一直这样下去的话，你社交方面的事情我可要多关心一下了，你应该不希望这样吧？”

正梦到一个熟悉又陌生的男人，白可就被母亲柔和却跌宕起伏的语调搅了那场美梦。母亲作为闹钟的设定，让白可的潜意识并未做过多的反抗。

母亲的动静也很大，她在洗漱，准备赶着上班，却还有时间忙不迭地唠叨着。

白可还在尽力回忆刚才的梦，想抓住这场迟来的梦里一鳞半爪的细节——两人步履缓慢地在校园中散步，一只手，温暖的手搂着她。

空气里弥散着树叶和潮湿泥土的气息，白可笑了，感觉胸中一股暖意微微荡漾。可是她还没锁定他的脸，清晨的寒气就把这幻象吹散了。

她叹了口气，努力睁开眼，伸着懒腰，赖在羽绒被舒适安全的暖意中，懒洋洋地斜眼瞄了一下闹钟。

“我的天！”白可看到闹钟上的时间后，惊呼了起来。

要迟到了，作为心理学系的博士生，连上课都迟到是有点说不过去。她匆忙起身之后，在小屋里忙得团团转，想赶紧穿戴整齐。

黑色齐肩的长发中有一缕又照例卷成了一团，白可根本顾不上镜子中的自己，伸手便去够橡皮筋，这样的话，一个简单的马尾就可以将这“顽皮”的家伙给藏好。

其他女生到底是怎么理出那么精巧、完美的发型来的呢？这对于现在的她来说，几乎就是一个谜。不管她怎么用吹风机吹，用手压，那一缕乱发总能在她出门的瞬间故态复萌。

也正是由于这一点，就算她想再摆一摆那高冷的神态，当下的造型都背道而驰。

出门前淋浴是她的习惯，自从三年前那次创伤过后，她总觉得身上有洗不干净的血渍。今天即便是要赶时间，她也必须凑合着用水冲一冲再走人。

经过那次创伤之后，白可虽然没患上暴饮暴食症，但也加入了“吃货”的行列。如果这样不吃早餐就出门，她是无法忍受的。

她先看了眼冰箱，然后又满怀希望地偷偷瞄了眼食品橱，结果发现没有什么东西可以让她边跑边吃。

“做事一点计划安排都没有。你都堪称是国内一流的系统排列大师了，要是被人家知道你在家里是这样凌乱的话，排列大师估计要成邋遢大师了。”母亲那唠叨劲儿，是从白可小的时候就这样了，倒也温馨。

“你不说又有谁会知道呢？”白可做了副可爱的鬼脸，她知道，只要还在母亲的视线范围内，不论她的成就有多高，母亲都会挖苦一番，所以她赶紧穿上鞋，抓起了书包，顺着客厅跑了出去。她尽力忽略肚子里传来的咕噜声，这个早晨估计会显得很漫长。

当她离开公寓，正想拦车的时候，发现一辆黑色的保时捷越野车就停在小区门口，驾驶座上的男人正绅士地朝着她挥手。

踌躇了片刻，她朝着越野车走过去，上了车。

车内有一股薰衣草的香味，白可在后座并没多说什么，她轻抿着下唇，知道驾驶座上的司机正通过后视镜不时地看她，于是她索性将目光朝着车窗外投了出去。

“可可，都已经三年了，你也成为系统排列大师了，自己也买下了一套公寓房，为什么就不能买辆车？”驾驶座上的男人不解地问道。

白可将目光移了回来，通过后视镜与这男人的目光交汇了几秒。

那是一张俊美的脸庞，清逸的五官混着优雅与阳光的独特气质，蕴含着属于男人的俊美，尤其是那漆黑的双眸异常明亮。

“子谦，很多事你并不知道。三年了，你也是卓绝的催眠师了，不过你也一如既往地高调呢。”白可不冷不热地说道，她怎么都没办法把这俊美的面庞对号入座到她梦里的那个人。

“要不我用催眠帮你解决这些棘手的心理问题？”秦子谦小心翼翼地说道，他了解白可的脾气。

“秦大催眠师做一次催眠的费用，听说可是价值一套房呀。我们这种寻常人家就不用那么奢侈地消费了吧。”白可撇了撇嘴，重新将目光投到了侧面的窗外。

“瞧你这话说的，我就那么不够朋友吗？”秦子谦本来还想多关心几句的，但是白可一直抬杠，不断地加固话语上的防御机制，他也就没必要再那么不识趣了。

“听说今天有一名精通精神分析的大师级人物要到学校演讲，很多喜欢心理学的迷妹都预定好了位置，你要去吗？我已经帮你从学生会那儿弄到票了。”秦子谦左手娴熟地拨动着方向盘，右手早有预谋地取出了门票，往后一递。

“谢谢，但我不是特别感兴趣。”白可礼貌地接过了门票。在某一瞬间她确实心情豁然开朗，但是程浩然消失了三年，却挂名在心理猎人小组里，这让她感到很不爽。

“你一定会感兴趣的。”秦子谦意味深长地说道，松了松油门，减缓了车速驶入校区。

秦子谦将白可送到她要上课的那栋楼前，当白可下车的时候，那些同样正匆忙赶着要上课的男生女生们，都不由自主地放慢了脚步，纷纷将羡慕的目光投向了女神和男神。

“白可真是单身祸害，你说她非要勾引我们家的子谦做什么呢？听说她被土豪包养了，金屋藏娇，还住在高档公寓里呢！”一旁一个胖嘟嘟的女生一脸嫉妒地冲着她的闺密抱怨着。

“就是！有的女生一点独立能力都没有，估计只能靠男人包养吧。”说这话的女生还故意放大了嗓门，就差喊出来了。她的身材倒还不错，面容姣好，而且因为成了网红的缘故，在学校里也算是名人，就是嗓门有点大，心胸有点小。

白可虽然出门之前是慌慌张张的一副凌乱样，但是现在至少气场上依旧是冷艳的女神范儿。

当她从那两名叽叽喳喳的女生身边经过时，瞥见了网红女生挎包里的物品：一包还未开启的卫生巾上，横躺着一小罐绿色的口香糖，旁边还摆着一把睫毛镊子。

白可又多看了一眼这两名女生所站的位置：网红女生习惯性地站在她闺密的左边，而挎包里的睫毛镊子，却冷冷地朝向她的闺密。

从意向上来说，体积最大的那包卫生巾可以象征那名胖闺密，而光鲜的绿色口香糖罐子其实就象征了那名高挑的网红女生。在网红女生的潜意识中，她其实比较自卑，于是下意识地将睫毛镊子摆在了口香糖罐子的旁边。

简单地说，就是漂亮的网红女生其实没把胖女生当闺密，而且防御心极强。

这让白可对这临时统一成喷子战线的组合，感到可悲又可笑，人性不过如此。于是她加快了步伐，多搭理这两人一秒的心情都没有。

可她在匆匆上楼梯之前却撞到了一个男人的身上。“不好意思。”她有礼貌地道歉着，抬眼一看，这个男人却侧过了脸。

没听到对方有回应，白可又说了声“抱歉”，希望对方好歹给个反应。

这陌生的男人神神秘秘地念叨着什么，完全忽视了白可，随即四下张望了片刻，便匆匆离去了。

白可也顾不上那么多，学校里时常出现性情古怪的人，这也算是见怪不怪的事情了，于是她赶紧朝着目的地奔去。

在学术研究室内，这一上午的课题研究，她都心不在焉的，还时不时取出那张门票看了看时间，眼看还有不到十五分钟就要开始了，她是去呢，还是不去呢？

教授罗刚瞧见样貌姣好的学生那么心神不定的，便凑了上去，准备一手搭在白可的肩膀上。

可他还没得逞，白可就把一份资料塞进了他的手中，他悻悻地接过了文件夹，仍然非常关切地问道："白可，怎么了？如果不舒服，今天就批你一个假吧。"

"嗯，好。"白可爽快地答应了。

"要知道张博士被辞退之后，我可是接替了心理协会会长的位置，其中的利害关系，想必你是知道的，如果我分给你一个研究课题的任务，那么经费随便都够你买一辆不错的车了。"罗刚已经按捺不住和这样的美女朝夕相处的渴望了，必须要想办法占有才能释放那荷尔蒙的冲动。

"谢谢罗老师，不过我最近可能没时间研究新的课题，您还是交给其他人吧。"白可略显厌恶地回应道，但她还是礼貌地向罗教授点头表示感谢他的批假，匆匆收拾了一下，离开了学术研究室。

当她走出来，缓缓地合上研究室的门时，发现罗教授又将那脏手伸向了他的助理——还仅仅是研究生的林薇。这女孩家境普通，但是五官端正，身材高挑，在学校里倒也不乏优秀的追求者。

罗教授居然能把刚才对白可说的话，又重新对着整理资料的林薇说了一遍。但她既没厉声拒绝，也没欣喜附和，而是默默地整理着资料。

在门缝合上的那一刻，白可甚至看见罗教授将脸贴在林薇的后颈摩挲着。一股强烈的厌恶感冲击着白可的内心，她微微皱了一下眉头，觉得该找个时间好好和林薇谈一谈才行。

她转身迫不及待地奔跑了起来，朝着门票上印着的演讲会场方向。

学校确实很大，即便白可努力地冲刺，也没办法及时赶到。当她气喘吁吁地来到大门紧闭的阶梯教室门前时，她的心一下变得空落落的，难道演讲那么快就结束了？

就在这时，里面却传来了既熟悉而又久违的声音。

“心理学的主要流派，大家知道分别是什么吗？”

“构造主义。”

“行为主义、机能主义。”

“格式塔主义。”

“精神分析。”

“日内瓦学派、人本主义。”

一个问题燃起了场内众多学生的热情，大家你一言我一语地争相喊着。

白可站在门外喘着粗气，但听见演讲人那一本正经的语调，心里却打起了鼓——难道他变了？

“人的心理是动态的，多层次的，并且处于不同的序列关系上。所以人的心理，绝对不是单单由测量结果来决定，也不是服从线性决定论（linear determinism），而是服从于辩证决定论（dialectical determinism）。”

演讲者侃侃而谈，听起来似乎还有点水平。

“那么说一点大家感兴趣的，行为心理学，反应可以分为两类：外显反应（overt response）和内隐反应（implicit response），而我们更需要的，是结合外显反应去推理内隐反应。”

“心理学听起来头头是道，但我看实际上没什么作用。”场内传来一名男生大声挑事的话语。

其他的学生都安静了下来，大家都想看心理学讲师怎么应对这个刺头儿。

“那你觉得心理学该起到什么作用?”演讲者不紧不慢地问道，白可在外面也替他悬起了心，要是搞砸了，那可不是一般地丢脸，会场内有将近上千名学生……

“我觉得?心理学至少要能实用点，比如我追女生的时候，能让她脸红，心跳加速，害羞什么的吧?难道我要去和她聊哲学吗?”男生干脆站了起来，摊开了双手摆出很无奈的姿势，全场哄堂大笑。

“这位同学，也许你并不需要追求女生的攻略。首先，你打在右耳的耳钉很有特点；其次，你没发现吗?当你站起来后，你距离你左边的那位美女有点远，而你右边的那位男同学，好像和你贴得蛮近的。对了，其实我不喜欢女人，要不，一会儿私底下我们……聊聊哲学?”讲师停顿了一下，舔了下嘴唇。

场下立刻传来了嘘声。

但是刚才还傲慢无比的男生，和他身旁的另一个同学对视一下之后，脸红心跳，竟然羞涩地坐了下去，不再说话了。

全场哑然……

讲师倒是不再追加话语了，他觉得没必要再“追击”这名男生，否则其性取向的问题就暴露在大众跟前了。

白可在外面捂嘴笑了起来，因为他还是他，依旧是那么不正经，于是鼓起掌来!

有点悟性的学员，也很快明白了讲师是给这男生留面子，在门外白可掌声的带动下，他们也佩服地鼓起掌来，很快，排山倒海的掌声响彻会场。

演讲持续了两个小时左右，白可足足在外面站了一个多钟头，虽然感到双腿有点疲累，但是她心里却如小鹿乱撞。

当演讲结束，学员们都心满意足地离开后，白可才悄然走了进去。

他还是当初的那个他，头脑如此灵活的他，在演讲时居然并不是西装革履的样子，而是一身红色的运动服，真是一个不正经的讲师！

还有十多名小迷妹迟迟不肯离去，又是问他要电话，又是问他要微信，出于社交礼貌，他也并不好拒绝。

他注意到门口的那个女生，亭亭玉立的身影，正是他三年来朝思暮想的身影！

“白可！”他激动得不顾一切地冲了上去，一把搂住白可的腰，将她抱了起来，仿佛是小别重逢的新婚夫妻。

“别这样，程浩然！注意下影响啊……”白可拍打着这个冒失鬼的肩膀，但是心里却异常开心，仅仅是见到了故友的原因吗？她自己也不清楚。

那群迷妹们都看傻眼了，这位白学姐可是学校里公认的校花，讲师上来就和她那么亲昵，估计大家都没戏了。于是这些女生也只好悻悻地离去，而且在离开的时候都朝着白可甩了个厌恶的表情。

“她都被包养了，还到处勾搭男人，真不是个好东西。”

“就是，这年头绿茶婊都高学历了，我们能有什么办法？”

“哼，她学心理学就是为了更好地勾搭男人吧？”

风言风语如涨潮般来势汹涌，却又如退潮般一泻千里。

为了听清这些人的话，程浩然把右耳朵偏过来，时而眼角起了皱纹，仿佛感到费解；时而又舒展面容，似乎领略到这些人话中的奥妙。

他不声不响地拉着白可走到了会场的最后一排，他坐在座位上，而白可却羞涩地不愿坐下。

白可的思想像暴风雨之夜的闪电一样，在脑海里闪了一下，她还来不及抓住它、思索它。但这一闪却在刹那间照亮了她的内心，使她看到了面前的广阔世界和自己的身影。顿时，她浑身的血液像大海上的波涛一样沸腾起来，原先准备好的那一套开场白，不知被冲到何处去了。

“你好像变黑了许多。”系统排列大师的开场白，居然是如此简单。

“哈哈，你也变得更可爱了，我记得以前你的眉头都是紧锁的，现在好像好了一点。”程浩然一把拉过白可嫩滑的手，他已经为这个表白等了三年了。

“别，这里是公众场所，注意影响啊……”白可抿了一下嘴唇，她取出一张小纸片，在上面留下了漂亮的字体，将纸片塞给了程浩然。头也不回地逃离了。

程浩然拿起纸片一瞧，“午时，C 区 A 栋 403”。他微笑了一下，是该和白可有个二人世界了，这样才能好好聊一聊。

他又看了看自己黝黑的手臂和结实的拳头，自言自语道：“我们都今非昔比了。”

午饭之后，程浩然匆匆赶往校内 C 区的 A 栋，可当 A 栋出现在他眼前时，却是一番惨乱的景象。

他看见一群飞奔而出的女生，她们有的衣着凌乱，有的甚至还穿着睡衣，哭天喊地地朝外逃散着。

程浩然抬头一看，二楼到五楼的窗户正滚滚地冒出浓烟。

“白可！”

一种不祥的预感笼罩着程浩然，他三步并作两步，冲上宿舍楼的台阶，伸手去推宿舍楼的大门，他第一次发现大门会如此沉重。

物品燃烧发出的“嘶嘶”声和“噼里啪啦”的断裂声不绝于耳，一条巨大的火龙在大楼里上下翻腾。

头顶上方的什么东西塌了下来，刚听见声音，程浩然就被重重地砸了一下。这时，火龙遇到了他开门时放进来的新鲜氧气，愈加狂躁地咆哮肆虐起来。

白可还在楼上！他真后悔，应该先留个电话的！而现在他只能凭直觉去争分夺秒地救人。

透过烟雾，他依稀能看见通往楼梯的路，他沿着楼梯，摸索着往上走，温度越来越高，烟雾也越来越浓。

好不容易才上到二楼，扑面而来的热浪把程浩然的脸和身体烤得生疼，他完全看不到四周的东西，这里比地狱还要黑暗！

为了白可，就算拼了命，他也要上到四楼！

浓烟通过鼻子灌进了肺里，他感觉自己吸入的是千万条带刺的灼热铁钩。

他赶紧蹲下身子，趴在地上，神奇的是，他发现自己可以呼吸了！但他就像是失去拐杖的瞎了，只能用手试探着，一点一点地往前挪动，努力寻找下一段楼梯。

程浩然的手指触碰到了地毯，它已经被烧得卷了起来，里面的尼龙正在熔化，他的指尖也被烫破了皮，他祈祷手指不要失去知觉。此时他觉得自己仿佛是希腊神话中那个被困的男子忒修斯，得抓着阿里阿德涅公主放置的丝线，才能走出迷宫。

只不过程浩然的“丝线”是一块几乎被烧化的地毯。

好不容易才到达地毯尽头，手指触摸到的材质有了变化，他接触到了第一级台阶。他挪动着双手和膝盖，向着三楼爬去，头一直压得低低的，好吸到氧气。

从始至终，程浩然都不愿意相信这是真的，好不容易才见到面，难道距离永别又只不过是一步之遥吗？

又一级台阶。

程浩然意识到，自己永远到不了四楼，不等他爬上去，大火就已经要了他的命。但是冥冥中，他感觉白可就在楼梯上面！

当他已经无法清晰地数出自己爬了多少层之后，他似乎真的碰到了晕倒的白可。她一动不动，也没有应声。烈焰越来越近，他的呼吸也越来越短促。

他试图将她抱起来，但是他的体能已经无法支持那么费力的行为。

程浩然只好拖着她，一点一点艰难地往楼下挪，同时用自己的身体为她挡住滚滚热浪和烟雾。他来不及去想她伤得有多重，他只想逃离这火海，这高温，还有愈加嚣张的烈焰和浓烟。

他心里大声呼唤着白可的名字，这个名字已经在他心中回响了三年！仿佛这样她就能听见！

但是他的意识终究也逐渐模糊，不知道是错觉还是墙壁上真的存在一个奇怪的图案，看起来像是葇荑花序。程浩然竭尽全力地拖着白可逃生，可是还没等他到达楼下，他再次被什么东西重重地砸到，被甩到前方，于是他拼尽了全力挣扎起身，在眼前一片漆黑之前，扑在了白可的身上护着她……

在黑暗中，程浩然隐约听见白可轻轻地吸了口气，轻得宛若一瓣蒲公英飘落。

程浩然用力地一睁眼，便看到一名医生和几名护士围着他。

“白可怎么样了？”他醒来的第一句话，还是心心念念着白可。

几名医护人员面面相觑，不知道是因为结果是坏消息，还是因为他们还没统计出受伤的人员的名字。

程浩然一个挺身就坐了起来，虽然背后有点疼，但还能忍受得住，他一把拔出了输液的针管，医护人员虽然想阻止他，但是看到他执着的眼神时，医生只好安排一名护士跟在他身后。

他漫无目的地奔跑在医院的廊道中，这里弥散着消毒剂的味道，充满着慌乱恐怖的气氛，感觉很不协调，这和他今天的预想完全不吻合。

设想的场景中，程浩然应该出现在厨房，优雅地开着一瓶红酒，说着一些他不擅长的情话；或是驾车带着白可去吃饭，默默地在路上听她诉说这三年是怎么熬过来的；或者两人在影院看一场任意的电影，到了关键时刻他可以悄悄把她揽入怀里。

当情绪略微平复了些，他放慢了脚步。虽然仍旧心急如焚，想要跑过每间病房，但他还是勉强自己，仔细留意周围的标志。

程浩然看到了升降梯的标志，还有儿科、急诊、X 光放射治疗等标志。接着，一个“太平间”的标志映入眼帘，他的脚步变得更缓慢了，如灌了铅一般，好不容易移到门口，不过他并不打算进去，他甚至都不愿意往那个方向想一下！

“急救室”的标志映入程浩然的眼帘，他微微咧嘴一笑，也许白可还没来得及转到病房。他拔腿就朝着那边跑去。

到了病区，一辆担架车从他身边经过，上面躺着的女人已经被烧得面目全非，血肉粘连到了一起，甚至还散发出烤焦味。一名医生小跑着跟在后面，挂在胸前的听诊器跟着跳个不停。

通往救护车道的门洞开着，也不知道这门是目睹着生命被修补，还是亲历生命在此破碎。三年前黎厚健被爆头的那一幕，又出现在了脑海中。

尖锐的鸣笛声响彻整条白色走廊，在墙壁间恐慌地回响，这是一个处处充满紧张、压力和痛苦的地方。

单薄的蓝色幕帘将病房隔成一个个狭小的床位，里面不停地上演着一幕幕悲欢离合的戏剧场景。

他一个床位接一个床位地逐个查找，居然还看到了上午演讲时的一名女学生，她的四肢裹着奇怪的塑料，看来是已经处理过了。但是这女生似乎还处于深度昏迷当中，坐在一旁的父母边啜泣边抹着眼泪。

不过，程浩然确认了白可不在这里，他没多停留，继续往前找去。

跟在程浩然身后的护士，不知何时已经被慌乱的医生带走了。

走廊尽头的房间里不再是一个个床位，而是一间真正的病房，他注意到，这里不时有医生进去，却不见有人出来，于是他也走到病房门口。

房间中央的病床周围站了一大群医生，里面的病人已经伤得面目全非。

程浩然的心又提到了嗓子眼，就在这时候，他看见一个人在安全通道那儿鬼鬼祟祟地晃了一下，在门口那里画了个奇怪的图案，而那图案竟然是茉萸花序！

一股莫名的吸引力让程浩然不由自主地走过去，他打量着那个图案，是在火灾现场看到的那个茉萸花序没错！难道……

他的内心无法平静，脸色由白转青，太阳穴上青筋暴起，满腔怒火无处喷射，鼓起的双颊微微地颤抖。他猛地推开安全通道的门，追到了楼梯间里。

楼梯间早就空荡荡了，程浩然的忐忑转化成了更大的不安和恐惧，除了担心白可的情况之外，这座医院如果也发生了纵火案，那伤亡不敢想象！想到这里，程浩然不禁捏了把冷汗。

他赶紧从裤兜里摸出了手机，所幸它还能使用，于是他联系了刑警队长赵志国，而赵志国就在学校那边处理现场，程浩然的一通电话，让他也同样感到了巨大的隐患。

“你先看看能不能找到什么线索，我这就带人过来！”赵志国挂了电话，雷厉风行地交代了学校的事故现场处理方案后，便带着小绍和其他几名刑警立刻赶往程浩然所在的医院。

就在程浩然要离开楼梯间，准备寻找新线索时，他听见楼上传来了轻轻的脚步声。

当他回头朝着上方望去时，他惊呆了，眼泪已经顺着面颊流了下来。

是白可！

她还是那身学生装扮，虽然衣服有些破损，头发也披散了下来，但至少人还是安好的。

白可同样一怔。

“你怎么会在这里？”两人不约而同地问道。

“我找你找得好辛苦啊！”程浩然一步三个阶梯地朝着白可冲了上去，一把捧住了她的脸，她的眼泪像是断线的珍珠似的簌簌落下。

“我中午的时候听见了楼梯口有奇怪的声响，便走过去看了一下，然后就被打晕了，后来勉强睁开眼睛的时候，好像在救我的人，是你……”她抿起了嘴唇，即便是如此花容失色，她依旧那么楚楚动人，让人心生怜悯。

“都过去了，都过去了。”程浩然用拇指温柔地抹掉了她的泪。

“我们会死吗？”白可的精神状态很不好，而且无法平静下来。

程浩然捧着她的脸，朝着她颤抖却湿润的嘴唇吻了上去。

白可先是一惊，又气又急地用力拍打程浩然的肩膀，她发现，他的肩膀比过去要厚实得多。

由于程浩然的亲吻“疗法”并没有停下的意思，白可挣扎了一下，便双手环抱住程浩然的脖子，不顾一切地体会着对方的气息。

“好点了吗？”程浩然终于撤下了温热又具有安全感的嘴唇。

白可轻轻地“嗯”了一声，她脸颊微红，像十几岁少女般害羞地将目光移到了脚尖上。

“我们不能放走纵火者，况且他居然还打晕你，让我抓到的话，看我怎么收拾他！”程浩然挥了挥他那黝黑的手臂。

三年来，除了精神分析的研究外，他还不断进行体能上的魔鬼训练。他不愿意再像之前那样，被罪犯一个过肩摔就打得难以起身。

“我在医院醒来的时候，模模糊糊地看到一个男人趁乱偷取医疗用品，所以我就跟了上去，后来就遇到你了。”白可回忆着说道。

“看来我们要追踪的是同一个人，而且那凶手估计还伪装了。至于他现在躲藏在医院的哪个位置，要准备如何纵火，就需要你系统排列的能力了。”程浩然对白可很有信心。

“但是他没留下任何物品，我没办法通过系统排列进行分析。”白可微微蹙起了眉头，有点遗憾地说道。

“不，他有留下东西！图案可以吗？”

“可以的！”

“跟我来，就在下面这一层的入口处，有一副奇怪的图案。”

两人匆匆地跑下楼梯，拉开门，程浩然被吓了一跳。因为秦子谦正全神贯注地盯着墙壁上那幅不起眼的图案，而且在这寒冷的节气里，他的两鬓和额头居然还渗出了汗珠。

秦子谦没料到程浩然和白可的进展会那么快，他们两人居然是牵着手的。

尴尬得只能苦笑的秦子谦，象征性地对程浩然点了一下头，便径直将目光移到了白可的身上，关切地问道：“你没事吧？”

白可点了点头。

“白可，你看就是这图……案。”程浩然正指着墙壁上的图案，却发现已经有一大半被抠掉了，而碎墙皮就散落在地上。

程浩然瞟了眼秦子谦，怀疑地问道：“是你干的？”

秦子谦倒是不温不火，似笑非笑地耸了耸肩说道：“我来的时候就是这样了，信不信随你，精神分析大师，要不你分析分析？”

一股浓浓的火药味和醋味搅到了一起。

“我说你这家伙，我们都是心理猎人小组的，你这什么态度！”程浩然真想把这傲慢的家伙给开除了，可惜他没这权力。

“我了解子谦，他不会说谎的。”白可拉了拉程浩然的手，摇了摇头，示意让他不要争执。

“还是可可了解我。”秦子谦坏笑了一下，潇洒地朝着楼梯间走了进去。

“什么可可不可可的，这是你叫的吗？”程浩然恨不得上去给这家伙两拳。

“可可，我一直觉得你眼光挺高，至少会以我这样的男人作为参照标准。最近可能是你压力太大了吧，我能理解。任何时候我都会等着你。”秦子谦摇了摇手，在空中划出个“拜拜”的手势，扬长而去。

“这货拽什么拽！一点团队精神都没有！”程浩然压低声音，他不想惊扰到医院里的其他人。

虽然大半部分的图案被抠掉了，但是白可却露出了兴奋的笑容。

“看出什么了吗?”

“应该是葇荑花序，开花后常整个花序一起脱落，意味着刻画者已经离开了他的根，是无家可归还是六亲不认呢?”白可用手指在被抠掉的部分拟画着，尝试以刻画者的心理角度去体会动机。

程浩然静静地听着。

“凶手应该是孤儿，并且有过一段非常糟糕的成长经历。但也如花序一般，能通过所谓的‘软弱’避免遭受锋芒的伤害。凶手看起来不会是凶神恶煞的人。”白可分析着。

“从系统排列来看，他将这个画在了楼梯口，象征着软弱的人都会从这里走。虽然说火情发生的时候，确实还会有人乘电梯，抑或情急之下直接跳楼，但是多数的人都会选择从这里走。”白可又看了看这幅残缺的图案所面对的方向。

“这幅图案却对着儿童输液的方向……”白可顿了顿。

“难道凶手连孩子都不放过?”

“不，不对。他应该是不想伤害孩子，才用这个图案提醒他自己。他极有可能是难以控制自己的精神，所以需要这样的图案去暗示自己的行为。他患有精神分裂症！我知道纵火点在哪里了。”白可正说着，赵志国也已经赶到。

“天台水池，还有医院的园林灌溉供水系统，都可能被灌了大量汽油，快!”白可虽然能预判到对方的行径，但是过于紧张的她，一时也想不出什么完美的策略。

赵志国听完后，立刻就带着警员去采取紧急措施，并且吩咐手下不要引起不必要的恐慌，否则场面一旦混乱，就会更加失控。

“葇荑花序，开花后常整个花序一起脱落，也就象征着在凶手的潜意识中，只求一次烟火般的绽放，不计一切代价地绽放，但是又必须要连锁反应，否则不会达到他想要的效果。他应该会利用天台水池先覆盖全院，跟着就是园林的灌溉供水系统，这样水管里都是汽油，可以让火势大面积地覆盖并迅速蔓延。”

白可心有余悸地分析道，这时她才真正领会到心理猎人的职责所在——上千人的性命，就悬在她这几乎没有确凿证据或是可靠依据的分析上。

寒风凛冽的天台上，一名即将要做脑颅手术的小女孩，穿着单薄的病号服，双手搂着一只破旧不堪的小熊布偶，但是那布偶却很干净。

即便只有十岁，她也了解“美”的初级含义。化疗导致的脱发，使她和众多的女孩不同——头上甚至还缠着一层一层的白纱布，上面总是散发着她说不出名字的药臭味。也许是心理作用吧，她总是这样安慰着自己。

一股腥热的液体从她的鼻腔里缓缓流了出来，她赶紧用手背一抹，担心是鼻涕而弄脏了她最心爱的小熊。可是当她放下手掌时，却发现手背上的液体是暗红色的，她又流鼻血了。

她恨不得就此从楼顶跳下去，不再让父母承受那么沉重的医疗费，不再看到父母那满是疲惫的眼中还溢满心碎的泪。

但生死，又怎会是一个十岁小女孩能看透的。她站在天台的边缘，那瘦小孱弱的身躯似乎随时都能被一阵寒风推入死亡的深渊。

“小妹妹，那么冷的天，自己一个人在欣赏风景？”一阵阴阳怪气的声音调侃着。

小女孩木然地朝着这个怪人看了过去，他的风衣帽盖住了大半的额头，隐约看见的，就是那不修边幅的胡楂。

“害怕死亡吗？”男人问道。

也许是经历了太多折磨，也许是眼泪在化疗中被消耗殆尽，她依旧很木然。死亡真的是解脱吗？这个年龄的她无法领悟。

“你觉得老天对我们公平吗？”男人轻轻地抚了抚小女孩的后背，由于她穿得太少，孱弱的身子不停地抖着。

小女孩终于有了反应，她无力地摇了摇头，觉得这个世界对她，对她的父母真的一点儿都不公平。

“如果我给你一个温暖的机会，你需要吗？”男人露出了一丝解脱的笑。

这种精神上的救命稻草，燃起了小女孩对童话故事美好结局的一点期望，她热切地凝视着这个一脸胡楂的男人，却一点儿都不觉得他冰冷恐怖。

“这是能拯救你，拯救你们家人的一盒小火柴，只要你在那里将它点着，你会看到一个无比灿烂又壮观的世界哦。”男人从衣兜里取出了火柴盒，然后朝着蓄水池的方向指了指。

“真的吗？”小女孩脑海里浮现的是父母久违的笑容和她渴求的洋娃娃般的漂亮长发。

“真的。‘法老之蛇’会净化一切疾苦，并且带走你的悲伤。不过我得先走了，祝你好运。”男人临走前，还关怀地捏了捏小女孩的脸蛋。

小女孩心怀感激地望着渐行渐远的背影，她觉得他一定是天使！

在校园火灾之后，可调动的消防力量以及警察都赶到了医院，封锁路段，准备营救。

赵志国、小绍带领几个刑警一同冲到了天台上，却不见任何嫌犯的踪影，只有一名穿着单薄病号服的小女孩，愣愣地站在蓄水池旁边，她的手正颤抖地划着火柴。

一名刑警当机立断，手枪已经拔出来，准备警告一番，却被小绍先他一步，把他的枪压了下去。

“别吓到小女孩，这上面随时可能会有火情，别随便用枪。”小绍提醒道。

“小绍！”刑警皱眉，话音未落，只见小绍奋不顾身地朝着小女孩疾奔了过去。

“点着了！”小女孩勉强地划燃了火柴棒。与此同时，小绍从她的腰间一把揽了过去，但是火柴已经朝着一地的白色粉末坠了下去……

霎时间，地面上火光四起，但与汽油或者其他易燃物的燃烧方式截然不同，地面像是撕裂开一道巨口，仿佛随时都会有岩浆喷薄而出，伴随着冥狱深渊中爬出的一条狰狞的巨蛇。

这条蜿蜒逶迤的巨蛇，居然扭动着凭空攀到了离地三米左右的高度，全身还冒着火焰。它不是火焰的形状，而是一条真实在蠕动的怪物！

狂风在空荡荡的天台上咆哮，像疯了一样朝那火蛇扑过去，却死活无法将那桀骜的火蛇吹灭，劲风鼓荡，发出了愤怒的啸声。

天台的地面相继出现了一个又一个裂缝，一道道火光从那裂缝里冲天而起，仿佛把世界都点燃了一般。

幸亏小绍身手敏捷，迅速撤回到了楼梯间，赵志国关上了铁门，其他刑警帮忙扑灭了小绍背后的火焰，而虚弱的小女孩已经昏昏沉沉的，神志不清了。

“怎么会有这样的怪物？”小绍惊魂未定地说道，其他的刑警虽然经验丰富，但是见到这般场景，心情也难以平复。

赵志国看见小绍后背的碎衣上呈现出了红色晶体，猛然一惊，朝着另外几名刑警吩咐道：“这不是怪物，是化学现象。硫氰化汞的燃烧，形成了磅礴的‘法老之蛇’。但是你身上的硫化汞……你们赶紧带他去处理，这东西有剧毒！”

小绍脸色变得惨白，他哆嗦着把晕厥的小女孩交给旁边的刑警队员，朝着急诊室奔去。

赵志国盯着不省人事的小女孩，她一手紧紧地揽着那破旧且有血渍的小熊，另一只手却紧紧攥着一个火柴盒，上面有着精心手绘的茱萸花序。

“由于采取的紧急抢救措施得当，医院的火势已经被迅速控制，并无人员伤亡。白可，这次你功不可没。可是纵火狂还是跑了。”赵志国坐在为心理猎人小组特别安排的办公室中低沉地说道。

“这种精神失常的家伙，随时都会对社会造成巨大危害。我们现在就应该加大搜捕范围！”小绍一边帮忙播放着幻灯片，一边愤愤地插嘴道，他感到背上还隐隐作痛。

“他应该不会很快再次纵火，但肯定在暗地谋划着。”程浩然翻阅着手中的资料和现场照片，试图抓住任何一个能看透对方心理的细节。

“为什么？这种疯狂的人难道还会停下来去思考？”小绍不解地问道，又换了一张幻灯片，上面正是那名被他救下的小女孩，她手上染血的小熊和火柴盒十分醒目。

“他用了那么多的硫氰化汞，这些剧毒物可不是随便就能弄到的。除非他有提炼的途径，而且还需要足够大且隐蔽的场地才行。”程浩然理了理资料，若有所思地分析道。

赵志国朝着程浩然投去了赞赏的目光，心想张博士果然没看错人，这小子还是有点洞察力和分析力的。

小绍眉头紧锁，这类非常规案件对于他来说，本来也不算什么困难的事情，但是要分析那些变态疯子的心理，他觉得很难办到，毕竟他自己又不变态……

秦子谦一言不发地坐在那里，时而双臂环抱，坐着闭目养神，时而微微眯起眼睛瞄一眼程浩然。

“催眠大师果然厉害，在大家分析案情的时候，把自己催眠了吗？”程浩然注意到了秦子谦的不作为，没好气地讽刺道。

只见秦子谦朝着办公桌有节奏地连续轻叩了几下，发出了“咚咚”的声音，大家都不明白他这是什么意思。

“工作时少说闲话，继续往下播。”秦子谦冷冷地说道，语速语调似乎和刚才敲击的节奏很相似。

小绍看到这家伙在刑警面前居然还如此傲慢，正准备要教育批评一下对方的，然而他的手却不由自主地继续播放幻灯片，小女孩的图片很快就被换掉了。

赵志国不免暗自一惊，什么时候秦子谦把小绍催眠了？

见到程浩然惊得下巴都要跌到办公桌上的样子，眯着眼睛的秦子谦嘴角微提，露出轻蔑挑衅的笑。他觉得程浩然应该学会管好自己的嘴了。

可事实却截然相反，只见程浩然一下站了起来，风风火火地冲到了秦子谦的身旁，这气势让高冷的催眠大师不由一惊，难不成程浩然这家伙技不如人，就要动粗？

“大催眠师，你这也太厉害了，要不教我一下呗。”程浩然两眼放光地冲着秦子谦抖了抖眉头。

这回轮到秦子谦惊得下巴要跌到办公桌上了，这世界上怎么会有脸皮这么厚的人，况且还是精神分析大师，简直就是不可理喻！

白可捂着嘴忍不住笑了起来，她刚才确实还有点担心这两人会打架，现在倒是可以放心了。

“好了，别闹了。”赵志国抓起了小绍的右手，用自己的指甲对着小绍的小拇指侧面的指甲缝，狠狠地压了下去。

钻心的疼痛使小绍不禁“啊”地喊了出来，迅速抽回手。

秦子谦没料到这名刑警队长居然还会强行解除清醒催眠。

赵志国用凌厉的目光注视着秦子谦，严厉地说道：“虽然你是心理猎人小组成员，但是如果你再对刑警有攻击性的行为，我会以袭警的罪名拘留你。”

“Whatever.”秦子谦耸了耸肩，又眯起了眼睛。

“还想不想抓住嫌犯呢？”白可抱怨了一下，程浩然和秦子谦才端正了开会的态度。

只是所有人都没发现一件事情——小女孩的幻灯片，无声无息地跳过了讨论环节。

“小绍，你把最近大笔的化工材料采购单都查一下，城郊的废弃化工厂资料也一并找出来。”赵志国吩咐道。

“可是就算要采购化工材料，也需要一大笔资金。一个疯子能有如此多的钱，是不是很蹊跷？”白可示意了一下。

“你的意思是有帮凶或者幕后主使？”小绍问道。

“果然还是可可心思缜密，不像某个人，混在心理猎人小组里只能是滥竽充数。”秦子谦傲慢地讽刺道，却又温柔地看着白可。

这复杂的三角关系，让小绍看得一头雾水。赵志国却觉得颇有意思。

“谁才是滥竽充数，自己心里清楚。说不准还心里有鬼。”程浩然一副亦真亦假的样子邪笑着。

秦子谦冷哼了一下，取出一份资料拍到了桌子上。

“本市的富豪冯国峰想必大家都很熟悉吧？”秦子谦提起了这个让刑警队咬牙切齿，却苦于没有证据可以缉拿的大毒枭。

“当然熟悉了，人家可是市里的名人，而且还是慈善家。”小绍阴阳怪气地说道。

“你们可以看看着火的学校和医院的背景资料，也许会发现点什么。”秦子谦指了指资料上第五页的土地产权信息一栏。

“学校和医院确实都是由贺氏集团经营的，多年来也算运营得不错，只不过最近贺氏旗下企业好像因为食品安全问题，导致了股价暴跌。”小绍不假思索地说道，他对这些商圈八卦可是相当了解。

“那么连续的纵火案又会导致什么发生？”秦子谦继续引导着。

“那还用说，他们又得背上经营不善的黑锅，如果贺氏集团再不抛售这两块地皮，股价可就跌到万劫不复之地了！”小绍好像明白了什么。

“贺氏集团在民间的三大口碑支柱，学校、医院，还有……”秦子谦捏住了资料，看了大伙一眼。

“精神病院！你的意思是，下一个纵火地点，肯定是精神病院对吗?”小绍内心很激动，他觉得终于追得上心理专家的思维了。

“那就这样定了，心理猎人小组先潜入精神病院打探情况，收集资料。警方会监视好那个区域，让纵火犯插翅难逃!”赵志国一拍桌子，初步方案就这样确定了。

程浩然心里却打起了鼓，不知道是他对秦子谦有情敌般的偏见，还是他真的看到了什么，秦子谦的表情中有种说不出的复杂感觉——欣喜、愤怒、悲伤、仇恨……

月亮像行驶在云海中的孤舟，不时地透过云隙，向大地洒下淡淡的银辉，最后升到冷清清的天空，白晃晃一片晶莹。当寒风扫落了最后的那点残叶，又急送浮云掠过天空之后，月亮便似乎在苍穹飞驰，闪烁的月光把神秘而又变幻莫测的大地照得乍隐乍现。

传说中月亮的圆缺对精神疾病影响显著，这种听起来一点都不科学的现象，着实令人费解，倒颇有几分月圆之夜，狼人变身的神秘感。

不过若问到精神病院里的护士，这是她们都深谙的事实。于是没有人愿意在满月时加班，除非那个人的精神同样出了问题。

这也是让诸多心理学家不安的事实，毕竟他们不能将家暴或者社交障碍都归罪于它。这是一种再深切治疗也无法克服的外界因素。月圆带动潮汐，也使一些人的精神在此时无法受到控制。

而心理猎人要查探情况的精神病院，似乎更容易受到月相的影响。据看门的保安透露，这所精神病院，其实也算是管理中心，用于关押那些因太过危险而被剥夺行动自由的人。

对于精神过于脆弱而无法适应外界混乱的人们来说，这里是天堂；而对另一些人而言，这里还是一个临时避难所，为回归正常提供了希望。

即便如此，这里面的人都神色诡异，行为异常，冷不丁的一阵鬼哭狼嚎，会猝不及防地刺入耳膜，使心脏为之一紧。

似乎有三名并不怕这圆月“诅咒”的值班人员，正小心翼翼地走在阴沉脏臭的廊道上。

“纵火狂真的会藏在这样的地方?”程浩然质疑道，由于光线太暗，他踩到了黏糊糊的恶心东西，也许是哪个病人的呕吐物。

周围的汽油味明明很浓厚，但是值班人员硬说没有任何味道，懒得搭理。

秦子谦不作声，脸色凝重，他似乎在思考着什么，回忆着什么。

夜探精神病院肯定不是什么好的出行计划，那满地零散的物品——有被掰歪的听诊器、碎裂的吊针瓶、残破的病号服上衣、被从栽培土里拔出来的植物，甚至还有人一动不动地面朝天躺在楼梯口处，眼睛都不眨一下。

三个人都怔住了，想要上二楼，必须得从这个家伙的身上跨过去才行。

程浩然打量着这一动不动的家伙，虽然他纹丝不动的样子似乎没什么危险性，但是他猛然转过来的眼珠，倒是吓了白可一跳。

这人瞪大了眼睛，嘴里“咕吱”地念着什么。秦子谦不耐烦地要直接跨过去，可是被绊了一下之后，他径直地摔到了那名精神病人的身上。

“他是把自己当作自动门栏了。”程浩然的精神分析就是建立在不正经之上的，所以疯子的世界，他莫名地容易融入。

程浩然蹲了下去，朝着那个病人的额头点了一下，就像是点了一下开关似的。结果那人倏地站了起来，惊得白可下意识地后退了两步。

那人朝着忽闪忽闪的二楼楼梯走道指了指，然后单脚跳跃着离开了。可目光尖锐的程浩然，看见那人的手中居然有茱萸花序的火柴盒!

“这家伙有问题，快追!”程浩然喊道，拔腿就追，可是那家伙的身影已经消失在了拐角。

“我们分头追。可可交给你保护。”秦子谦提议道，还不等程浩然回应，他的身影也消失在了拐角。

程浩然和白可对视了一下，便选了个方向追了上去。

在二楼幽暗狭窄的厕所里，有一个头发脏得都打了结的男人，拧开了水龙头，不断用水拍打着他那粗糙的脸。

他在镜子中看到的是一层又一层明亮的火焰，这为他的信念提供了绝对的证据——那就是最后的时刻即将到来，他的任务就是将尽量多的人带给他的造物主。

他的计划差点就得逞了，如果医院那场火情没被控制住的话，他就可以释放更多痛苦的灵魂，让他们摆脱人世的疾苦。在熊熊燃烧的火焰中，这些人的灵魂更容易随着烟雾一起升到天堂。

但是现在，他因为计划的破灭而感到心如死灰，他明明想拯救世人，可惜世人太愚昧，唯一能和他一样看透迷雾的，就只有他的老朋友了，久别重逢的他们约好了今晚在这老地方相会。

“你来了?”他兴奋地转过了脸，水珠从他那不规则的胡楂之间滑落。

站在他身后的人影不吭声，似乎用默认来打招呼。

“我们漫长的路走得很匆忙，却未曾想到能走过这旅途的一半之长!”他感慨地说道，毕竟他成功地让学校起火了。

来者依旧不作声。

“活了如此之久，浪漫人生一段，我想也够上帝杀我两次了。”他抹了一把脸上的水珠，怪笑着。

来者伸出了攥着的拳头，手指张开的时候，几只萤火虫飞了出来。

“糟糕，我又忘了我在想些什么，总觉得有话要对你说……”他看着那几只闪烁的萤火虫，却感觉头痛欲裂。

来者又丢了一枚硬币到地上，那清脆的钢芯镀镍合金撞击地面的声响，让人感觉似曾相识。

“我记起来了，我做这些事，是为了让我们找到以前的我们。是你，真的是你！”他激动地喊了起来，埋藏在潜意识中的记忆，貌似被完全地唤醒了。

来者的面孔不是突然出现，而是一点一点地，就像是冲洗底片的显影过程。这人递了一盒火柴给他，上面描绘着精致的柔荑花序。

“在我们离开孤儿院之后，我就一直在寻找你的下落，我们曾立誓要净化这个肮脏虚伪的世界。”他接过了火柴盒，感慨道。

“我们所做的不同，我有我的苦衷。”来者停顿了片刻，伴随着杀意指责道，“而你已经沦为了纯粹的罪恶！”

“苦衷？罪恶？”

“一场火灾会让多少无辜的人丧失生命！”来者流下了让人无法读懂的两行泪，他的情绪波动似乎很大。

“这并不重要，只要灵魂上了天堂，就得到了净化，他们就解脱了！你得再帮我一把，我一定能让更多的灵魂解脱……”

“这很重要！”来者打断了他的话，“我给你创造纵火机会，只是想制造一些混乱和麻烦而已。迟早有一天我会为此付出代价，不过现在，你的灵魂倒是需要彻头彻尾地净化一下了。”

来者再次释放出数只萤火虫。

他一阵惊慌失措地尖叫，冲到了阳台上，跳了下去，然而二楼的高度是不会摔死人的。他一瘸一拐地沿着肮脏的土路没命地跑着，他自以为体能还不错，可是现在看来还不够快。当他跑过大院的铁门，经过了棕榈树，跑上了草径，令他恐惧的老朋友的身影才逐渐远离，不过让他心旷神怡的汽油味倒是越来越近，气味似乎是从楼上传来的，于是他循着汽油味的方向跑着。

他跑到最后一级楼梯时，听见走廊中一片喧嚣声。两个满手鲜血的护士背对着他，正在协助另一个人有条不紊地工作。从一小块被擦洗成淡绿色的区域来看，他们正在清理血迹。

一阵恐惧使他头皮发麻，这不是净化，而是杀戮！

他还在猜测的时候，一个健硕的身影已经出现在走廊上，手里挥舞着消防斧，像是冷漠的死神在收割灵魂。那人的牛仔裤和T恤衫上血迹斑斑，伴随每一次挥舞，斧刃上都有血液不断流淌下来。

惊恐万状的他逃跑着，不知道跑了多久，也不知道跑到了哪里，他感觉被一片旋转的光线刺得一阵眩晕。定睛一看，竟然是十多个同一面相的恶魔，正拿着手枪指着他！

穷途末路，他嗅到了汽油味，当他看见满地都是汽油时，他笑了起来，拿出了有着茉萸花序的火柴盒。

他眼前那些凶神恶煞的面庞，嘴唇上下翕动着，似乎在说什么，可是他听不到。

只要点燃一根火柴，就可以和恶魔同归于尽，算是为人类最后的贡献。

“呼！”的一声。

他感觉胸膛那里出现了纸张被扎破的震感，热乎乎的，甚至还有一阵灼痛。他眼前一阵眩晕，但还是努力地睁着眼睛。

这时候他的眼前不再是同一副面庞了，而是赵志国、小绍等众多持枪刑警，以及站在刑警们身边的程浩然、白可和秦子谦。

他似乎认识其中的一个人，在他倒下去之前，他朝着程浩然的方向指了过去，并且咧嘴笑着说：“我等你。”

第三章 | 勒索谋杀

纵火狂被警方当场击毙的新闻，换着花样播报了五天，既稳定了民心，也拉住了股价，贺氏集团勉强渡过了舆论危机，冯国峰的收购计划也没得逞，一切看起来似乎告一段落了，可是……

心理猎人小组围坐在一间特殊的会议室内。会议室静得阴森，让人心里透着绝望与无助，似乎时间在这里也变得格外缓慢。

作为主持警官，赵志国鹰一般的锐利眼神直勾勾地注视着程浩然。但是这年轻人的神态，却让他不免有些惊讶——明明形同困兽，为什么那眼睛依然凌厉、清澈？依然透着危险的傲慢！

“赵队，我们不该怀疑程浩然的，他可是张博士钦点的人，怎么可能会和冯国峰有任何关系？”小绍转了一下手中的笔，认真地分析道，然后看了一眼那找不到任何突破性线索的纵火案相关人员口供记录。

一般情况下，在特殊会议室里待上 24 小时的人，就如同被抽去了扯线的木偶人，无精打采。可是程浩然依旧精神抖擞，偶尔还冲着赵志国坏笑挑眉。

秦子谦的两只眼睛因瞌睡而显得有些朦胧，很多时候一般人根本无法看出他到底是在闭目养神，还是在思考问题。“纵火犯临死前指的人是程浩然，和这样的人一起共事，我觉得没有安全感。”秦子谦不客气地说道。

会议室的氛围陷入了尴尬之中，白可有点不满，于是她站了起来，僵硬地说了句“抱歉，我去一趟洗手间”就出了门。

秦子谦见状，意识到也许伤害了她，于是也起身跟了出去。

会议室外，白可在走廊里来回地踱着步，她并不相信程浩然是幕后的真凶，就连说他是帮凶她也不信！

如果系统排列能作为依据的话，白可恨不得使出浑身解数证明程浩然的清白。

“啧啧啧，还精神分析大师呢，还是张大博士培养出来的人才，也不过如此啊。”心理协会的现任会长罗教授在一旁冷嘲热讽地说道，这家伙还真会挑时候来凑热闹。

助教林薇的身子虽然没朝着罗教授，但是脚尖的方向却是朝着他的，再望着她那薄薄的嘴唇，有着细致脆弱的神经，使人怜惜，不忍亵渎，美得不沾风尘。

白可见到这细节后，内心揪了一下。这些天事故接连不断，她一直没机会好好和林薇谈谈。而现在为时已晚，她估计已经失身了。

即便已经占有了林薇，罗教授仍然是一副色眯眯的样子，上下不断地用贪婪的目光抚摸着林薇的窈窕身段。

白可瞥了罗教授一眼，冷冷地“哼”了一下。

“现实的事情比天上的云彩变化得快，谁能断定哪块云彩下雨，哪个时辰是吉凶祸福啊！”罗教授既是感慨别人的不幸，又是感叹自己的春风得意，职场情场双丰收。

“有的人通过女人爬了上去，一把年纪还在外面偷吃，搞不好晚节不保，还真不知道是吉凶、还是祸福？”秦子谦双手插在裤兜中，他那轻蔑傲慢的气场和态度，倒有种与生俱来的真实感，霎时就和只能靠装的罗教授拉开了巨大的差距。

“你！你说谁？”刚才还趾高气扬的罗教授，一听到有人提起了他那权大势大的老妻，气焰就已经被扑灭了八分。

“问者答之，答者问之。”

罗教授憋得满脸通红，他心虚地抬起手指了指秦子谦，毕竟他在学校里干的那些事，要是被他妻子知道可就麻烦了。

“其实我也很关心程浩然，毕竟他是心理学泰斗张博士的入室弟子，如果连他都出了问题，那岂不是心理学界的一大耻辱吗？”罗教授煞有介事地讲着，以体现他对学术界的忧心。

虽然罗教授的私心很容易被大家看出来，但是白可仍然有疑惑，为什么罗教授要刻意跑来对程浩然落井下石一番？仅仅就是为了过瘾而已？

会议室的门打开了，小绍一脸困意地拖着疲惫的身体走了出来，但是目光闪烁着，他激动地对白可说道：“我找了很多证据，都是能证明他没问题的，心理猎人小组应该继续精诚合作才是。”

白可立刻迎了上去，而秦子谦则摆出了一副质疑且不屑的表情。

随后赵志国和程浩然也走了出来。

“你们可以走了，确实没有证据能证明他和凶手有关联。心理猎人小组的工作继续推进，希望你们互相之间不会受到什么影响。”赵志国说完，便转身离开。

“很期待你们能有更惊人的表现，就像在医院那样。我们可是拯救了不少人！”小绍充满钦佩和感激地说道，然后跟上了赵志国。

“赵队，这一次事件会不会影响他们的团结？”小绍问道。

“警察破案讲的是证据，我们有证据证明他涉案吗？那么身为心理猎人小组的成员，他们也该明白这个道理。没意义的怀疑就是多余的。”赵志国以一个过来人的经验总结道。

罗教授没撞上好戏看，只好白了程浩然一眼，悻悻离去，助教林薇紧随其后，与白可擦肩而过的时候，她顿了顿，欲言又止。

走廊内就剩下三个人。

程浩然终于熬不住了，他朝着墙边上的硬长凳坐下去，整个人才松懈下来。

他疲惫地仰起头，正准备和白可说什么，白可却很认真地点了点头，抢先说了句："我们相信你。"

"别把我算在内。"秦子谦不客气地说道，语气中依旧夹杂着质疑和不屑。

白可转头朝着秦子谦抛了个抱怨的表情，他才没接着说更伤人的话。

不过程浩然倒也没往心里去，他咧嘴阴阳怪气地笑道："谁是嫌疑人还真说不准。"

"好了，别闹了，浩然肚子应该饿了，我们带他去吃顿好的吧，改善一下心情。没有什么是吃大餐解决不了的，如果有，那就再吃一顿。走，我们去香榭丽舍大道3号，那家法式餐厅可是我的最爱。"白可牵起了这两个死对头的手，还不等他们做出反应就把他们拉走了。

"这里是女大学生失踪之前最后停留的地方，警方正加大排查力度。但是最近女大学生失踪案，算上现在这一起已经是第三宗了，其中有何关联？让我们把镜头转向刑警队长……"一名记者正做着新闻播报。

银幕里的赵志国并没给予回应，微微摇了摇头以示无可奉告。小绍在一旁协助勘查现场，其他刑警很干练地封锁了现场，并且让记者保持了合适的距离。

白可正在学术研究室内阅读着德国系统排列大师海灵格的《心灵之药》，像高考前那般认真，在书上画出一些要点，不时写上一些自己的见解。

墙上电视荧幕传来第三宗女大学生失联案时，她将目光从书本转移到了银幕上，眉头微蹙。

罗教授今天没来研究室，最近他似乎很忙的样子，神色也和以往大不相同，之前来学术研究室的时候，总会贪婪地盯着白可，在碰钉子之后，又会暧昧地接近林薇。

也许是他那有背景、有权势的妻子，最近对他的管教比较严？

白可也不稀罕去分析这种人的内心诉求，或者接触其龌龊的潜意识。

“再这样下去，我们是不是都会有危险呢？”林薇惴惴不安地问道，这种不能被确定是绑架还是什么的案件，似乎永远不会落到一个普通人的头上，可是林薇却对号入座得很快。

白可有点好奇林薇潜意识中的真实想法，她发现对方那看起来慌张的表情下，在办公桌上的肢体语言却是那么利索——纸张快速地放入文件夹中，桌上还摆着一本时尚杂志、一本经济学书籍以及一份刚刚邮寄来的保险单。

“城市那么大，按照大学女生的人口比例来算，以及我们离校的时间、活动的范围，那概率实在是……基本可以忽略掉有这种危险的可能性。”白可还是象征性地安慰了一下林薇。

“哦……”林薇听完之后，不但没释然，反而看起来更加愁云密布。

她若有所思地转了转那漂亮的眼珠，装饰用的美瞳很多时候会给旁人一种错觉——认为林薇是外国留学生。

但有个细节却让白可怔了一下，按照系统排列的摆放分析来说，此时林薇居然不经意地将钢笔放在了办公桌上，而笔尖却正对着林薇自己。这暗示着林薇很清楚她也会受到伤害，如果是这样的话，难道她有关于女大学生失联案的线索？

“薇薇，一直以来我都想和你聊聊，就是没合适的时机，要不今天的晚餐我们……”白可越发地感觉不对劲，再加上女人那强烈的第六感，她还是不希望林薇出什么事的。

“不好意思，我晚上已经有约了。”林薇黯淡的神色下有些莫名的慌张，她似乎知道白可要找她聊什么，八成就是为什么要被罗教授“潜规则”这种无聊的八卦。

见到林薇如此抵触，白可只好尴尬地笑了下，其实她心里更关注的是林薇刚才的异常言行。

附属医院的住院部里非常安静，廊道中坐着疲惫的病人家属，病房内监测仪器的嘀嘀声倒让人有几分安全感。

一名神色憔悴的中年妇女不时剧烈地咳嗽着，那种肺都咳到了嗓子里，恨不得呕出来才痛快的声音，一直折磨着同病房的人。

这时候，罗教授提着几袋补品来到了这女人的面前，那惺惺作态满脸堆笑的样子，却还能瞒得过这生命垂危的中年妇女。

“罗老师，您来啦!”中年妇女见到他，激动地说道，伴随着一阵折磨耳膜的咳嗽声。

“对对对，薇薇母亲，我又来看望您了。对了，您下一个阶段的治疗费，我已经替您支付了。”罗教授轻轻拍着中年妇女的手背安抚道。

中年妇女想说点什么，但是咳嗽阻止了她的话语。

“是薇薇这孩子争气，又拿奖学金，还获得了许多项目上的赞助。所以我就代表校方来颁发这些赞助费了。”罗教授说道，他的嘴角不免露出一丝得意的窃笑，要不是林薇家境困难，他怎么可能会有机会将这颇具尊严的女人拿下？

当然，越是宣扬自己有尊严的女人，他的征服感和成就感就越发强烈，至于中间用的是什么手段，那并不重要。

这时候林薇出现了，她来到了母亲的身边，看来母亲还不知道她和罗教授那见不得光的关系，她狠狠地瞪了罗教授一眼。

这男人嘴一紧，抑制住不满的情绪，摸了摸腰间的车钥匙，暗示一会儿到车上见。然后假惺惺地告别了一下，便匆匆离开了。

“薇薇，罗老师怎么那么着急就走了？”中年妇女还想多寒暄几句，要感谢老师对她女儿的关照。

“妈，罗教授很忙的。”林薇轻叹了口气，紧紧握着母亲干瘪的手，泪珠落到了上面。现实往往是残酷的，没有白马王子，也没有凭空的好运，她只能靠自己。

地下停车场内，罗教授不耐烦地看着手表，都已经半个多小时过去了，林薇这女人怎么还没来？

就在他准备掏手机发信息的时候，那个熟悉的身影正扭动着朝他走来。心潮一阵澎湃，这种充满活力的身体让他重新感受到了年轻的滋味，他时常会在暗地里咒骂着——自己年轻时怎么会为了那点名利场上的事情，娶了年龄比自己大 7 岁的女人！

车门被林薇拉开，她默不作声地坐到了副驾驶座上，罗教授忍不住摸了一把她那弹性十足的大腿，色迷心窍的他却以一种哀求腔在说着：“薇薇，我对你母亲也不错，近期的医疗费算下来，我也付了有十多万了。你要知道，像她这种没医保的无业游民，看病的费用可是无底洞啊！”

一想到自己的尊严被姓罗的用十多万就买断了，林薇的内心不免一阵悲凉，她推开了罗教授的手，冷漠地说道：“一分都不能少。”

罗教授那不知道摸过多少女人的手，倒也不尴尬地收了回来，他拉着脸：“我刚才还带了贵重的补品给你母亲，你得讲讲人情味吧？”

“人情味？我没记错的话，那几袋昂贵的补品，是上学期一个学生孝敬您的吧？还真够有人情味的，借花献佛。”林薇早就和罗教授撕破脸了，所以才导致这老东西最近都不敢在学校露脸。

罗教授哽了一下，火气上来却又无从发泄，他只好又满脸堆笑地讨价还价：“薇薇，你看我一个教授工资也就那么点儿，我顶多再给你五十万，行吧？”

“五百万，一分不能少。”林薇那冷艳的脸蛋，此时在罗教授的眼里，犹如希腊神话中的美杜莎一般狠毒，就连多看她一眼都要石化了。

此时的罗教授恨不得一把掐死这女人，抛尸荒野。但这并不该是一名有心机的心理学教授干的事情，因为他为这个贪得无厌的女人准备了一份“厚礼”。

“你从一开始就算计我？”罗教授转回了身子，后背靠到了座椅上，觉得非常讽刺——他一路走到今天，从来只有他算计别人，现在居然因为贪图美色而被一个涉世未深的女学生给下套了，真是可笑！

“五百万你会出的，你的婚姻可不仅仅值这个价。”林薇的眼神是如此坚定，分毫不让，她邪魅地凑了过去，挑起了这男人的下巴，冷哼了一下。

“好，我答应你。”罗教授从牙缝中挤出了这句话。

清晨的薄雾中，罗教授驶上了崎岖的山路，边上就是万丈深渊，一不小心就会粉身碎骨，他在蜿蜒逶迤的山路上晃荡了四个多小时后，终于抵达了一处废弃的海港。

这里一派荒凉，浅绿色的海水布满厚厚的污油，硬结的表层上漂浮着人们扔掉的破旧东西。港口一条船也看不见，起重机锈坏了，库房坍塌了，甚至连耗子也不在码头上黑黝黝的残垣颓壁中栖身，四处一片沉寂。显然与外界断绝联系已经多年了。

罗教授焦虑地在岸边来回踱着步，约他来的人可不是个小人物，但是他并不想和这样的人扯上关系，否则后果他自己也很清楚。

“哟，老罗来得比我还早？”

一个长脸的男人阴阳怪气地打了个招呼。

罗教授回过头，这年轻人脸色白润，额发眉眼却生得刻薄，他没有胡须，嘴巴上只有一些短短的胡楂子，一头浓密的黑发刺猬似的蓬在脑袋上。他细高的身材，十分消瘦，像根干枯的高粱秆那样，却不失一种精明商人的气场。

这男人的身后跟了两名西装革履的彪形大汉，看起来应该是保镖。

“冯少，您约我到这偏远的地方来，不会只是为了比一比谁来得早吧？”罗教授深谙心理学，就算对方再有气场，他也不至于被一名三十出头的年轻人给威慑住。然而这个男人正是富豪冯国峰的独子——冯波，也许是遗传了他父亲那阴险狡诈的基因，他在这个心理学教授面前也同样盛气凌人。

“老罗啊，别那么紧张，找你来肯定是有好事要告诉你的嘛。”冯少一个响指，两名保镖立刻从奢华的房车中取出了一张精致的玻璃小圆桌，以及两张镶满水晶的椅子摆到了罗教授跟前。

罗教授瞄了瞄冯少，总觉得这个商界中最爱兴风作浪的公子哥一定不安什么好心！

冯少悠然地坐了下去，保镖又很利索地摆上了酒具，他神情自若地喝了一口上好的 Armagnac（法国蓝蝶雅邑白兰地），点燃雪茄，轻抽一口，缓缓吐出，脸上展现着一种享受的表情，与罗教授那焦虑得额头上都冒汗的神情，形成了鲜明的对比。

“有什么事就直说吧。”罗教授没好气地说道。

“女大学生失踪案，罗教授应该非常清楚。”冯少说罢，嘴角咧出一道挑破真相的弧度。

“我可一点都不清楚！”罗教授尽量不动声色，虽然表情控制住了，但声音却微微地颤抖了一下。

“好吧，希望真的如你所说的那样‘不清楚’，不过我得提醒你一下，你别忘记，你能走到今天，可少不了我们冯氏的帮助。你要知道，我们是商人，讲究的是投资回报，你不过就是一枚棋子，最好不要轻举妄动，否则出了什么事可没人帮你收拾烂摊子！”冯少又品了一口 Armagnac，看了眼面前的肮脏海水。

罗教授一下就蔫儿了，那点高傲劲儿一泻千里。他确实是通过他妻子和冯氏的帮助上位的。他头皮一阵发麻，全身像是被抽走了热量，浑身发冷地坐到了冯少对面的水晶椅子上。

“那你想让我做什么？”罗教授脸色铁青地问道，他靠大半辈子的算计和运气才熬出了今天的地位，如果冯氏一句话就让他所拼来的一切都打了水漂，那就太不值当了！只要有能保住他地位的办法，他可以不惜一切代价去尝试。

“都已经让几名女学生失踪了，也不怕再多一个人吧？”冯少放下酒杯，刚才那侃侃而谈的表情，一下变得阴险扭曲。

“我强调一下，女学生失踪的事情与我无关。”罗教授一怔，矢口否认道。但他确实是杀人了，目的其实是为了在除掉林薇之前，给警方投下烟幕弹，这样一来，等到失踪的人是林薇时，所有的人都会惯性地认为这是同一个性质的案件，而不会关注到情杀。

罗刚内心深叹了口气，在那么多的情人当中，林薇算是最听话又懂事的一个，关键是她特别聪明，只可惜她不接受他的“遗嘱计划”，否则与她双宿双飞倒也是一件值得憧憬的事儿。

如今为了保住自己的仕途，也为了让林薇永远闭嘴，牺牲几条人命对于罗教授来说，也是值得铤而走险去一试的。可问题在于，他其实只杀了两名不同高校的女学生，下一次就准备要对林薇下手了，可是现在莫名地又失踪了一名女大学生。他略感好奇，但更多的是惊喜，因为还真有替死鬼，如果那凶手做得不够缜密，罪名就全落到那个蠢货的身上了。

看到罗教授眼珠晃动着在思索着什么，冯少打断了他的思路，不客气地又提醒了一次：“如果你帮我除掉这个人，五千万。”

“谁？”

“程浩然。”

“是那个年轻的心理医生？他的命值五千万？”罗教授差点叫了出来。

“没错，你只需要做就好，反正你手上也不干净了，而且能和心理专家斗的人，论卑劣无耻也就只有你能办到了吧？”冯少往后一靠，深深地吸了口雪茄。

在冯波来这里之前，冯国峰曾煞有介事地提到过程浩然的事情。这家伙被心理学泰斗张博士拉去秘密训练了三年，而张博士和赵志国向来就是冯国峰的眼中钉，所以眼下即便是开出天价，只要除掉了程浩然，自然就是对张博士和刑警队的一个沉重打击。

罗教授嘴角露出了短暂的轻蔑笑意，并且下意识地摸了摸裤兜——刚才的对话他全录了音，只要他安全回去了，后面谁威胁谁还说不准。

可是他的得意没维持几秒钟，只见冯少挥了一下指间夹着的雪茄，两名保镖径直上去搜起了罗教授的身。他还没来得及起身挣扎，就被按在了水晶座椅上。

“冯少，有录音。”一名保镖搜出了处于工作状态的录音笔，这其实也是心理专家的常规装备之一。

“这，这是误会。”罗教授苍白地解释道，此时他根本想不出什么好的借口。

“如果你这么没诚意的话，我希望你能明白，冯氏既然有能力把你捧上这个位置，同样也能让你的职业生涯像那些垃圾一样永远沉在肮脏的海底！”说罢，冯少将手中的酒杯重重地摔到了地上。

玻璃的粉碎声如同散弹将心脏打成了马蜂窝一般，使罗教授猛然一怔，整个人都呆在了那里。

他知道这个冯少的后台有多硬，也许他哪天从这座城市消失了，也没人会注意到，尤其是他那年老色衰又蛮横专制的妻子，估计那老女人还巴不得他消失。

一想到那老女人，罗教授冷哼了一下，咬了咬牙，目露凶光地应道：“成交。”

“这就对了，老罗，来干一杯。”冯少伸出一只手，保镖立刻递上崭新的酒杯，并且重新倒了另一种酒。罗教授也接过了一个酒杯，心情很复杂。

“葛莱麦苏格兰酒厂纯麦威士忌，尝尝，这种酒的余味配上雪茄，那是一种自由的享受。”冯少意味深长地强调了一下“自由”两字。

这个词语确实戳到了罗教授的痛处，无论是要对付威胁到他仕途的程浩然，还是那个满脸横肉的老女人，又或者是冷酷勒索他的林薇，他要的仅仅就是自由而已……

在一间阴暗的房间中，只有老旧电视机那低劣的像素发出的荧光，勉强地照亮了她惨白的脸庞，她双眼被蒙着，只能用虚弱的呼吸去感受周遭的环境。

电视机中循环播放着国外的一个赛狗节目。赛场上，尘土飞扬，人声鼎沸，一群赛狗像离弦的箭一般冲向终点。这些是灰狗（greyhound），它们是陆上速度仅次于猎豹的哺乳类动物之一，运动速度最高可达每小时 72 千米！从它们出生开始，就被贴上了竞赛的标签。灰狗 12 个月大时，魔鬼训练就开始了。在澳洲，人们往往用活物，比如兔子来做诱饵，用最原始的欲望刺激它们全速奔跑。灰狗长到 16 个月大时，便开始参赛。从此，它们的使命就是在人类的狂叫中无休止地急速奔跑，直到 4 岁半。

“灰狗有超强的身体素质，却不如其他蠢萌的同类那样幸福。那些不适合参赛的灰狗被称作‘垃圾’，它们往往会遭到抛弃。为比赛而生，从小在高压训练下只知道奔跑的灰狗，几乎没有得到过人类的宠爱。它们就像那些心灵受过创伤，性格孤僻怪异的人一样，无法与他人相处。因此就算到了收容所，那狂暴的性格也让人敬而远之，由于没有人愿意收养它们，最后只能被安乐死。”

一个低沉有磁性的男子的声音飘入了她的耳际，但是他说的内容令她似懂非懂。

“赛场下，灰狗的獠牙和吼叫声背后，是凄惨的结局……”那声音有点落寞地说道。

“求求你别伤害我。”她苦苦哀求着，从对方的语调和内容听来，她感觉这男人不是一个丧心病狂的人，也许乞求能保住自己的性命。

男人不作声，他手里捏着一张八年前的老旧相片，上面那女生的眼神灵动清澈。

“为什么你们女人都喜新厌旧？”男人把皱巴巴的相片收了起来，低沉的语调下酝酿着歇斯底里的疯狂。

她颤抖不已，完全不知道这个男人到底想要做什么。

“你叫什么名字？”男人的语气显得并不关心答案。

“莫雯。”她勉强挤出了这两个字，脑海一片空白的情况下，下意识地说出了真名。

话音刚落，她感觉到一张光滑的面庞贴到了她的手掌上，这和她想象的完全不一样，按理说那么丧心病狂的人，应该是满脸胡楂的样子才对。

然而她甚至能够感觉到他的睫毛，在她的掌心急促地翼翼扇动。她又觉得一串冰凉的泪珠从她手里一直滚到她的臂弯里，这是她第一次知道绑匪也是会流泪的动物。

莫雯长发垂肩，穿着打扮很入时，玫红色的连衣裙，上面罩一件乳白色透孔的薄绒衫；一头黑亮亮的长发没有梳成辫子，而是高高地束起来，头顶上用大红的缎带打成一个亮闪闪的蝴蝶结；脚穿一双昂贵的红色皮鞋，过膝的黑色丝袜。

她才参加完学校的动漫展，坐上网约车准备回家，莫名就被掳走了，更让她恐惧的是，她完全不记得是怎么被绑架的。

电视似乎被关掉了，她的眼罩也被摘了下来，她心里一震，难道绑匪愿意放她走吗？

她睁大眼睛，但是她什么也看不见。她拔不动脚，孤零零地坐在黑暗里。无情的黑暗从四面八方包围过来。

男人突然用一条毛巾勒住了她的脖子，她痛苦地歪着头，面部痉挛，鼻子泛起了一阵酸楚，她颦着眉梢，两眼无神地凝视着勒她的男人。黑暗中闪烁的光点，似乎是飘在房间里的萤火虫发出的。

但是对方并没有勒死她，就在她差点咽气的时候，扯下了毛巾按到她脸上，然后一把将她推到了地上。男人退后了两步，将毛巾甩到了一旁，侧着抽动的脸，怒视这个无助的女生。

她左膝盖狠狠地蹭到地上，过膝的黑色丝袜也磨破了。伤口痛，一咬牙就忍过去了，而思想上的折磨，却像一团乱麻，越缠越紧。她甚至无法分辨出眼前的这个凶徒到底是不是人类，她感觉那男人的眼睛居然也闪烁着幽冥的绿光。

猛然一道强烈的亮光出现，导致她不得不闭上了眼睛，当她再次睁开时，她惊讶得不敢相信自己看到的……

她居然站在水清沙白、椰林环绕的日光海滩上，这里的海滩到处布满了各种各样的美丽贝壳，像满天的星星，在阳光下闪着五彩缤纷的光斑。层层白莲似的浪花一次次眷恋地抚摸着金色的海滩。

然而海中似乎站着一个女人，那女人只有一个模糊的背影，却有着诡异的吸引力，莫雯不自觉地朝着海里一步一步走了进去。

海浪涌到了她的跟前，打湿了她的鞋袜，溅湿了她的裙裾，可她丝毫没有察觉，她望着脚下那激着白沫的海水，急涌而来的波涛，听着澎湃诱人的涛声。她似乎感受到了海中那女人悲哀怨恨的心绪，似乎听到了凄惨的哭号，又宛如安慰的絮语，觅见了理想的归宿。

当海水没过她漂亮的脸蛋时，她一点窒息感都没有，在斑斓的水中光影下，她貌似到了另一个世界当中。她想用双手拨动着游一下，但是身子完全不听使唤。

不断地下沉，再下沉，海底有着一个黑漆漆的旋涡状洞窟，看起来深不见底、幽暗深邃，即便心中有恐惧，她也无法挣脱，只能任凭自己的身体下沉着。

当她被黑旋涡吸入之后，眼前又一黑；她的意识却无比清醒，没有任何的疼痛感，于是她尝试睁开眼睛。

这一次，她置身于一个空荡荡的剧院的舞台上，台上没有演员、台下也没有观众，主角并不是她。舞台正中央又站着那个只有模糊背影的女人，一道光束照射在女人的身上，那女人一动不动，披头散发。

莫雯侧过了脸，并不想看那女人，但是双脚却不听使唤地迈出了步子，朝着光束下模糊的女人走了过去。

当她离那女人只有一步之遥时，那女人突然转过了身子，这一下差点把莫雯吓得背过气去——这是一张正在融化的脸，五官几乎都扭曲着拧到了一起，唯独那嘴角的笑是如此熟悉！

没错！嘴角那邪魅的笑容，不正是莫雯她自己抢了别人男朋友时的笑容？不正是她使尽了各种手段，排挤掉舞台上的竞争对手之后，那得意的笑容？

当她看见这个面目扭曲狰狞的自己时，更多的是一份似曾相识的感觉，恐惧反而少了几分。只不过那如融化的雪糕般滴答落地的面庞，让她感到焦虑。

“原来我自己是那么狰狞。”莫雯嘴角掠过一丝诡笑，她感到血液在太阳穴里发疯般地悸动，脑袋像给什么东西压着，快要炸裂了。一种缥缈的幻灭似的悲哀感，在很远的一瞬间抓住了她的心灵。

这时候，那个狰狞的“自己”递过来一把锋利的水果刀，指着莫雯的心房。

“怎么？你都快没脸了，还想看看我的心是什么颜色的？”莫雯一点恐惧感都没有，她接过了水果刀。

她似乎清楚自己要么是在幻觉当中，要么就是在梦里，于是她用水果刀大胆扎向了自己的心脏，以证明自己并不是那么“黑心”！

第三名失联大学女生遇害的地方，位于老城居民区主街转过去的一条分支街道上，那是一间紧挨着居民房的一楼铺面，但总共也就十几平方米。

还有几家小店散布在这个破旧的居民区中间，这里通常会有很多人走来走去，大部分人来自贫穷阶层，偶尔也会有个别有钱人回来探望父母，由于规划问题，附近根本没有停车的位置，所以他们一般都直接把车违章停在路边，或直接压入人行道上，似乎并不担心被贴罚单。

还有几个天真无邪的孩子在人行道和马路上玩耍，这是被城市遗忘的一隅，却有它自己的风格。

此时这里聚集了一大群人，正站在那里盯着那间虚掩着门的铺面，他们饶有兴致地望着那个有人被杀的地方，私底下叽叽咕咕说着什么，有的说是女孩偷情被原配杀了，有的说是没钱读书想不开自杀了，还有的……

这些人的思维堪比悬疑小说作家，毫无关联的线索和元素，他们都能完美地编造出一个危言耸听的故事来。

那间脏乎乎的小店已经关上了狭小的百叶窗，商店的门口站着一名年轻的警察，他心情很烦躁，正麻木地命令行人绕行，还有一名警察协助他清场。

很多人不情愿地唠叨着，叹着气，该干什么干什么去了。不过他们前脚刚走，马上就会有人过来补空，继续盯着凶案发生地。

程浩然、白可和秦子谦在离人群还有一点距离的地方站住脚，从他们所站的位置望过去，门上方的招牌清晰可见。程浩然低声重复着上面的字："云姐杂货铺，应该就是这里了。"

"走，我们进去吧。"白可抿了抿嘴唇，步伐显得有点沉重。

秦子谦那高冷的扑克脸很难看出情绪变化，他只是默默地跟在白可的身后。

他们三人穿过人群，走上前和那名年轻的警察打了个招呼。程浩然出示了证件，警察点了一下头，打开门，让他们进到店里去。

赵志国和小绍也仅比心理猎人小组早到几分钟而已，他们相遇后，简单地打了个招呼，便各自展开了工作。

由于关上了百叶窗，屋里面很黑，小绍找到了开关，打开了那瓦数很低的电灯，光线依旧很昏暗。

白可仔细观察着屋内物品摆放的序列，凶手也许没留下任何指纹，但是很难做到使动过的物品完全回归原位。也就是说，这里每一件物品，都有可能是“会说话的目击者”。

这个小地方很脏，胡乱摆放着几本廉价杂志，还有昨天的报纸——上面落了一天的灰尘。最里面有一排和天花板齐平的货架，上面摆满了文具和一盒盒廉价香烟，以及锅、碗、瓢、盆等生活用品。此外，还有两罐口香糖和一些堆叠在一起的脏兮兮的毛巾。这样一间不起眼的铺面，在老城居民区至少有上百家。

法医正在处理尸体，白可虽然不想看血泊中的尸体，但要作为总体排列来分析的话，尸体的位置也起着至关重要的作用。

“死者叫莫雯，21 岁，大三。”小绍简单说了一下。

莫雯那身美艳的衣服上满是血迹，从一边腿上略为破损的丝袜勉强能看出她轻微挣扎过，或者被袭击过。一把沾满血渍的水果刀掉落在一旁，而莫雯的心口那儿剜出了一个很大的血洞，心脏也被她自己扯出了一截捏在手上。更恐怖的是她的表情——两眼瞪大，嘴巴却是咧着的，貌似在狂笑。

白可干呕了一下，毕竟她不是法医专业的，理论上说她只需要坐在 CBD 那样的高档办公室里，轻松地为客户指点迷津就完成工作了。可现在她必须得面对血淋淋的尸体，这让她想到了三年前的那一幕。

程浩然正准备上前去关心一番，却被一直在旁边默不作声的秦子谦抢了个先，对方来到白可身边，递给她一板无糖口香糖，温暖地说道：“咀嚼可以缓解压力。”

白可对秦子谦并不反感，若不是程浩然先入为主地占据了她的心，秦子谦这样的暖男，又何尝不是一个合适的人选？

程浩然皱了皱眉头，原本还想上去说一个冷笑话的，这下直接冷场了。

“水果刀有指纹吗？”秦子谦问道，他其实已经知道了答案。

“除了死者的，没有别的指纹在上面。”小绍回答道。

“柜台上没有吗？”程浩然指了指那碍眼的柜台。

“那儿的指纹太多了，所有的指纹都是混在一起的，乱七八糟。”另一名刑警似乎意识到了巨大的排查工作量，看来加班是在所难免了。

白可嚼了会儿口香糖之后，确实缓解了不少精神上的压力，她的注意力终于又能集中了。

“凶手是男人……”她正准备接着往下说。

“身高一米八左右，和我们的催眠大师差不多。”程浩然赶紧接过了话题，顺便挤兑一下他的情敌。

秦子谦瞟了程浩然一眼，着实不想跟这个不正经的家伙争论什么。

“我们连脚印都没采集到，你们就知道那么多了？”小绍好奇地问道，他觉得心理猎人小组的结论令人匪夷所思。

“这里所有的物品，都被凶手精心地摆放过，看来他知道我们当中有人懂系统排列。”白可又扫视了一圈，基本确认无误。

“怎么可能？再说了，凶手光是反侦查就要耗费不少时间和精力了，还要去反心理追踪？要能达到这样的水平，那也不是什么普通的嫌犯了吧？至少也是像……”小绍惊愕地连问了好几个问题，他实在想不出目前能有谁比心理猎人小组的成员还精通心理学。

“怎么不可能，程浩然可是大师级水准，反心理追踪不过就是小菜一碟。”秦子谦冷眼瞄了程浩然一下，算是回敬。

这种怀疑的目光让程浩然很不自在，他勉强挪了两步，不想离这个家伙太近。但在这间仅十几平方米的房间内，七个人，一具女尸，若干物品，空间狭窄得足以令人窒息。

“凶手心细得像个女人。”赵志国看了看靠着墙壁的货架，上面凌乱的物品，似乎各自有着它们的潜台词。

“说不定真的是女人，你看她既不是被抢劫，也不是被侵犯。凶手的目的更不像是仇杀，手段却如此残忍，如果是男人，没必要做得这么复杂。但如果是男人的话，那心胸得多狭隘，光用变态都无法形容啊。”秦子谦冷不丁地提出他的观点，然后又看了看程浩然。

他尽量控制呼吸的频率，因为房间内的味道很复杂，除了灰尘和凝固血液的腥臭味外，还幽幽地散发着一阵奇怪的味道。

“不，凶手肯定是男人。”白可斩钉截铁地说道，仿佛她目睹了案发过程似的。

所有人都好奇地注视着这名系统排列大师，不知她凭什么就能肯定凶手的性别。

“在系统排列中，既有指定的意向，也有潜在的意向。凶手刻意营造了很多假象，但是却忽略了这些物品之间的距离。”白可指了指那些胡乱摆放的杂志，以及落了一天灰尘的报纸。

“这之间有什么关系？”小绍不解地问道。

“凶手并不是一个气量很小的人，相反，他的格局和心胸都很大，这些散乱的读物，如果你看看日期，肯定也是最新的期刊，而不是之前就在这里面的。”

小绍半信半疑地抓起了一本杂志，封面上还画着吓人的鬼面，他翻过来瞧了一眼，上面的日期就是几天前的。

“这和格局有什么关系？”一向沉默的秦子谦，对于白可的推理也感到好奇，不带攻击性地询问道。

“如果你再看这几本杂志覆盖的顺序，从上到下：恐怖—言情—时尚—旅游，能明白什么吗？”白可注视着地上散乱的杂志。

“暴力、情感、视觉、生活。”程浩然不假思索地回应了白可。

白可朝着程浩然微笑了下，竖起了大拇指。

“我可是搞精神分析的。”程浩然一点也不谦虚地冲着白可抖了抖眉头。

“所以你的意思是，凶手崇尚着一种暴力美学，还融入了生活中？”赵志国终于发话了。

“赵队，没想到你懂得还真多。”程浩然打趣地说道。

“和那怪才张博士当朋友久了，思维肯定不会僵化。”赵志国话中有话地说道。

程浩然见赵志国那么稳重，调侃倒也适可而止了。

小绍挠了挠脑袋，觉得有点跟不上这群人的思维了，而一旁的刑警也同样听得有点晕。

“你们看那里。”白可指了指货架最高一层耷拉一半出来的白毛巾，不过她也钦佩地看了眼程浩然，因为他的想法和她一样——凶手身高至少有一米八。

众人的目光再次从昏暗的房间中转移，但是那条毫不起眼的白色毛巾，让人匪夷所思。

“他是一个追求完全纯洁的人，一旦脏了，那还不如毁灭。也许他可以用手去掐，但他还是下意识地选择了白色毛巾。”白可轻咬着下唇，忍了忍那又要泛上来的干呕，因为她的余光还是无法控制地看到了地面上那尸体的惨状。

“至于为什么凶手身高是一米八……”白可捂嘴笑了一下，似乎这个和系统排列的分析手法没什么关系。

“那是因为之前凶手曾用这条毛巾勒过她，后来放弃了勒杀，觉得那样程度太轻，最后将毛巾甩回到了货架上。如果那人身高在一米八以下的话，那么被甩上货架顶端的毛巾，只会有三分之一是在上面的。你们可以看一看那毛巾上，还有着死者的口红、面妆粉。”秦子谦走到了货架前取下毛巾，模拟着抡了一下胳膊。

大家目测了一下距离，惊奇地发现确实如此！

小绍和其他的刑警面面相觑，都为遗漏了这个细节而感到惭愧。

“身高一米八，有暴力倾向，却注重艺术感。”小绍皱了皱眉头，有了点想法。

“附近居民有没有听到她的求救声，或者挣扎声？”赵志国觉得有蹊跷。

“询问过了，从昨天到今天报案前，这店里没有出现过异常。”一旁的刑警反馈道。

赵志国皱了皱眉头，他最担心的事情还是发生了，这次的死者和三年前那场心理学大赛中被催眠的受害者如出一辙，那几个人有的自残，有的丧失意识成了失心疯，一个个都如提线木偶一般，而最巧合的地方，莫过于他们嘴角都挂着同样阴森诡异的笑。

“这店铺的老板总脱不了关系吧？”程浩然补充了一下，虽然他知道以凶手的缜密思维来说，是不可能在这种事情上露出马脚的。

“这店铺一个月前就被一个人从网络上以市价两倍的高价买下了。”小绍应道。

“你确定是买而不是租？”程浩然有点诧异，看来凶犯的想法完全不同于常人。

由于秦子谦有洁癖，他在展示完模拟动作之后，便不假思索地朝着一边较干净的位置靠了过去，悄然在一旁看着程浩然表现。

在十几平方米的房间里，大家由于拥挤而换一个合适的位置站着，这样的行为也不是什么引人注意的事情。可是程浩然却发现秦子谦非常熟悉地移动到了一块较干净的区域，并且后背还靠到了墙上。

“他怎么会知道那里是干净的？”程浩然不禁冒出一个奇怪的念头，但由于白可的关系，他一时间也分不清楚自己是因为纯粹的敌意而多想，还是秦子谦身上真的藏着什么秘密。

“这间店铺确实是被买下了，但是买主几个月前就已经出国了，到现在都没回来。”小绍接着前面的话题，也中断了程浩然的思路。

“那是什么？”白可看到货架最底层有张相片，似乎被揉捏过。

小绍拾起了那张相片，上面的姑娘穿的衣服和眼前这面目狰狞的女尸一样，就连手腕上的那条粉色饰带也是一致的。

白可靠了过去仔细一看，不禁倒吸一口冷气：“怎么会是她？”

这正是前些日子在校园里讥讽她和秦子谦关系的那名网红女生。然而此时女尸的面目完全无法和相片上的人联系起来，所以白可之前没能认出来。

一阵莫名的寒意从白可的后颈冒了出来，她不经意地瞄了秦子谦一眼，他却似笑非笑地用温柔的眼神回应着她。

奇怪的味道弥漫在这狭小的空间内，再加上众人呼出的二氧化碳，空气显得越发混浊，让人感到思维都难以运作。

“这间房子墙体内的通风管道有工程瑕疵，会让干腐菌滋生，就好像发霉的面包表面会有一层东西，还会发出霉味。”程浩然抖了抖鼻翼，一脸严肃地说道。

“精神分析专家还懂霉菌？不知道人的内心会不会发霉？”秦子谦到现在都没放下对程浩然的偏见，他觉得这种不正经的心理医生，肯定是通过什么卑鄙手段才让张博士相中。

秦子谦质疑张博士的眼光，而且事实也证明他的质疑是有依据的——张博士因为重大事故引咎辞职了，而且还变卖了房子加上大半辈子的积蓄，才平息了事件。由此可见，张博士也不是什么靠谱的人，不然也不至于忙碌一辈子，最后落得一场空。

“木材受浸染后，开始为棕色，以后逐渐出现纵横裂缝，使木材分裂成许多小块，用手捏压即成粉末。”程浩然快步踱到了货架那边，戴上了黑色手套，拉住货架使劲一推，使货架勉强移了半个步子的距离。

“你要做什么？”小绍好奇地问道，以他的专业经验，房间内有价值的线索都已经被他提取了。

“你们会不会觉得眼睛酸涩而且有点疲倦？更敏感的可能会头疼。”程浩然一边问着，一边用拳头在墙壁上轻轻叩击着，从发出的响声中判断虚实感。

法医虽然戴着口罩，但貌似他就是较为敏感的体质，他点了点头以回应程浩然的问题。

程浩然从货架上取过一柄普通的工具锤，后退半步，扬起手，用力往墙壁上砸去，锤子砸破了浅薄的墙壁，穿入壁纸后方的石膏板中。

他抽出锤子，接着又是连续好几锤，然后伸手将布满粉尘的石膏板往后扳，墙上立刻就出现了一个大洞。他又从货架上拿起一支小手电筒往洞内照去，皱起眉头，轻吸一口气，似乎确认了什么。

“发现什么了吗？”白可关切地问道。

“曲霉属的真菌，”程浩然顿了顿，“曲霉属是霉菌的属，这个属里头有三四百种霉菌，很难说这是哪一种，因为霉菌生长在这种坚硬表面上，只有薄薄一层，肉眼看不出来，可是闻这气味肯定没错。”程浩然发现墙洞的下方还有茂盛的草本植被，上面居然栖息着陆栖萤火虫的幼虫。

赵志国挪了下步子，朝着墙洞内打量一番。

“这不是真正的干腐菌，不会害得这面墙壁倒塌，但是可以令人病倒。”程浩然轻叹了口气，他似乎对此尤为熟悉。

“这又有什么用？转移大家搜索证据的视线？”秦子谦不客气地质问了一句，他的语气十分冰冷，似乎觉得这家伙就是在浪费时间。

“有些人只要和霉菌呼吸同样的空气就会生病，他们会常年感到身体虚弱，可是又找不到病症，于是会被心理医生判定为患上抑郁症，使这些霉菌继续啃食壁纸和石膏板。”程浩然的解释倒是非常专业，的确不少被诊断为抑郁症的人，症结和抑郁根本就是无关的。

但是更让他关注的，是陆栖萤火虫的幼虫，这难道和精神病院中见到的萤火虫只是巧合而已？

“是因为有人在饲养这些小东西，导致霉菌滋生的吧？”赵志国终于发话了，这名老刑警貌似总能洞悉一切。

程浩然回头看着赵志国，他们的想法不谋而合。

“世界上已知的萤火虫有两千多种，分布于热带、亚热带和温带地区。现在这个季节天寒地冻的，根本不适合萤火虫的生长孵化。”程浩然指出了问题所在。

“这种破房间里可不会有什么暖气供应。”秦子谦略带嘲笑地说道。

“那意思就是，这房间里得有温度控制器才行？”白可恍然大悟，她一直没太注意附近一台尘封已久的长方形温度控制器。

“真没想到这个凶手能花那么大的精力去布置灰尘，他确实很精明。”程浩然略显激动，因为在白可的面前，过于自信的凶手无疑暴露了破绽。

“尘埃、植物、萤火虫、温度控制器……”白可灵慧的目光再次扫视着这狭窄的房间，她似乎能看到凶手那高大却模糊的身影是如何在房间里移动的。

程浩然见白可在沉思，便将目光悄然转移到了秦子谦的方向，却发现这个深不可测的男人正用一种挑衅的眼神看着他。两人的对视足足有十秒左右。

无声无形的交锋被白可的分析中断了。

“渺如尘埃却飘忽不定，弱如萤火虫却执着光耀，软如草芥却能屈能伸，温控器则是暗示凶手是个有‘温度’的人。总体来说，他向往自由。”白可微微抬头看了一眼那昏暗的灯光源头。

“向往自由的人会买下一间如此狭小的店铺？”一旁的小绍不解地问道。

“你对自由的理解太狭隘，这房间就是他的某一处内心世界。”白可抑制住了有点感慨的口吻——多数人连自己的世界都没搞清楚，而这凶手的世界却忽明忽暗、忽大忽小，偶尔展示出的也仅仅是他诡谲世界里的一隅。

“但是这和杀人案有什么关系呢？他不过就是买下了一间店铺，作为行凶场地而已，还能有更多的动机吗？”小绍实在是挖不出任何有价值的线索了。

赵志国瞥了小绍一眼，虽然是他亲手培养的徒弟，但这家伙着实让他有点尴尬，但不耻下问也不是什么坏事，多学学也算是长经验了。

“多重动机确实不是一个场景就能完全分析得出来的。”白可坦白道。

程浩然接过了话题：“但是系统排列至少能看出凶手当时的动机和潜意识，对吧？”

他朝着白可投去了意会的目光，同时也得到了白可的回应。

赵志国越来越觉得这几个年轻人很有意思了，在那么多年来遇到的各种光怪陆离的犯罪案件中，其实他有三成案件是偷师于老同学、老对手张博士的，而现在他发现，这三名年轻人都具备独当一面的水准了，看来张博士押宝押对了。

其实白可一提到“多重动机”的时候，程浩然就已经陷入了沉思中——若是多重动机，那就不只是犯罪动机了，可能会涉及凶手的过往，从心理学来说，“完型”也极有可能是动机之一。也就是说，凶手心中一直缺了一块什么，然后用某种方式去弥补那种缺失。

“温度控制器被刻意尘封，放在门旁，门是唯一的通道。意向上来看，凶手对自己的想法可以说是了如指掌。他不是冲动杀人，也不是寻仇，而是进行着某种仪式。”白可眉头微蹙，这案子极有可能暗藏着更深的未知动机。

“《圣经·旧约》中，创世六日天地万物就造齐了，到了第七日，神造物的工作已经完毕，赐福给第七日，定为圣日。”秦子谦开口了，但他这一句却使大家云里雾里，完全不明白他想表达什么。

“你的意思是，三名女大学生的失踪案，是按照《创世纪》的七日来进行的？”程浩然虽不太愿意接秦子谦的话题，但还是忍不住道了出来。

“不对，根据现场的情况来看，”白可顿了顿，先是否定地摇了摇头，然后环顾一下室内环境继续说道，“地上有青草和结种子的菜蔬、结果子的树木，果子都包着核，核就是孕育生命的意思，这才是第三日对应的受害者场景。可是从现场看来，并不是。”

“地是空虚混沌，渊面黑暗。神的灵运行在水面上。神说要有光，就有了光。神看光是好的，就把光暗分开了。称光为昼，称暗为夜。这是头一日。”秦子谦低语道，屋子内昏暗的光线和不稳定电流导致的灯光忽闪，使他的话语略显诡谲。

程浩然倒吸了一口冷气，倒不是被秦子谦的语调给吓到，而是按他说的头一日来分析，眼前的这名女尸，虽然是第三名女大学生受害者，却是仪式的第一名女尸。

这意味着，前两名女大学生的失踪案，和眼前这一名女大学生的受害案，是毫无关联的，这是两桩独立的案件！

赵志国也意识到了问题的严重性：原本是两起不算复杂的绑架案，却掺杂进了一名心思缜密、动机复杂的凶手，而且还巧妙地衔接在了绑架案之后。如果不是心理猎人小组的分析，他这老刑警队长还真是要走一趟弯路才能发现其中端倪。

“我还有一些资料要查，先走了。”秦子谦朝着白可摆了摆手告别，却无视房间内其他的人径直而去。

“他以为他是谁？整天就知道耍酷，这样能破案吗？一点团队精神都没有。”程浩然愤愤地说道，但他越发觉得秦子谦的情况不对，旋即追了出去，可是这神秘伙伴的身影早就消失得无影无踪了。

他站在那里愣了好一会儿，直到被白可拍了拍肩膀才缓了过来。

“在想什么呢？”白可的语气中带着些许不愿揣测的疑惑，这种复杂的感觉，是既想知道答案，又不想面对答案。

“茱萸花序你还记得吧？纵火案的那疯子，他一直想表达什么，却因骤然失智暴走而被警方击毙了。”程浩然对于这件事耿耿于怀，因为那疯子临死前居然用手指着他，如果这个行为无法解读，那么他也无法澄清自己。

“你的意思是？”

“秦子谦说的光和暗，应该是用在那纵火的疯子身上才对，手枪射出的火光击穿了那疯子的阴暗。”程浩然咽了口唾沫，如果真是这样，幕后的这个人已经不是一般地难对付。

白可怔了一下，她过于注重排列的序列，确实忽略了这样的细节。

“《创世纪》中，神说，诸水之间要有空气，遂将水分为上下。神就造出空气，将空气以下的水、空气以上的水分开了，神称空气为天，是第二日。”程浩然神色凝重地低声说道，他不想引起里面那群刑警的注意。

“里面女大学生的尸体其实是第二名受害者，作为仪式的第二次祭奠?”白可隐约觉察到了秦子谦一直在误导着大家。

程浩然没接着分析下去，而是一把拉过白可纤嫩的手，朝着街对面跑了过去。他们穿过并不宽阔的马路，在案发地点的正对面停了下来，这里有一间水果蔬菜店，摆在店外的货物明显要比店内的还多。

即便刚才居委会的工作人员才来教育了一番矮胖的店老板，他也只是装模作样地往店内撤回货品，工作人员一走，他就立刻又把货品搬了出来，反正整条街道上又不是只有他才这样做。

这时候还有一名身着制服的警察在询问矮胖的店老板，但是他貌似一点都不配合，一脸不耐烦的样子，并且不时摇着头。他不过就是个小本商人，可不想和命案有半点联系。

由于在这矮胖的店老板口中问不出任何有价值的信息，警察只好礼貌地告辞。

“看我的。”程浩然这才松开了白可的手，然后大大咧咧地朝着这间水果蔬菜店走了进去。

等了几分钟后，白可才跟了进去，她挑了几个柑橘，而程浩然正为了山药讨价还价。偶尔会有那么一瞬间，她感觉猜不透这个不正经的心理医生。

不过可能因为讨价还价的原因，不知道什么时候，话题已经被程浩然掌控了，以至于两个男人居然像妇女一般聊得热火朝天的。

“谋杀案就发生在你们店对面，搞不好会影响你们的生意，这叫什么事嘛!”程浩然插着腰，感同身受地愤慨道。

“就是！真晦气!”这个矮胖的店老板显然烦透了谈论谋杀案，今天肯定有不少人问他相同的问题。

“来来来，这几种水果也给我装了。要好一点的，你可别蒙我。”程浩然故作弱势地说道。

“没问题。”矮胖店老板聊得不亦乐乎，哪还有心思去琢磨短斤缺两的事情，他爽快地走到了较为靠后的货篮那儿，颇为认真地挑着蔬果。

“这些人净是看热闹的。”程浩然抱怨地说道。

“如果能驱散这些看热闹的人就好了，真不明白有什么好看的！又看不到里面的情况，就看一扇门有什么意思?”矮胖的店老板瞄了眼马路对面的案发点。

“最近这段时间晚上的情况肯定很不一样。”程浩然也顺着店老板的目光瞄了过去，“你有没有看见凶手进去？是不是一个身高一米六、脸上还算干净的酒红色头发男子？我听说他是一个富二代。”

“什么?”矮胖店老板猛地把目光转回到了程浩然身上，“你说是富二代干的?”

“我听说警方已经找到线索，正在排查中。”

“你知道?”爱说话的矮胖店老板很激动，“一个富二代!”

“是的，说不准你昨晚还见过那个人呢!”

“呃，其实我没时间留意这样的事情，晚上的时间通常是店里较忙的时候，很多人下班会路过这里。身高一米六、酒红色头发的男人——没有，我没在附近见过你描述的这种人。”矮胖店老板有点遗憾地说道，毕竟他还挺想知道富二代要摊上大事得怎么收场。

“对不起，听你们聊的，”白可递过了柑橘让老板过秤，然后毫无违和感地加入了话题，“我想你是听了误传，有人告诉我，凶手是一名身高一米八的男模特，头发确实是酒红色，其实是情杀。”

白可的这一句，简直就是画龙点睛之笔，这店老板的太太，还有一个嗓音沙哑的店员都参与了进来。他们看见了不止四五个高挑的男人，那个嗓音沙哑的男孩还见过一个戴面罩的高挑男子。“只不过他头发不是酒红色。”他遗憾地补充道。

一番热火朝天的八卦讨论之后，程浩然和白可相继离开了蔬果店。

“你这样做的意义在于什么？”白可语气里带着一点点责备，毕竟最初的话题是——凶手会不会是秦子谦？

“哎呀，我只不过是想简单测试一下，看看陌生人走进案发现场的时候，被注意到的概率有多大。”

“你就不能直截了当地问他们吗？或者我用系统排列分析一下他们的潜意识也可以，为什么非要说一堆假话呢？害得我也陪你瞎扯了不少。”白可故做生气状。

“如果我像你说的那样，干脆利落地问他们，我的问题就得不到任何答案了。多数人都不喜欢在没有情感基础的情况下受到突兀的质问，那具有很强的攻击性，更接近于审问，只不过是环境氛围不同罢了。”

白可饶有兴致地盯着程浩然，觉得他说得好像也有几分道理。

“所以那样的询问模式，他们通常会表示怀疑，结果自然就是抵触而沉默不语。如果我向他们打听情况，他们也一样会如同牡蛎般把嘴巴闭得紧紧的。”程浩然摆出了一副用拉链封口的姿势。

这让白可真是又好气又好笑，眼前的男人一点大师风范都没有，但却有种说不清的人格魅力。

“但是，如果我提出了自己的观点——有点儿反常出格却又备受关注的观点——再加上你的反驳和参与，他们立刻就松口了。况且我们还知道一个细节，就是晚上的那个时间是店里最忙的时候。也就是说，每个人都无暇关心别人的事情，而且很多人在人行道上来来往往，这意味着凶手选择的出入时机，极有可能是在这个时间段。”程浩然冲着白可微笑了一下。

白可怔了两秒，按照这个分析来推理的话，只要查明秦子谦这个时间段的行踪，就能确定和他到底有没有关系了！

程浩然似乎很清楚白可的心思，于是他提醒了一下：“对于一个高智商的人来说，在场、不在场的证明并不难塑造，作为参考就行，做不了判断。”

白可诧异地望着他，觉得这个家伙比她还会“读心术”。

“不过在此之前，还有一个地方要走一走。”程浩然指了指旁边一栋紧挨着案发店铺的破旧民房，大门紧闭着，似乎不愿被人注意和打扰。

“心思缜密的凶手，会留下那么多的线索吗？”白可不解地问道。

“也许吧。”程浩然大步朝着那边走了过去。

那栋破旧民房门口，歪挂着两个一米左右的汉字——“补鞋”，但是这广告牌的红色字体，颜色早已褪得所剩无几，不注意看的话，甚至都无法辨别出这是招牌。

同样一扇不知道是用来透气还是透光的狭小百叶窗上，挂着平纹粗布窗帘，看上去脏兮兮的。

程浩然走到了门前，由于没有门铃，他只好叩了叩那质量极差的生锈铁门，铁门发出了一连串刺耳的响声。

过了好一会儿，门才打开，开门的是个流着鼻涕的脏小孩，这倒没有出乎程浩然的意料。

“你好，你父母在家吗？”程浩然礼貌地问道。

小男孩沉默着，他盯着程浩然和白可，似乎很反感这些陌生人，而且带着深深的怀疑。

程浩然迅速地扫视着屋内——虽然民宅都是独立建筑，但由于受到同时期建筑风格的影响，它的内部和案发那边的杂货铺有着异曲同工之处。

“妈妈说不要和陌生人说话。”小男孩擤着鼻涕，用手背擦掉了，他手腕上那条薄薄的金手链却引起了程浩然的注意。

“别害怕，哥哥不是陌生人，也就比你大一两岁而已。”程浩然开始不正经地说道。

小男孩抬头望着这个比自己高出几大截的男人，就算他算术不好，也还是清楚比他大一两岁的小哥哥应该是长什么模样的。

“其实我们是来补鞋的。”白可朝着小男孩温婉地一笑。这小家伙也许从没见过这么漂亮的大姐姐，两眼都放出光来，两行鼻涕又不自觉地流了下来，挂在了脸上。

白可取出一张纸巾，轻轻地帮他擦拭掉鼻涕。在一旁的程浩然恨不得自己就是那个流鼻涕的小男孩！

小男孩笑逐颜开，激动得眼睛都眯成了一条线，转身冲着楼梯大喊：“妈妈，有人找你。”

这时候，一个面相刻薄的女人扶着栏杆探出头来瞥了一眼，然后一阵急促的踩楼梯声响起。

“还是不要耽误你们的时间了，我什么都不需要！”她没好气地说道，但是刚开口就被程浩然打断了。

虽然说程浩然不像秦子谦一般有翩翩公子范儿，但是他却无时无刻不充满着一种正能量，散发着阳光的气息。

“您好，我是《民间时报》的工作人员，我是想说服你接受这一千元，让我们写一篇关于你邻居的文章。”程浩然偶尔也模仿一下秦子谦的绅士范儿。

愤怒的话语停留在这女人的嘴边，原本还在骂骂咧咧的她，将头发捋顺，还拽了一下皱巴巴的裙角。

“跟我上来吧。”她似乎打消了疑心，但还是快速走到了门前，利索地把门关上，然后引路上楼。

二楼倒稍微有点灯光，再简单不过的白色涂料粉刷的墙壁，似乎有点年份了，涂料层已经脱落得七七八八，坑坑洼洼的墙面也影射了这家人的生活质量。

“你们叫我李姐好了。刚才不好意思，你们肯定不相信我有多烦，总有人上门来推销这个、推销那个，什么保险、家具、装修、保健品之类的破玩意儿。问题是我们这样的人会买得起他们推销的东西吗？”

李姐摆出了一副很嫌弃的表情，接着她目光又增添了些许光芒，问道：“提供点消息给你们写文章，就可以获得一千元了？”

白可给他使了个眼神，希望他不要再胡说，因为是被临时叫来案发现场的，她身上别说一千元，就连一百元现金都没有，总不能让这个称作李姐的人拿出刷卡机来吧。

“如果你能按照我们的要求来回答的话，没问题的。”程浩然确定地点了点头。

“隔壁那个男人，其实还挺不错，他……”李姐正准备侃侃而谈，用这点儿她并不觉得多值钱的信息来换钱的时候，一个老旧的硬沙发那边传来了干咳声。

“你很吵，没见我在补鞋呢？”一个中年男人的声音不满地责问道，这人似乎对唾手可得的一千元并不感兴趣。

李姐立刻就紧紧地闭上了她的嘴巴，但是她不甘地朝着那中年男人投过去责备的目光，意思是为什么连送上门的钱都不要？

那男人的声音已经完全丧失了人类声音的活力和生气，使人感到仿佛是一度恢宏的色彩消退成了一点点斑驳的溃痕。它是如此低沉抑郁，简直像是发自地层深处。

这声音强烈地表达了一个绝望无救的人的心境，一个在旷野里孤独飘零、饥寒交迫的独行者，倒毙前就是以这样的声音来诅咒这不公的世界和践踏他的异类。

氛围很僵……

这男人又默默地干了几分钟活，那双干瘪凹陷的眼睛又朝上看了看，既无兴趣也无好奇，只有一种幽怨阴沉的感觉，似乎在埋怨那个本不该站着陌生人的地方，现在怎么还没空出来。

白可隐约地感到不安，她虽然有点害怕，但是看到程浩然那么淡定地站在那儿，倒令她安心不少。

“这房间光线太暗了，介意我让光线进来吗?”程浩然征求道，然而他并没等对方回复，就已经走到了窗前。

原本紧闭的窗户一下被打开了，一长方光线落了进来，照亮了这个补鞋人和他膝头一只未做完的鞋子。他停下手中的活儿，在他脚旁和凳子上，散乱地放着几件常用的工具和一些碎皮。

程浩然和这中年男人对视了几秒——他胡子雪白，参差不齐但不太长，脸颊凹陷可目光明亮。即便乌黑的眉毛和蓬乱的白发下那对眼睛长得并不大，有了这瘦削凹陷的双颊衬托，也显得大多了。

程浩然缓缓走到了补鞋匠的身旁，坐了下去，顺便近距离打量着对方的穿着——那破旧不堪的黄色衬衣，领子敞开着，露出枯瘦干瘪的躯体。松松垮垮的褐色袜子，旧羊皮纸似的蜡黄皮肤。

补鞋匠举起一只手来挡住眼前的光亮，显得很不适应，手上的骨头看起来像是透明的，他就以这个姿势呆坐着，茫然、惆怅。

“我想顺便补一下鞋子。”程浩然笑着说道。但这个补鞋匠每次瞧面前的人总要先低头朝自己左右看看，好像他已经丧失了把方向和声音联系起来的习惯；他每次都要这样左顾右盼一番后才肯说话，可在这动作之后，往往又忘了开口。

然而处于这种精神状态下的补鞋匠，刚才精准地打断了李姐的话语，难道是巧合？程浩然不免暗自嘀咕了起来。

白可扫视着房间内的每件物品，如果真如程浩然的预料——凶手曾拜访过这家人的话，那么就算他们闭口不提，她也能从物品摆放的序列中看出猫腻。

这应该是一个三口之家，廉价的破木桌上，摆放着一家三口的口杯，可是三个杯子中，却有一个比其他的要高出一截，而且干干净净的，尤为显眼。

白可多观察了两眼，她发现那个干净的高口杯摆放在破木桌接近正中央的位置上；而另外两个又旧又脏的口杯放在了木桌边缘，一副摇摇欲坠的样子。桌上还有一个有缺口的餐盘，里面装着几个烂掉的苹果，看来主人很懒，又或者很忙，连清理掉这些腐烂苹果的时间都没有。

家庭成员之间的地位和距离，已经在这上面体现出来了。

“李姐，那口杯是您的吗？”白可指了指那相对干净的杯子问了一句。

“对，你要喝水吗？我帮你倒。”李姐还惦记着那送上门的一千元，自然是有个好态度，而事实上她家里并没有招待客人的杯子。

“不用、不用，我就是随口问问。”白可赶忙摇了摇手，示意不需要。她心中也起了些疑惑，刚才那补鞋匠咳嗽那么几下，就止住了李姐的话语，可是明明李姐才是这个家的发言人。换句话说，这父子俩在家庭中的地位是处于边缘。这样一来就显得矛盾了。

她很想和程浩然商量一下，可程浩然居然和目光呆滞的补鞋匠叽叽咕咕地聊了起来。多数都是他在侃侃而谈，而对方只是偶尔给出一个极慢的反应。

地上散落着许多补鞋的碎布、碎皮，还有一些钉子和强力胶水，这种凌乱的程度，简直就是系统排列专家的天敌。

但是对于白可来说，凌乱的序列非但不是天敌，反而还让她更迅速地发现了什么：所有尖锐状的物品都朝着破木桌上李姐的口杯，而所有的弧状、圆状物品都朝着那脏兮兮的小口杯——那应该是小男孩的口杯。

“他们的夫妻关系很紧张。”白可从系统排列的位置和方向中，已经窥探到对方的家庭关系，而破木桌上那盘腐烂的苹果，甚至让白可有一定“证据”去怀疑，这个李姐是后妈。

程浩然从零星的对话中，也得到了和白可类似的结论。不过让他觉得更诡异的是，这补鞋匠居然被催眠了，但并不是被控制的那种催眠类型，而是潜意识层次被覆盖以及篡改。

这名补鞋匠依稀记得有一个男人来找他，说了些什么，又拿走了什么，他一点都记不起来，所有的记忆中，就只有送别时的背影。

况且这补鞋匠自己也不清楚为什么，会突然具有攻击性，说实话，他其实疲惫得在缝补鞋子的时候，手都在发抖了。

“又和催眠有关。”程浩然的内心不免警觉起来，从三年前心理大赛的事故，到最近纵火狂无故失智，又到现在凶案现场旁边的邻居被催眠，这一切不可能只是巧合。

由于套不出什么话，程浩然草草地将聊天内容收尾，便起身离去。

“哎，你们是不是该付钱哪？”李姐还不忘那一千元。

“会支付的，不过需要您拿着身份证到我们那里去登记一趟。”程浩然微笑着说道，语气也十分平和。

李姐的脸色一下变得很难看，她极不情愿地挤出了句：“算了算了，跑来跑去怪麻烦的。”说罢，她气冲冲地走到了长条硬板凳那儿，一屁股坐了下去，嘴里又开始骂骂咧咧的。

程浩然和白可对了个眼神，两人便下了楼。在离开之前，那个脏兮兮的小男孩躲在昏暗的角落里注视着他们俩。

白可蹲了下去，非常友爱地朝小男孩招了招手，小家伙赤着脚一溜烟儿就跑了过来，也许是不注意卫生的原因，他的脚上还有一些疙瘩和蚊虫叮咬而起的疱。

随即白可朝着程浩然伸出了手掌，停在半空中。

“怎、怎么……”程浩然有种不好的预感。

“你答应的一千元呢？”

程浩然就知道白可会来这一出，况且他也看出李姐是后妈了，他看着那扁平鼻子的小男孩，心里不由一紧，曾几何时，他的处境比这小男孩还要悲惨。

程浩然利索地掏出了一小叠钞票，正准备数的时候，却被白可一把夺了过去，径直塞到了小男孩的手中。

受宠若惊的小男孩上下唇不禁颤抖着，他不明白为什么陌生人会一下给他这么多钱。对于这个年龄的孩子，尤其还是家庭条件不好的孩子来说，这无疑是一笔巨款。

其实最让程浩然感到怀疑的，莫过于这小男孩手腕上薄薄的金手链——他的养母是视财如命的女人，别说主动买金手链给小男孩，要被她看到，不被扯下来拿去卖掉就算万幸了。

也就是说，那女人似乎忌讳着什么，才没敢动这小男孩的金手链。

“能告诉我是谁送你的手链吗？”程浩然也蹲了下去，和蔼地问道。

“是一个戴着面罩的叔叔。”小男孩说话其实还挺利索。

“他来过你们家几次？”

“好像是两次还是三次。”小男孩并不记得这些，他只清楚地记得第一次见面就得到了这条金手链，而且他继母对那男人的态度也很不错。

“大冷天戴面罩并不会多引人注目，而且通过两三次的接触，就能把一家人的潜意识都给覆盖和篡改，也绝不是普通催眠师能办到的。”程浩然小声对身边的白可说道。

他的字里行间，都在暗示着秦子谦疑点重重。

“我先回学校了，今天还有不少事情。”白可撇了撇嘴，虽然她一直没接受秦子谦的追求，但是这三年来，他确实帮了她不少。

某种程度上来说，她不愿意相信凶手会和秦子谦有半点联系。

第五章 | 生物催眠假想

白可在学校心理学学术研究室内娴熟地翻阅着资料，她记得有一篇关于随机洞察力的文章，但是有些年头了，一时半会儿也找不到，而互联网上的信息也是少之又少。

就在她备感焦虑的时候，身旁传来一个熟悉的女子的声音："可可，在找什么呢？需要帮忙吗？"

她回头一看，是林薇。虽然没有细细计算有多久没见了，但是对方看起来非常憔悴，脸上没一点儿血色。

"啊，没什么，我就是想找一找查尔菲的研究资料和过往历史。我记得在哪个文献里有看过的。"白可相信自己的记忆力，一定是在这里看到的没错。

"你说的是马丁·查尔菲，获得诺贝尔奖的那名美国哥伦比亚大学生物教授？"林薇虚弱地问道，但一字一句都十分清晰，她的眼睛里蒙了一层薄雾。

"对，就是他。你知道关于他的资料放在哪里吗？"

"墙角档案柜左下角第三柜的四号隔层，应该是在里面。喏，这是钥匙。"林薇捂了捂小腹。

"你没事儿吧？需要陪你到校医那儿一趟吗？"白可关心地问道。

"没事，你赶紧去找一下，看看在不在。我歇一会儿就好。"说罢，林薇艰难地走到了她的座位旁，无力地将那时尚又昂贵的名牌包放到了桌子上，便瘫坐了下去。

白可为她倒了杯热水之后，才走到了档案柜旁，匆忙地翻找着资料，她有一种预感——如果她不赶紧找到这资料的话，很可能就再也找不到了！

她真的在左下角第三柜的四号隔层中翻到了所需的资料，她赶紧翻阅着，试图从里面快速找到她最需要的线索和信息。

马丁·查尔菲，1947 年出生，自 1982 年以来任哥伦比亚大学生物学教授。他因向人们展示了绿色荧光蛋白作为发光的遗传标签的作用获得诺贝尔化学奖，并因此为科研人员在了解人类疾病是如何发生的等方面提供了重大的帮助。

“就是这份资料了。”白可激动地继续往后翻阅着，因为原本这份资料强调的是随机的洞察力衍生的偶然发现——查尔菲能够通过绿色的荧光蛋白质来观察生物活体的神经元是如何工作的。

“我们研究的是心理学，和生物没什么关系吧？”林薇喝了一口热水之后，状态似乎好了许多，她好奇地朝着白可望去。

“所有的学科都不是独立存在的，你忘记心理学的解释了吗——它是一门边缘科学。”白可一目十行地扫视着资料。

查尔菲所在的系里每周二都会例行举办一次研讨会，在 1989 年 4 月 25 日那次午间研讨会上，有一位演讲者讲了一些问题，查尔菲对此并没有特别感兴趣。当时，这位演讲者描述了水母能够制造可见的光，让其自身发光，并声称 1962 年，一位日本科学家发现了能使水母发出绿色荧光的蛋白质。当用紫外线照射这种蛋白质的时候，它便会发出绿色的光。

那一刻，查尔菲灵光一闪。他突然想到，如果他把这种绿色的荧光蛋白质（GFP）注入他所研究的透明昆虫体内，然后用紫外线来照射它的话，他便可以看到蛋白质的流向。这样一来，他就可以追踪到它所流经地方的细胞。

就在白可全神贯注地寻找她所需要的线索时，她听到一个男人在身旁冷哼了一下，她心里一惊，转头发现居然是罗教授。

也不知道是不是错觉，白可发觉罗教授的脸色特别难看，但是与她对视之后，他脸上又堆满了通往仕途之路上的标配笑容。

“可可呀，在找什么呢？”罗教授关怀的语气，很难不让人多想。

白可手一攥，这份资料她并不准备轻易交出来，因为其中有着重要的线索。

罗教授一开始没注意到白可手中的资料，当他看见档案柜左下角第三柜的四号隔层被翻开之后，他脸一沉，皱起了眉头严肃质问道：“你要这东西做什么？”

“突然想到了洞察力的随机性，所以想学习一下。”白可倒也说得轻松，镇定的外表完美地掩饰了内心的慌乱。

罗教授瞥了眼白可手中的资料，贼溜溜的眼珠转了两圈之后，他那风蚀般的面庞上挂起了淫邪的笑意：“这可是保密类型的资料，如果未经我签字同意，随便翻阅或者带走的话，我是可以报警的。”

白可一怔，档案柜的钥匙是刚才林薇给的，而现在罗教授又强调这是保密资料，看来这两人的关系非常密切。

见到白可愣神，罗教授赶紧添油加醋地说道：“不过报不报警都取决于我，这资料嘛，本身也没多少特殊内容，也就是心理学的关联分支而已。”

“你想怎样？”白可轻蔑地笑道，她觉得罗教授的嘴脸还真的是纯天然，丝毫不加修饰。

一听白可在开条件，罗教授的荷尔蒙顿时就冲上了大脑，他笑眯眯地说道：“要不今晚我们好好研究一下学术问题？”

白可准备用手中的资料给这老色狼一耳光的时候，她手中的资料被一把抽了过去，随着文件档案重重砸在罗教授脑袋上和随后的一声惨叫，她发现是一个男人给她解围了。

跌坐在地上的罗教授，根本顾不得身份和形象，气急败坏地蹦出了一堆威胁的话语，气势汹汹地站起来，准备好好教训一番这个不识好歹的男人时，他愣在了那里……

十五分钟前，学术研究室外。冯氏集团的公子哥冯波，在廊道里招摇地走着。他的到来引起了一阵不小的骚动，凡是认识他的女生，都恨不能入他的法眼、被其收入囊中；不认识他的女生，简单地八卦了解他的背景之后，立刻也投入这个逐金的浪潮中。

“这些女人叽叽喳喳的，烦死了。”冯波一脸不屑地说道，瞥了眼身后那些女生。

一旁的黑西装保镖非常了解雇主的心思，他一个箭步就拦在了那些疯狂的女生面前。众女生还以为这家伙要动粗还是怎么的，她们都做好了嘴上战斗的准备，有的已经掏出了手机准备随时写标题发朋友圈了。

她们没料到，这名黑西装保镖居然取出了一张金闪闪的卡片说道：“这是创业融资俱乐部大佬、天使投资人 Scofield 的名片，拿到这张名片的人，就可以带着项目去申请创业资金。”

众女生都惊讶地愣在那里，面面相觑。

她们都很清楚创业资金的作用，别说两千万，就算有个两百万都能改变人生了！于是女生们你一言我一语地互相交流着，垂涎地盯着那张薄薄的名片，等着保镖再宣布点儿什么，或者是公开获得的条件。

只见保镖转身快步靠到了窗口前，将那珍贵的名片甩飞了出去，回头低沉地说道：“谁捡到就是谁的。”

本来有几名好事的男生在看热闹的，此时见到这番场景，反应快的男生拔腿就跑。

众人这才反应过来，天上真掉馅饼了，如果赶紧去抢的话，那可就等于发一笔大财了！即使自己用不上，也可以拿去倒卖换钱！随着一阵杂乱的脚步声、推挤谩骂声、有人摔倒在地上的声音，这一层的学生在几分钟内就都跑光了。

冯波冷笑了一下，这样的跟班确实适合当他的保镖，至于捡到的人能否获得投资，就看那个人的造化了。

见到雇主那一丝狂妄不屑又冷酷的笑意，保镖知道不久又要加薪了。在他略显得意的时候，却发现一个男人不知道什么时候站在了他的身旁。

保镖警觉地注视着这个可能具有危险性的男人，他的手已经下意识地放到了腰间别着格斗棍的位置上。

但是这男人却不慌不忙地用左手摆弄着一个编织图案装饰的椭圆形打火机。

“今天天气不错。”那男人昂首挺胸，精致的打火机在他的左手指间跳跃着，偶尔冷不丁地停下来，“嘣”的一声弹出了火花。

保镖的注意力不知不觉就已经转移到了精致的火机上……

“还看什么，该走了！真见鬼，心理学学术研究室还真够偏的，居然在这里。”冯波朝着保镖招呼了一下，他觉得没必要和那耍帅的男人浪费时间，毕竟他今天来是要办正事的。

保镖三步一回头地看着那男人，总觉得哪里不对劲，但又说不上来。

“三，你已经被我控制了。”男人依旧眺望远方，低语道。

就在冯波假意绅士礼貌地敲了一下门之后，他发现并没有人立刻回应他，原本想一脚踹门的他，平息了一下急躁的怒火，然后瞪了保镖一眼。

保镖赶紧一个大步上前，握住门把手往下一压，门就开了。

“冯少，要不罗教授的事情我去替你谈吧？顺便替你‘辅导’他一下。”保镖察言观色的能力不亚于心理专家。

“不用，这只老狐狸，得我亲自出马才行。”

保镖一使劲，将门推开后立刻让出一个身位。

谁知道他刚进门，就看见这个色老头竟然在调戏女学生。冯波压根儿没有英雄救美的想法，他没必要为了展示自己而去冒一丁点儿的危险。

可他定睛望去，发现被老狐狸罗教授调戏的女生，有着一张动人到让人忽略容貌的脸蛋！很矛盾，却十分有吸引力。

没有冯波想象中那种让男人自惭形秽的冷漠高傲，相反，还有点类似暗香浮动的勾人味道，这类诱惑不张牙舞爪，甚至带点疏远感，但偏偏让人欲罢不能，那副略显知性又有些沉闷的黑框眼镜恰好消弭掉一丝稍显过分的妩媚，平添一分如江南烟雨般的雅致。

一种沐浴春风的感觉洗涤了冯少的身心，他感觉彷徨中的自己，在见到那女生的第一眼，就深深地被对方吸引了，这种一见钟情的感觉，即便曾经出现过，却没有现在这般强烈。

“就是她了！”冯波舔了舔嘴唇，露出了比罗教授还淫邪的笑容。

保镖最专业的地方，就在于他可以在最短的时间内读到雇主的诉求，于是他一个箭步冲到了罗教授的身旁，从那女生的手里夺过了资料，狠狠地照着罗教授的脑门扇了过去。

原本还得意忘形的罗教授，此时脸上的肌肉不自觉地抽搐着。

“冯……”罗教授有点顾虑，没喊出口。毕竟房间内还有两名女学生，要是传出他攀附权贵的流言，他的仕途就会遇到更大的危机。

“哟，原来老罗在这儿和女学生玩乐呢？啧啧，你要注意点公众形象，毕竟这里可是学校。”冯波阴阳怪气地嘲讽道，尤其在提到“女学生”几个字的时候，他的声音都飘了起来，目光也不禁朝着白可那儿看去。

白可眉头微蹙，事情果然是越来越麻烦了，她只想把资料拿过来，可是此时资料已经被冯波的保镖捏在了手里。

罗教授的耳边还在嗡嗡作响，他也没心情听这个大少爷的寒碜，只是悻悻地瞟了白可一眼，到嘴的美味就这样错失了。

“喂，那边那位美女，有没有兴致赏光和我共享晚餐？”

白可没作回应，心想关于资料的事情只能从长计议了，于是她不动声色地回到了自己的座位上，摊开了一些材料故作专注研读的样子，丝毫不理会那名自视甚高的冯少。

一直默默坐在一旁的林薇，见到白可居然什么都不做就"勾引"到冯少，她的心里是又嫉妒又羡慕，如果她能攀上冯少这样的大金主，她又何必再去讹那糟老头的钱呢？

林薇摸了摸隐隐作痛的小腹，一股凄凉的悲怆感不觉间笼罩了她的心头。"就这样吧。"她嘲笑了一番自己，然后站了起来，朝着冯少走去。

"您好，我叫林薇，是……"林薇缺乏血色的脸上，却伴随着让男人难免会产生怜香惜玉之情的柔弱美。

"滚开，没见我在和别人说话吗？一点都不懂礼貌。"冯波没好气地一把推开了林薇，径直朝着白可走了过去。

在白可的办公桌旁，冯波摆出一副高冷的姿态，但是还没维持两分钟，他就快要被这种沉默给压死了。

"听说学校里有一个风云人物，她既是校花，又是心理学大师。"冯波美滋滋地说道，他一直以来觉得学心理学的女人，不过就是想在沟通技巧上多提升一点，以得到富豪的青睐，所以他并没在意学校的校花传闻。

白可静静地翻阅着资料，目光很坚定，一点受到尘世喧嚣的诱惑迷离感都没有。

这样的眼神让冯波更加兴奋不已，他尝过各式各样的女人，唯独眼前这种孤傲高冷，却还很有才华的女人，他还真没遇到过。

"我觉得我心理有问题，要不你出个价，帮我治一治？"冯波用调戏的口吻半真半假地说道，然后无聊地随意摆弄了一下白可桌子上的物品。

当他随手从多支并列在一起的水笔中取出一支后，他拔掉了笔盖，然后丢回到了笔筒旁边。

白可假意浏览资料，用余光关注着这人的一言一行，当她看见冯波从笔堆里取出的是最长的那支笔，而且这样对待的时候，她就看穿了这男人的心思。

“你对一个人深恶痛绝，但是他又令你无比惧怕。”白可冷冷地说道，同时也将分贝压到最低，只有冯波听得到。

冯波原本还沉浸在调戏校花的思路里，一开始没多大反应，心想他确实是有不少痛恨的人，这个要说起来也没错，可是，程浩然倒不足以让他惧怕，难道这女人说的是……

白可嘴角露出轻蔑又傲慢的笑意，意思是真相只有你自己才知道。

冯波不知道眼前这女人看出了什么，于是他扭头看了眼保镖。

保镖立刻领悟了雇主的意思，他招呼了一下罗教授和林薇，即便那两人不太乐意，但也不敢当面得罪冯少，只好悻悻地跟着保镖出去了。

而在保镖出去合上门之前，他看了冯少一眼，有几分担心垂涎美色的冯少会做出什么夸张的事来，那样的话又要闹得沸沸扬扬、满城风雨。冯国峰肯定会大发雷霆，到时候他这个保镖的奖金和加薪也就都无望了。

冯波狠狠瞪了保镖一眼。保镖只好识趣地关上了研究室的门，毕竟谁他都得罪不起，只好走一步算一步。

“你对父亲敬畏又害怕，想反叛却又没实力。”白可见到四下无人了，便一针见血地问道，她的语气很轻，一点质问的意思都没有，但是冯波听来，却如同千钧之力灌入了耳中，令人耳膜生疼。

“怎么可能？”冯波脸色一沉，矢口否认，但是他的目光却不自觉地投向了刚才被取掉笔帽的那支笔。

“不是因为利益关系，而是因为女人。”白可轻叹了口气，觉得这些所谓的上流社会、成功人士的圈子还真够乱的。

“你怎么知道的？”冯波还不至于像瘪了的气球，但是他的锐气折了不少。

“在我面前，最好不要接触任何东西，否则……”白可又冷笑了一下，上下扫视了冯波一遍。

他被白可那似乎能看透一切的目光弄得浑身不自在，但他片刻就镇定了下来，冷冷地说道：“如果最疼爱你的母亲被一个小人给辜负、出卖了，然后被判了个无期徒刑，结果还在牢里出事，连命都没了，你说这样的人该不该被憎恶？”

白可怔了一下，并没有作答，她此时突然就想到了和自己相依为命的母亲。

冯少愤恨地攥起了拳头，可当他瞧见白可踌躇神游的表情时，他开始脱下外套，淫笑道：“既然你知道了那么多事情，那么成为我的女人，你就一定会为我守口如瓶的，对吧？”

“你、你要干吗？这里可是学校！”白可确实没料到这看似体面、人模人样的家伙，居然敢公然做出下流的事情来。

“学校又怎么样？”冯波终于见到眼前的女人露出了害怕的神色，这令他更加兴奋，他顾不得那么多，径直朝着白可扑了上去。

白可虽然陷入困境，却近乎本能地转身，双手撑在桌子上，一个翻身落到桌子的另一侧，紧贴墙壁。

冯波没料到这女生身手会那么好，完全可以媲美保镖了，这更加燃起了他的兴致——她不但精通心理学，还有那么好的身手，无论是当保镖还是当贴身女友，都是极佳的选择。

就在他踩上桌子，准备再次朝白可扑过去的时候，他猛然感觉脚底实实在在的桌子，突然踏空了似的，整个人摇摇欲坠，失去了平衡感。“扑通”一声，他跌了下去，他感觉不到踏实的地面或者桌面，只觉得四肢撑在了灼热得如同沸腾的锅炉壁上一样。

一种恐惧感莫名袭来，冯波真切地感觉到了滚烫的触感……

白可并不知道为什么刚才还叫嚣的冯波，此时会莫名地蜷在地上像被什么折磨似的，就像是被恶灵附身了一般，这种场面看起来很吓人。

就在这时，白可感觉手腕被轻轻拉动了一下，她正准备条件反射地攻击对方时，却发现这是一张熟悉的俊脸——秦子谦。

“你怎么来了？”白可诧异地问道，三年来秦子谦都不曾上来找过她，而且之前在案发地他也匆匆告别，没想到却出现在这里。这会儿复杂的遭遇让白可又激动又疑惑。

“料事如神的精神分析大师怎么没来？”秦子谦以玩笑的口吻说道，但是白可听得出其中满满的火药味和强烈的攻击性。

“现在不是说这个的时候，他怎么会这样？”白可指了指在地上来回滚动的冯波，她能得出的结论也就只有一个——跋扈的冯少被催眠了。

“浅层催眠而已，如果你不快点跟我走，一会儿麻烦可能会不小。你要找的东西找到了吗？”秦子谦语速平缓，明明在强调时间紧迫，语言乃至肢体语言都没显示出丝毫的紧张。

白可顿了顿，她很清楚她找的资料就是为了查明秦子谦到底是不是凶手，并寻找出其中的关联。而现在秦子谦却若无其事地好像在帮她一起找线索。她最重视的两个男人，也是最珍惜的两个男人，分别都有不小的嫌疑，她极力为他们澄清，可是这趟浑水似乎越搅越浑浊，她快要连自己都看不清了。

见到白可发愣，秦子谦亮出了刚才被保镖拿走的那份资料，微笑着问道：“是这个吧？”

这种无微不至的关心和帮助，让白可感到惭愧和尴尬，她在质疑她的挚友。

“带你去一个地方，也许能解开你的疑惑。”

“可是保镖就在外面，我们怎么出去？”白可问完这句话就有点后悔，因为一个很简单的逻辑就可以解释她的问题——秦子谦能安然无恙地进来，也就意味着保镖并不能构成阻挡他的威胁。

“跟我走吧。”秦子谦拉着白可走出了学术研究室的门，林薇和罗教授并不在附近，而那保镖正低头注视着地面，耳朵似乎被堵住了一般，根本听不见脚步声。

“你是怎么催眠他的？”白可知道秦子谦是难得一见的天才催眠师，可他真实的实力她并不清楚，因为他屡次要为白可清除心魔，都被她拒绝了，她并不愿意向任何人敞开内心。关于这一点，强势的秦子谦却很尊重白可的意愿。

当秦子谦带着白可走到楼梯口时，一款精致的打火机出现在他的左手中，随着打火机一阵轻快地跃动，最后停止下来开盖，“啪”的一声点火，那名保镖才被解除了催眠。

保镖愣神了好一会儿，他感觉就像打了个盹似的，做了些奇奇怪怪的梦，所幸那都是梦而已。他长长地舒了一口气，完全没发现自己被催眠过，他朝着有点小动静的楼梯口那儿望去——连个人影都没有，仅仅是传来渐行渐远的脚步声。

他深呼吸了好几下，缓了缓精神，侧过脸瞥了一下他看守的学术研究室的门，结果发现门居然是半敞开的，他心中暗叫：“不好！”

保镖夺门而入的同时，他腰间的格斗棍已经抽了出来，随时准备应对袭击他雇主的人，可是眼前的这一幕倒让他哭笑不得——平时傲慢跋扈的雇主，此时正脱了衣服在地上打着滚，一会儿焦灼不堪的样子，一会儿又是享受地发出怪声。

“冯少……”保镖不敢大声喊，毕竟是雇主，万一这是雇主什么奇怪的癖好，被他给搅扰了兴致，估计他的这份工作就不保了。

冯波没有任何的回应，依旧沉浸在除了他自己以外任何人都不知道的世界中。

保镖越看越觉得不对劲，现在这般场景，和失心疯没什么差别！他三步并作两步地来到雇主跟前，双手按住了对方的肩膀。

与冯少平时那不可一世的表情相比，此时的他更像一个面部神经系统出了障碍的小丑，口水甚至还挂在嘴角。

保镖强忍住笑意，用衣袖替雇主抹掉了口水，谁知冯波又抽起风来，在地上滚了一阵子之后，又在地上爬了起来。

万般无奈之下，他迈出一大步，一抬脚就朝着雇主的屁股踹了过去，然后转身飞奔退回到了门外。

随着“啊”的一声惨叫，保镖故作慌张地重新冲了进来，大声问道：“怎么了？”

冯波弯着腰扶着桌子，一手捂着屁股，有气没处撒地质问道：“那个女生呢？”

“冯少，是您让她走的。”保镖一脸严肃地说道，估计也没人会自己否定自己的选择。

“哦？那还真是见鬼了。刚才难道是激动过头了，然后莫名地做了些奇怪的梦？”冯波虽然觉得有蹊跷，但也只好作罢。

“冯少别担心，我这就去查实那女生的身份背景，她终究逃不出您的手掌心。只不过，听说校花已经有男朋友了……”

“什么？是谁！”冯波激动地问道。

“是……”

“快点说！”

“程浩然。”

冯波皱了皱眉头，没想到世界还真够小的。很快，他又恢复了那目空一切的表情，奸邪地说道：“查背景这事你必须得办。但在此之前，先把姓罗的那个老滑头给我找来，我得问问要他安排的事情都准备好了没有！程浩然的事情看来还是得放到最前面来解决才行。”

月亮低悬在空中，风平浪静的校园里泛着一层银辉，看上去遥远、幽静、漫无边际，像是一片结了冰的湖水。

校园图书馆的楼顶上，一男一女正默不作声地并肩站在天台的边缘。

一种惭愧、内疚、痛心和感激的混合之情，像海潮般冲击着白可的心，她顿了顿，终于还是问道："凶手是你吗？"

她心里也确实没底，与其遮遮掩掩地调查，不如摊开了问，对方的表情兴许会真实地表达出什么。

校园沉浸在一片幽深的寂静里，树木的叶子所剩无几，蓝莹莹的夜空显得分外疏朗，水似的月光，照耀着一条条静寂的白色甬道。宿舍楼里更是没有一丝声息，扇扇门窗都黑洞洞的，只有走廊中间两盏玻璃罩灯寂寞地洒下黄澄澄的光亮。

秦子谦不作声，他与白可并肩站着，一只手依旧插在裤兜里，另一只手捏着白可渴望查阅的资料。他眺望着远方，轻叹了口气，语气没有任何波澜起伏地反问道："如果我真是凶手，你会怎么样？"

楼下深黑的树枝摇动着，风震撼着门窗发出些声响，更显得异样静寂。这所坐落在北方都市里的古老校园，在夜晚忽然变成了一艘海盗船，充满蛊惑地在彩灯中荡漾起伏，发出粗重的喘息。

白可也沉默了，她确实考虑过这个问题，如果凶手是程浩然或者秦子谦，她又该怎么办？这三年来，支撑她一路挺过来的两个精神支柱，哪一个崩塌了，都会令她痛苦不堪。当然，那是最坏的结果，她并不希望这事情真的发生，毕竟这两个男人貌似都没有犯罪的动机。

"你想核查荧光蛋白质（GFP）的作用，就是想确定在案发现场发现的萤火虫，是否和催眠术有关联吧？既然如此，资料在这里，你可以拿过去看。"秦子谦递过了资料。

秦子谦的表情和肢体语言不时在暗示着：白可一旦接过资料，他们之间的信任就荡然无存了。

白可知道，她的手伸出去的话，后果无非就两个：一是凶手并不是秦子谦，友谊也就到此为止；二是凶手就是他，知道真相的她，极有可能会从楼顶被推下去。

心理猎人小组的三人，都是精通心理学的高手，只不过领域流派不同，使用的手法不同。但是在揣摩人性和行为的能力上，他们彼此之间的实力不相上下。

秦子谦是有意给白可出了一道难题……

白可踌躇了片刻之后，还是决意接过资料，因为没有什么比证明自己挚友的清白更重要！

她一把抓过资料，翻开她所想查阅的那一页时，秦子谦却开口了："GFP 多了一些其他颜色，如蓝色、蓝绿色还有红色。除了水母和昆虫之外，GFP 也可以很轻易地被注射到各种生物体内，用途广泛。"

秦子谦说的和白可在资料上看到的一模一样。

"科学家把 GFP 加入一种病毒，然后再注射到老鼠体内，他们就能观察病毒是如何在前列腺细胞中生长的，以及这些细胞的生理变化。"

"包括注射到人类的体内。" 白可低沉地说道，这是她一个无比大胆的假设猜想。

"当然了，GFP 还可以被加入连接神经细胞之间的细胞当中，这样外科医生在手术中就能清楚地看到神经纤维束，防止出错。" 秦子谦应答着。

"我说的不是这个意思。你作为催眠专家，应该比我更清楚催眠的本质：催眠其实就是通过意识去调节自身的细胞和生物电流。如果一个催眠师还懂得利用 GFP 来观察的话，那他的催眠的精准度将能有一个刻度似的检测标准，如此一来，岂不就所向披靡了？" 白可等着秦子谦的解释，同时也集中了精神，以免被这深不可测的催眠师给控制了。

"催眠真的有那么厉害吗？" 秦子谦自嘲了一下，朝着白可微笑着。

"那只有催眠大师才清楚。" 白可把话题又带了回来。

"其实 GFP 还有一些重要用途，比如检测污染，把它注入一种细菌当中的时候，如果污染得越严重，它就会越亮。用于农业时，可以跟踪到哪些庄稼正经受害虫的侵袭，然后……" 秦子谦开启了学术讨论模式。

再一次被岔开了话题，白可不满地撇撇嘴“哼”了一声，环抱起了双臂，用肢体语言抗议。

秦子谦固然清楚白可的意图，但他就这样模棱两可地回答着，即便白可获得了那份资料，其实严格上来说只能证明一些猜想，而不能作为证据来证明什么。

“很可能再不久就要出现七日祭的第三名受害者了，你还有心情和我研究这样的学术问题吗？三年了，可能也就这一次我们能面对面聊得多一点。”秦子谦有那么一瞬间想吻白可，一转念便抑制住了，让欲望沉埋在心底，终于消灭。

白可一晃神，原来秦子谦心里有数，前两名女大学生失踪案和七日祭无关，而他在明知道真相的情况下，居然还误导大家，他到底在盘算着什么？她觉得越来越看不清楚眼前这个男人了。

“你相信我吗？”秦子谦柔和地问道，并没有逼迫的意思。

白可知道就算回答“信”字也是苍白无力的，她甚至都不知道该不该害怕眼前这个深邃又神秘的男人。

“你猜得没错，特殊的荧光蛋白质，用在人体上的话，再作用于催眠，就可以很清晰地看出催眠的效果，如果整个大脑皮层都发亮的话，那么就意味受术者完全被控制了。”秦子谦肯定了白可的想法，他的口气中伴随着欣赏——没想到白可居然那么睿智。

“这应该还远远不够，七日祭的凶手意在创世纪，难道是要……”白可再一次大胆地推论着。

秦子谦露出了一丝诡谲的笑意：“可可，女生还是不要过于聪明，否则会不安全的。”

白可顿了顿，抿起了嘴唇。

“既然你已经怀疑我了，我就算否认也没用。不是吗？但我可以告诉你，凶手想要创世纪，就要革新人类的大脑，也许他是想用自己的意识来覆盖所有人。”秦子谦口吻中显得凶手似乎真的另有其人。

“即便七日祭杀害了七个人，难道这就能进行大范围的催眠了吗？”白可受到了秦子谦的启发之后，才隐约地感受到凶手那冰山一角的意图。

“究竟是什么因素使一个人成为杀人者？这个因素也许是遗传基因造成的，因此有些人有，有些人没有。”秦子谦一直都没正面回答白可的问题。

“不一定，有的杀人者是因需求塑造而成，由此发展成一种对抗心态、一种生存策略、一种求生的病态行为、一种理性的疯狂，就如同疾病是对身体的剧烈吞噬，疯狂则是退缩到潜意识的某个地方，挖掘壕沟隐蔽自己。”

白可还很严肃地分析并且接下了秦子谦的话。

秦子谦皱了皱眉头，觉得白可说得有几分道理，似乎在说他，又似乎在说凶手，又似乎在说可能是凶手的他？

“就我而言，我认为杀人不过是生存的必备能力之一，一个人必须战斗才有资格获得，无法杀死有威胁的人就没有生存权利。而杀人亦不过是加速无可避免的死亡罢了，没有人逃得过死亡。活得有尊严的生命，不过是在光鲜的外表下糜烂，因为生命充满了痛苦。”秦子谦淡淡地说道，并没有愤世嫉俗的憎恶感，却深深地刺痛了白可的心。

眉头微微蹙起，眉宇间淡淡的落寞让人忍不住为他心痛，单薄的肩头使他看上去更像一个孩子。白色的雪花纷纷扬扬地飘落下来，落满他黑色的头发。

白可从他的字里行间听出了迷惘和仇恨，他曾经遭受的事情，又有谁能帮他驱散阴影？相较于三年来一直默默给予她帮助的秦子谦，她却无法为这挚友做点什么！

白可黯然垂下眼帘，她泪光莹莹的眼睛如同掩映在流云里的月亮。那目光，仿佛是沉沉夜色中掠过的转瞬即逝的流星。

任凭再厉害的心理专家，此时也无言以对，她能从话语中深深地感受到对方的痛楚——那是一种充满毁灭感的窒息与绝望。

“也许很多人并不认可，但是很快他们就会发现，他们的每一下心跳都充满了对生命的愚蠢渴望，他们愿意用人生中累积出来的所有东西去换取一丁点儿的存活时间，这些随时可抛弃的东西包括尊严、地位、金钱、原则，甚至是人性。”秦子谦幽幽地说道，听起来言辞激烈，却不无道理。

白可紧紧攥着拳头，她并不是因为冷，而是想反驳却找不到合适的话语！

“所以我们必须要深入内心，远离困惑刺眼的灯红酒绿，进入启迪人心的冰冷黑暗，了解其中的本质，也就是人性。这就是我们必须发现的，也是我已经发现的——让一个人成为杀人者的重要因素。”秦子谦将手放到了自己的心口前，单薄的羊绒衫透不出心跳。

“于是你要创世纪？洗涤人类的心灵？”白可犹豫了片刻才有意引导出这句话。一般来说，普通心理素质的凶手，在这个节骨眼就会和盘托出，而不再遮遮掩掩。

“如果是我，创世纪远远不够，但是那家伙确实比一般人看得更透彻。”

“那家伙是谁？”

“是一个和我的人生相差无几的人吧？”

“为什么你不帮我们抓他出来？如果你真的那么了解他的话。”

“我一点也不这样认为。再过不久，我也会躺在死亡的垃圾堆上，和这出小戏码的其他演员躺在一起。但是无论我的尸骨腐烂得多厉害，即使只剩下头颅，我的嘴边仍会有一抹微笑。这是我目前赖以存活的支撑，是我存在的意义，是我重生的机会，更是洗去耻辱的砝码。”秦子谦那双眼睛凶光闪闪，竟充满了怨毒。

白可从没见过这样的秦子谦，她内心竟然控制不住地恐惧起来，身子微微地颤抖着。

“你说让我帮程浩然那种人破案追凶？不可能！我只是陪着你，担心你出状况而已，就如今天碰见冯波那个纨绔子弟一样。”秦子谦怨毒的目光立刻收敛起来，转为温柔的眼神，朝着白可望去。

白可缄默，今天确实是他从困境中帮她解围了。

“一切都只不过是开始而已，现在的我只要关闭感受性，走进所剩无几的白昼亮光中即可。”秦子谦耸了耸肩膀。

他觉得这场游戏越来越有意思了，作为情敌的程浩然，得具备竞争能力吧？七日祭的凶手，秦子谦倒还有那么几分欣赏，若是程浩然能把凶手揪出来，他也许会考虑好好和程浩然赌上几把。

“对不起。”白可胸口好像猛地被塞进了大团棉花，透不出气来，心跳得怦怦响，似乎一张口那颗热乎乎的心就会跳出来。

“你没什么对不起我的。”

“三年来你默默帮了我不少，而我却一点都帮不上你。即便是现在想帮你洗脱嫌疑的情况下，同时也是怀疑你的，对不起。”白可啜泣着。

“不需要为我这样的人哭，你还记得气质是什么吗？”秦子谦宽容地说道。

白可轻抹了一把泪珠，这种听起来很抽象的词语，在心理学家的词典中，却是非常具象的。

“从心理学上来说，气质就是心理活动的反应速度、强度、灵敏度和准确度。为什么优柔寡断的人难有吸引人的气质？就是因为给人感觉内心太弱小了。”

“那我是什么气质？”白可颇为好奇地问道，她不知道在这种心理阴暗的催眠大师心中，自己会是怎样的一种形象。

“你？”秦子谦淡然一笑。

他的心境始终保持平衡，他的脸孔平静、恬适，看上去仿佛永远在笑，那是一种藏而不见的笑，这表情给人一种安详宁静之感。

白可注视着秦子谦，等着他给答案。

“桃之夭夭，灼灼其华。最有气质的你，却不在我的时代里。”秦子谦苦笑着摊了摊手。

第六章 | 林薇的嘱托

两天后的晚上。

在一间飘散着糕点香气的面包店中，两名漂亮的女店员热情且娴熟地接待着顾客。

一名男子本来只是从面包店外路过，却无意间瞥见了女店员别致的容貌，他咽了口唾沫便循着香味推门进去——那不是烤面包的香味，而是女人香。

“欢迎光临。”漂亮女店员热情地说道。

男子不敢用目光与漂亮的女店员对视，他的表情肌肉不灵活，无论是愤怒、惊骇、钟情还是绝望，他只会用大睁双目来表示，纵然心里装有几千种微妙的情绪，表面上一点也看不出来。

他有意无意地鼓捣着货架上的新款烤面包，又推了推一旁的三明治，其实他根本就没想买什么。他在假意挑选的同时，目光悄然地朝着漂亮的女店员望去。

她的皮肤很好，白得如同羊脂玉雕出来的，细腻得看不出纹理。无论拍多大的特写镜头，都无须加柔光镜来粉饰。她是活泼的、明朗的、爱笑的，而又美丽动人的。真让人难以想象她居然只是一名普通的女店员，如果她去拍电影的话，一定能博得个好角色。

女店员也注意到这男人炽热的目光，但是她依旧热情地问道：“先生要找什么？需要我帮忙吗？”

“不，不用了。我自己看就好。”男子匆匆地转移了视线，他心跳加速着，有种想上去问她要电话号码的冲动，但他还是克制住了。

“当演员不容易吧？可以多买几片新款的面包，能存放至少两天呢，我们的工艺还是很不错的。”漂亮女店员温婉关怀地提醒道。

男子一怔，对方怎么会知道自己是演员？如果是二三线的演员，男子可能还可以炫耀一番，然而他不过就是一个跑龙套的演员，惨淡的工资难以提供让他买得起香喷喷的烤面包的机会。

但是他一咬牙，一把抓过了二十五元的烤面包，慌忙地放到了收银台上，才取出那皱皱巴巴的零钱时，却见这漂亮的女店员甜美一笑，说道：“我已经替你付了。”

他惊慌地抬头，看见漂亮女店员晃动着手机，看来她真的已经支付了，他的脸“唰”的一下涨得通红。

“谢、谢谢……”他尴尬地挤出苦涩的微笑，心中充满着感激，却又无比惭愧——他的初衷只是想进来多瞅几眼漂亮女孩，并且要个电话号码而已，而对方的宽容和友好骤然间让他显得多么卑微。

他拿过面包袋，风一般地冲出了面包店，却迎面撞上了另一个男人，对方的身板特别结实，他自己倒还往后摔了下去。

“对不起。”他六神无主地道着歉，紧握着面包袋，余光瞧见那男人的胸前挂着一个锈蚀的十字架。

那个男人瞪了他一眼，又朝着面包店内望了望，便转身离开了。

面包店内，另一名女店员认真地清点着余下的面包和糕点，高兴地说：“可可，今天的销售业绩似乎不错呢。”

站在收银台前的白可微笑回应：“那就好，不过真没想到，你居然也在这家面包店做兼职。林薇同学。”

“你以为谁都和你一样，来这里是体验生活的啊。”林薇又一次小心翼翼地核对货单，生怕出错。

“没那么夸张啦。只不过接触来来往往、形形色色的人，才是锻炼洞察力最好的方式，一直在学术研究室里，终究还是缺乏实战性。”白可望了望店门外，又瞄了眼收款机上的时间，此时已经将近22：30。

“对了，你刚才是怎么看出那个寒酸相的人是演员的？居然还替他付钱，看来你最近经济条件越来越好了。”林薇嫉妒地说道。

她从不少小道消息听说白可傍大款，但实际上她了解白可的人品。而且来这家面包店兼职，她也是有选择性的——因为只有这样她才有合适的机会与白可对话，兴许谁就在外面监视也说不准。

“他迟早会还这个钱的。而且寒酸只是因为手头紧张。穷人分两种，生不逢时却依旧努力；另一种就是纯粹的懒惰。后者我是不会帮的。”白可淡然地说道，她并不是慈善家，而是着实看出了一个奋斗中的人所遭遇的困难，让她回忆起自己一路是怎么熬过来的。

“我就是普通研究生学历，说不过你这个博士生。”林薇故意自嘲地说道，朝着白可友善地笑了笑。

“我没猜错的话，你也并不是偶然才应聘到这家店来的吧？你有话要和我说吗？”白可话锋一转，她看林薇收拾的物品都朝向自己，就猜到林薇一定有事找她了。

林薇沉默了片刻，先是转身与白可对视了一下，又紧张地朝店外望了几眼，然后慌张地走到了闸门开关前按下了按钮，店铺的卷闸门便缓缓地落下了。

随着“嘭”的一声，卷闸门严严实实地合上了，这间不足十五平方米的店面里，就只有她们两个女人。

片刻的沉寂之后，白可突然想起前次在研究室看到林薇捂着肚子的虚弱模样，犹疑地开口道：“你……是不是为罗教授堕胎了？”

林薇微微点了一下头，她眼中酝酿着一种深邃的杀戮之意。

“有什么我可以帮你的？如果缺钱的话，也许我能借你一点儿。”白可强调了一下“借”字，因为原则上来说，她一点儿都不想帮林薇，毕竟每个人的路都是自己选的，恶果同样也得自己承担。

“不，不需要钱。”林薇低沉地说道，想说什么却欲言又止，她的眼中蒙上了一层迷惘的雾。

“哦？那我还能从什么方面帮你呢？”白可能用序列看透诸多事情的真相，却看不清眼前这女人最真实的诉求。

“喏，这是我的一份保险单。你能帮我收一下吗？我母亲住院了，地址也在上面。”林薇从包里取出了一份保单递给了白可。

白可在前段时间就见过这份保单了，可林薇这突如其来的交代，让她感受到了林薇内心的不安。

“你为什么不留给你的母亲？”白可不解地问道。

“很多事情都是偶然，如果我发生意外了……”林薇哽咽起来，从她的眼神中可以看出，她对什么事情下了很大的决心，可依旧有什么放不下的，应该就是她的母亲了吧。

白可实在有点不明白，发生意外这种事情，林薇怎么能说得好像就在掌控之中一样？况且保险公司并不傻，如果被查出是自杀，那也不可能骗到保险金。

换句话说，有谁又会那么傻，令自己成为杀人犯，还让对方获得巨额保险金？

沉重的氛围笼罩着原本充满香气的面包店……

林薇静静地站着，随即从她的名牌挎包里取出了指甲钳修指甲，然后摘掉了店员头饰，用梳子缓缓地梳理头发，她一只手在头发上别了个颇具活力的红色发卡，另一只手飞快地在手机键盘上打字。不一会儿，手机发出“哔”的一声，一抹微笑浮上了她的嘴角。

“你先回去吧，店里的事情就交给我了，一定要帮我保管好那份保险单。”她朝着白可叮嘱道。

如果只是寻常的委托，白可也不会多想，但是林薇如此反常的行为，怎么看都像是在交代后事，以及留下“遗嘱”。

“别发愣了，太晚回去不安全。”林薇关切地提醒道，似乎忘记了她自己也是一个普通又柔弱的女人。

白可还想问点什么，但是林薇已经转过身去，走到了监控设备前，把监视摄像头关闭了。

“我可不想穿着工作服离开。但是这里又没有换衣服的地方，所以……”林薇回过头来解释道。

那么晚了，就算是穿着工作服也没人会注意到吧。难道她要赶赴什么夜场吗？白可心中不禁嘀咕着，才感觉能和这女人交心一下，结果她又要赶着去放浪形骸了。

林薇从手提袋里取出了一套艳丽的裙装，当着白可的面就换了起来。她熟练地换完了衣裙之后，还穿上了一双薄薄的淡粉色丝袜，趿着银色铮亮的高跟鞋。

白可见到不免全身一颤——这么冷的天，穿成这样难道不觉得冷吗？不过毕竟各自有各自的生活模式，白可也不好多插嘴干涉，于是她简单地收拾了一下，便开启了卷闸门。她弯腰出去的时候，冲着林薇说了声：“记得把门关好哦。”

林薇冲她笑了笑，挥挥手还俏皮地点点头，白可这才稍微安心地离开。

“再见，如果有什么事随时联系我。”白可离去之前最后交代了一句。

“永别了。”林薇朝着悬在半空中的卷闸门低语着。

她们俩人几乎没什么共同点，但她们在初入研究室的时候就认识了，林薇的外形条件也不错，只不过在校花白可的光环之下，她难免会黯淡许多。

林薇打心底佩服白可的能力与为人，事情交代给她，应该可以放心了。

她看了眼手机，看是否有新的消息。

什么都没有。

“真是够绝情呀，好歹怀过你的骨肉。”她看透一切地冷叹了一下，牙齿不由得战栗起来，毕竟穿得太少了，确实是会感到刺骨的冰冻感，但是没关系，很快一切都要结束了。

在此之前，她很清楚自己是一个严于律己的人，这让她成了一名很优秀的学生。但是，学生只是一个身份，而不是一个职业，没办法获得更多的钱。她曾想通过自己的努力和才华，成为一名白手起家的女强人，可以掌握自己的人生和未来。没错，她一直都想做一个企业家，只不过没机会实现而已。

冷风从半开的卷闸门空隙中呼呼地灌了进来，小店中的气温立刻就降低了不少。

林薇关掉了大灯，只留下一盏稍微能照亮收银台的射灯，而她就在射灯底下，抚摸着自己滑嫩的面庞，惋惜着感慨自己终于当了一回主角。

这时候，一个身影“嗖”的一下从半开的卷闸门下钻了进来。

通常情况下，单身女人在深夜遇到这样的事情，要么吓得失声尖叫，要么早就恐惧得两腿发软瘫坐不起。可林薇却淡定地按下了卷闸门的按钮，使其徐徐落下，然后她幽幽地坐到了收银台上，妩媚地交叠着双腿。

进来的是个戴着面罩的魁梧男人，胸前挂着一个锈蚀的十字架。

“对不起，糕点面包什么的，都已经卖完了。”林薇不卑不亢地说道，她心中虽有些许恐惧，但也被理智克服了。

来人瞥了眼身后那严严实实关住的卷闸门，又看了眼林薇，他那凶神恶煞的目光，戾气少了几分，也多了几分好奇——居然还有这样的女人？

“哦，对了，你不是来买糕点的，你是来索命的。”林薇自嘲道。

男人握住了拳头，如果这女人已经报警了，那他还真就失策了，不过他也早准备好了退路。

“别担心，我没报警。”说罢，林薇再次瞧了眼手机，轻轻地将其关机了。

男人不解，他见过各种人临死前的眼神，唯独这一次，这女人让他感到诧异。

“做你这一行的，应该没有女朋友。就算有了钱，想去消费一个女朋友，也是很困难的事，毕竟你的钱也一样很脏。如果你暴露了身份，那么你也就性命堪忧了。”林薇娓娓言道。

男人紧攥的拳头松了些许，他觉得这个女人还真有点意思，至少她说得没错，杀手这一行看似自由自在，但实际上有着道不明的行规，而且他也着实很久没近过女色了。

“既然我迟早都要是一具冰冷的尸体了，不如就趁还有温度的时候，陪你云雨一番，我只求留个全尸。”林薇的口吻中一点苛求的意思都没有，反而听起来像在渴望死亡。

男人顿了顿，似乎在犹豫着什么。

“喏，你在担心的是这个问题？”她晃动着手指，两指之间夹着一块塑胶小四方块。

男人几步就来到了林薇的跟前，一手掐着她的脖子，一手从她指间夺过了小四方块儿。

林薇蓦然一笑，她早就在这小四方块上扎了若干个针孔。

射灯投着一束光线在收银台上，那结实的台子剧烈地晃动了起来，男人胸前的锈蚀十字架在射灯下显出熠熠生辉的样子。

一阵云雨过后，男人终于停了下来，微喘着气注视着这个将死的女人——她在灯光下的笑容是那么美丽，可是却藏着一种说不出的悲伤，一种让男人看了就会揪心的悲伤！

他自始至终都是一言不发，退了几步之后，他从衣服中取出一个微型视频录制器，似乎要录制什么。

“原来交差还需要录下视频？”林薇轻喘着气说道。

男人默不作声，摆好了微型视频器，开始录制之后，望了林薇一眼。

她似乎已经做好了准备，浅浅一笑。在她还没回过神来的时候，男人就已经从她身后闪了出来，伸手抱住了她的头，一只戴了黑色手套的手伸向她的下巴，另一只手揪住了她的头顶，两只手同时反方向一扭，“咔嚓”的一声拧断了她的脖子，她的尸体从收银台跌落到了地上。

男人把一切可能留下的证据都清理掉之后，取出早就准备好的黑色油布摊在地上，把林薇的尸体滚到了油布上。他把裹成茧似的尸体竖了起来，扛在了结实的右肩上。

他打开了卷闸门，扛着尸体钻进了停放在附近的黑色别克轿车中，开着车消失在黑夜里。

白可在星巴克一边排着队，一边思考着昨晚林薇那异常的言行。

即便大脑在不停地运转着，她仍然能够腾出足够的注意力去简单观察周围的人、事、物——星巴克里另一头的一群顾客充满活力，嬉笑打闹着，显然他们彼此很熟悉，而且关系很好。

长长的队伍缓缓向前移动，白可的眼睛不禁又瞟向了四张桌子联排的那群人。他们大声交谈，谈话间充满了愉悦和亲昵，一点都不在乎有谁会听到他们的对话。相反，他们看起来甚至还欢迎别人的加入。他们的话题多是些八卦，比如哪个明星被爆是渣男了，而原配和小三又有着道不明的关系。

白可其实对这些也很感兴趣，只不过三年前的那一幕使她患上了广场恐惧症（焦虑症的一种，特指在公共场合或者开阔的地方停留的极端恐惧，因为要逃离这种地方是不可能的，或者是会令人感到尴尬的），所以她的内心无比矛盾，既向往人群，又害怕人群。

她恋恋不舍地朝他们看了一眼，然后走到了柜台前。

“嗨，大美女。你来啦。”男服务员对这名气质独特的女人热情地招呼道。白可每周二都会来这里，所以这里的店员都认得她了，同样也不需要再多问她点什么，他们早都记住了——卡布奇诺。

白可付了钱，心里依旧惦记着林薇的事情，于是她站在边上等着她的咖啡，又不禁看了眼那群充满活力的年轻人，他们看起来好开心。

她掏出了手机拨打了林薇的号码。

“对不起，您拨打的电话已关机。Sorry，the number……”

白可挂掉了电话，一种不安悄然袭来，从林薇说那奇怪的话到现在为止，不到24小时，即便有什么猜想，也没法去报警。况且她自己还是心理猎人小组的成员。

有几张桌子被绳子围了起来，还有两个人正把一条巨大的横幅挂在店里的角落，紫色的横幅上用鲜艳的黄色写着“Deaf care”，这下绝对不会有人看不见了。

一名年轻人站到中央，示意大家安静，于是周围的笑声慢慢停了下来，他引起了与白可一同在等咖啡的另外两名顾客的注意。

“他们那些人是做什么的？又是搞什么企业营销的活动？”一名顾客厌恶地朝服务生问道，期许有人能轰走这些人。

“这是失聪人群的咖啡俱乐部。”白可主动解释道，服务生看了她一眼，微笑着继续用蒸汽给牛奶打泡。

“原来是这样……”刚才还没好气的年轻顾客，一下尴尬得声音都降了好几个分贝，他这才注意到白可——这名将近一米七的女生，算上挎包大概不超过一百一十斤。而且这时候他才注意到白可那健美的身材。她的妆容完美无瑕——很显然她在那上面花了好多时间。她的眼睛戴了美瞳，是淡紫色的，周围画着淡淡的一圈眼线，脸颊上涂着浅浅的腮红。

无论是由于才华还是美貌，白可都已经习惯了旁人那种惊异的表情。

“你和他们是一起的吗？”年轻人好奇地问道，他觉得这种俱乐部很偏门。

“算，也不算。”白可回答道，“呃，我和他们不是一起的，但是对他们略知一二。不过我不认识他们。”

年轻人听得一脸茫然，服务生把白可的卡布奇诺放在了柜台上，就连他也听得一头雾水。

“这个很难说清楚。”白可嘟哝道，从自助台拿了一包糖，她经过他们身旁，走到了店里最偏僻的角落里。那个不招人喜欢、无人问津的位置，对于白可来说可是 VIP 专属座位。

她坐了下去，盯着杯中的卡布奇诺，思索着人生是苦还是甜，抑或是搅拌在一起之后的味道？

三年前受到严重心理创伤之后，她曾有一段时间不想说话，也不想听别人说话，原本对人性就看得很透彻的她，在见到了人类的残暴血腥之后，越发地厌恶人类——虽然她很清楚那种残暴只是某一个杀手的行为而已，但是秦子谦那晚说得没错，每个人的心底都是暗藏着暴戾的，为了生存，谁知道自己会不会什么时候也成为不择手段的凶手呢？

不过所幸得到前任心理学协会会长张博士的点拨——他将白可安排到了聋哑人疗养院中，进行为期一年的义务帮助活动。

一开始白可很消极，甚至很抵触。对于精通心理学的人来说，别人的关怀和帮助，也许远远比不上自己去接纳事实，可往往这才是最艰难的部分，事实上又有多少个心理专家接纳了真实的自己？

也正因如此，刚开始的半年里，她对那个不正经的程浩然尤为想念，他确实是一个不可多得的心理医生，只不过这种看起来荒唐的人，也许难以被固化的标准需求所接纳。

不过她当时也没那么多的时间去操心程浩然，因为那时候她的状况也极其不好。直到有一天，日渐消瘦、精神萎靡的她，在花园里见到了一名失聪老人，他正在和自己下象棋，她上去看了一下，也正是这一看，改变了她很多的想法。

那老人并不是在下象棋，而是在摆象棋，九十多岁高龄的他在疗养院里也算是个名人了。

“这个是我们的院长。”失聪老人自顾自地说道，他听不到身后白可接近他的脚步声。

白可远远一瞧，发现这老人居然用“马”来形容院长，她便饶有兴致地站在了失聪老人的身后。

“这是我们食堂的老秋。”失聪老人又取了一个“炮”，白可一看忍不住笑了，没想到这失聪老人还真能表达出食堂老秋一天天火急火燎的样子。

“这是照顾我们的小吴。”老人又摆了一个“车”，白可微微皱了下眉头，护工小吴尽心尽力，为大家做了不少事，就是平时比较横冲直撞，很多时候没有顾及这些聋哑人的感受，不过大家还是能体谅小吴的。

随着失聪老人一个一个地将棋子命名摆上，并且以一个奇怪的排法展示的时候，白可心中不由得暗暗惊叹，没想到这名失聪老人居然能如此精准地表达出复杂的人员关系！

“你来啦？”失聪老人头也不回，却慈祥地打了个招呼。

白可先是一震，回头望了望，四周并没有别人，难道老人是在和她打招呼？

出于礼貌，白可只好多走几步，来到失聪老人的面前，尴尬地点了点头。

老人友善地示意她坐下，她不好拒绝，便坐了下去。

“每天的这个时候，你都会来到这里，是因为有什么心事吗？”老人问道。

白可知道对方听不到，而她自己才学了一点零星的手语，根本无法表达她那复杂的经历，于是她取出了六枚棋子，将一个兵放在了正中间，然后四匹马、一辆车于五个不同的方向环绕着那个兵。

“四马一车……”失聪老人思忖片刻，似乎明白了白可的意思，

“车裂刑罚其实也是用马或者牛，而你选车仅仅是因为马的棋子不够，所以用车来代替马对吗?”

白可微笑着点了点头。

“你目睹了五马分尸?”失聪老人惊异地问道。

心事重重的她用两只手同时在空中上下并排划了个“约等于”的波浪符号。

老人沉默了一会儿，他似乎明白沉积在白可心底的碎渣是多么狰狞、恶毒又恐怖，于是他顿了顿，品了口清茶。

在之后一年的时间里，他和白可分享了很多，从他9岁就参军的经历开始，一直到他是如何在战争中亲眼见到战友支离破碎，以及如何负伤失聪的……

“达到离自己最近的地方，路途最为遥远；达到音调单纯朴素的极境，经过的训练最为复杂艰巨。”

这是白可离开时，失聪老人送给她的一句话。

"耶！目标已被击毁！"

男孩兴高采烈地注视着被击沉的塑料袋，得意的笑容挂在嘴角。他朝着小伙伴比了个手势，两人在想象中的记分牌上给他添了一分。

他的同伴用厚重的羽绒服袖子擦了擦额头上的汗珠，有点不甘地说道："打平！五比五。"

他们的视线四处打量着，寻找着下一个能让他们分出胜负的"猎物"。在这条不算干净的人工运河中，常常会有一些渔船往返于此，当然，他们并不敢用石子去扔渔船，据说凶暴的渔民会将熊孩子罩在渔网里，投入漆黑的海域中。

失去了袭击"大型猎物"的机会，他们只好找一些无趣的漂流物来打发时间。

这时候，水中间有一个人体模型映入眼帘，一下就吸引了他们两人的注意力，而且那人体模型头部的位置还漂浮着散乱的头发。

虽然一种不安和恐惧短暂地袭来，但是孩子对未知的事情往往能提起更多的勇气。

"水鬼！别怕，我们赶紧补充弹药消灭它！"

一阵带有质量的钝物和杂物呼啸而出，让那"水鬼"周围的水面上下翻腾，却没有一个能真正命中它，仅仅有那么几次击中，也由于质量太轻而没发出什么声响。

两个孩子有点懊恼，但是不达目的不罢休倒也是这个年龄的特点。

于是第一个男孩拾起了一块更大的石头，有模有样地目测和丈量了片刻之后，使尽全力推了出去，一个精彩的抛物线，终于正中目标，把它击入了水面之下。

“太棒了！水鬼被击中了！继续攻击！”另一个男孩沿着运河河岸跑着，继续寻找能进行攻击的物品来投掷，这种乐趣足以让他的童年充满美好的回忆。

那个东西再次浮现了出来，似乎有些头发脱落了，它紧贴着水面，悬浮在城市运河惯有的种种零星漂浮的杂物中间。

在阳光的照耀下，黯淡的水面倒也显得五彩斑斓。而那浮油彩虹更是丰富了运河为之骄傲的各样色彩。像很多生活垃圾、汽水瓶、薯片包装袋、购物袋，都不可抗拒地被裹挟到了这片水域。

那个漂浮的水鬼似乎被什么东西卡住了，在距离岸边一米左右的地方停了下来。

男孩跑到了旁边，又是好奇，又是害怕，他口口声声喊着“水鬼”，既希望这个无聊的漂浮物真的是水鬼，但是又害怕，万一真是水鬼可怎么办才好？

他小心翼翼地爬上了旁边一棵延伸出去的又黏又滑的树枝上，身子倾在水面上方，掰下了一条细枝，用它将水面上的那水鬼朝着自己这边划拉，不过这东西可能会让他失望，那毫无生机的样子，估计只是被遗弃的塑料模特模型吧。

可是又不太像。

它太苍白了，而且塑料模型应该是硬邦邦的才对，这水鬼外观浮肿，他能看到有几片红色的指甲。甚至有那么短短的一秒钟，他觉得自己能看到水鬼胳膊肘的骨头暴露在外面。

他迟疑了一下，望着自己的小伙伴，可是紧接着他就打消了这个想法，不好意思地笑了笑，庆幸自己什么也没说，不然回去可要被嘲笑为胆小鬼了。

当他努力使这个水鬼漂得越来越近的时候，他有些不安，犹豫片刻之后，好奇心终究占了上风，而他的小伙伴也在一旁急切地望着他。

这水鬼像是打过蜡一样苍白，漂在污垢、杂草和零星的浮游生物之间。他犹豫着，不想用手去捞，于是他执着地用那根细树枝去划。

经过一番坚持不懈的努力之后，那水鬼终于靠岸了，男孩也退回了岸边的地面上。当他们准备揭开战利品的神秘面纱时，第一个男孩做出了厌恶的表情，抗拒着好奇心。

失去了杂乱肮脏的漂流物的遮掩，真相慢慢浮现。

这是一具女尸。

一具似乎遭受过重创而扭曲变形的女尸。

就在另一个男孩目瞪口呆地盯着看的时候，第一个男孩已经撒腿朝家没命地狂奔了。伴随着俩人的尖叫号哭声，他们的运河冒险生涯就此提前画上了句号。

浮在卡布奇诺表面上的漂亮泡沫缓缓地旋转着，白可心中的往事也随即渐沉了下去。

“对不起，我来迟了一点儿，这几天一直忙着处理事情，可是毫无头绪。”一阵熟悉的声音从她身后传来，是程浩然。

他坐到了白可的对面，充满歉意地笑了笑，他的笑容总是那么阳光、真诚。

白可恍惚了片刻，仿佛那杯卡布奇诺中有一条奇妙的记忆隧道，将她所有的不愉快都吸收殆尽。

“其实我找你是想说一说七日祭的事情，我感觉秦子谦并没……”白可话音未落，程浩然的手机就响了起来。

他本想直接拒绝通话的，可是看到来电显示是“赵志国”，他顿了两秒，只好给白可展示了一下手机屏幕，以表达这是一通不得不接的电话。

白可微笑着示意“没关系”，然后轻轻拿起杯子抿了口那暗藏记忆的卡布奇诺。

一阵简短的通话之后，程浩然神色凝重地朝着白可问道：“林薇就是和你同处一个学术研究室的那名研究生吧？”

“嗯。”白可眼帘微垂。

程浩然一眼就瞧出了白可神情上的异常，但他并没质疑什么，而是仅仅用转达信息并默哀的口吻说道：“她死了，尸体在滨海大道的城市运河那里被几个孩子发现了。那几个孩子受到了不小的惊吓，估计得找心理医生去疏导……”

白可的脑中嗡嗡作响，从她听到“她死了”这几个字之后，程浩然后面说的话她根本就听不进去了，她想到的是林薇请求她保管的那份保单。她的心情很复杂，她甚至不用推论，都可以断定林薇是自杀，可是自杀是无法获得保险金的，这是众所周知的事情。

即便如此，林薇仍然死了，她应该没那么愚蠢去送命，可是她能有什么好办法来证明自己并不是自杀呢？

白可的心中很矛盾——痛苦往往是折磨那些知道真相的人。

“赵志国想约你聊聊关于她的事情，应该没问题吧？我会陪着你的。”程浩然关切地说道。

白可调整了一下情绪，低声回应：“在哪里见？”

“先喝完这杯咖啡吧。”程浩然适时地给予白可思维缓冲的空间，他感觉到她需要理一理思绪，否则见到赵志国之后，说不准简单的事情反而变复杂了。

城市运河绵延十几千米，有限的警力只能封锁住发现尸体的现场，同时水上警务分队也展开了调查。

在白可赶到之前，法医就已经做出了初步的鉴定。死亡时间是昨夜

24 点左右，死因是遭受强大外力撞击导致全身多处骨折，失血过多而死。

这样的恶性案件已经惊动了当地的市民，尤其是那两名男孩的父母，他们匆匆赶到了现场，嘴里依旧是骂骂咧咧的，却不时好奇地朝着封锁线内张望着，似乎都忘记了孩子的眼中还充满着挥之不去的恐惧。

尽管警方尽了最大的努力不让人们靠近，但是城市运河的两岸还是很快就挤满了人，其中有好奇的，有表示关切的，还有媒体人员，他们很快意识到，一台大戏正拉开帷幕。正如电视节目主持人不厌其烦地重复提醒观众的那样，这可是爆炸性新闻。

肮脏的运河里发现了女大学生的尸体，这是否和前阵子的女大学生失联案有关联？这引起了全市市民的关注，一时间还上了不少主流媒体的热搜榜前三名。

新闻记者、摄影师、摄像师纷纷像秃鹫一样盘旋着，期望着发现更糟糕的情况。

电脑前，不少标题党也摩拳擦掌，准备大肆推理一番，至于真相是什么，他们并不关心，他们只关心自己发布的帖子有多少点击量和回复。

这一可怕的消息四处传播开来，很久没和远在外地的子女联系的家长都不约而同地拨打了自己女儿的电话，即便只有儿子，也会问一问他们的女朋友是否安好。

警方已经尽了最大的努力，可是想将人群阻挡在远处只是徒劳。功能先进的照相机从各个角度对准了现场，就连群众都纷纷掏出手机在录制着视频，准备随时发布到朋友圈上。

这些被记录下来的事件，只要有一点儿风吹草动，就足以形成蝴蝶效应，影响随时可以放大无数倍。

当心理猎人小组的三人来到现场之后，一脸严肃的赵志国才稍微松了口气，但他还是以责备的口气问道：“怎么现在才来？”

程浩然当然不能说是陪白可在星巴克慢悠悠地喝完了一杯卡布奇诺。毕竟心理猎人小组和刑警的本职工作不同，而且案发地带又属于广阔区域，系统排列大师也无用武之地了。

“报警的人应该是他们吧。”秦子谦指了指远处那两名目光呆滞，却不时在瑟瑟发抖的小男孩。

因为女尸已经过初步处理，普通围观群众是无法看到具体情况的，而那两个男孩的神色尤为异常，敏锐的秦子谦一眼就看到了他们。

程浩然并没有多佩服秦子谦，因为他得出的是同样的结论。只不过本来他还想用这个来岔开话题，以躲避赵志国的责备，没想到秦子谦先开口了。

“没错，就是他们，口供已经录完了，就不需要他们再到警局去了，毕竟要考虑到孩子的心理状况。”赵志国担忧地说道，才那么点儿大的孩子，遇到这样的事情怕是会影响其一生。

白可眉头微蹙，即便是系统排列大师，也是需要时间才能施展身手的，而且对于这种年龄段的孩子来说，用系统排列手法去干涉，意义也不大。

这种爱莫能助的失落感使白可整个人都消沉了许多。程浩然准备一展身手的时候，却发现一贯冷漠的秦子谦居然一手把玩着精致的火机，一手插在裤兜里潇洒地朝着男孩那边走去。

“你不是要催眠这样的小朋友吧？这也太……”程浩然想拦住秦子谦，毕竟催眠就像是篡改系统程序一般，即使覆盖或者替换掉了对方的记忆，这些孩子也是毫不知情的，可是秦子谦并没有征得他们或者家长的同意。

程浩然的手被白可拉住了，她紧捏着他的手腕，摇了摇头，示意不要去阻止秦子谦。

“可是这对孩子也太残忍了吧！我们都是心理专家，催眠还不能完全针对一个非常具体的点去使用，而是会对区域性的记忆进行改变。这样一来，他们的记忆岂不就……”他尝试说服她。

白可还是摇了摇头。

无奈之下的程浩然，只好以求助的眼神望向了赵志国，毕竟他说话还是有分量的，白可也许会听一听。

谁知道赵志国也默不作声，算是默认了秦子谦的行为。他见过不少儿童在面对这些冲击性的压力之后，是如何崩溃的，甚至往后逐渐误入歧途。如果催眠能够覆盖并且掌控这一部分记忆，可能也不是什么坏事。至少赵志国和张博士组建心理猎人队伍的初衷，也包含了这个因素——猎除心魔。

催眠术在干预效果上较其他心理疗法更直接、更有效，但唯一的缺点，就是受术者难有自身的领悟，因为催眠师已经为其做好了所有的选择。

“喂！别在小孩子面前玩火啊！注意影响！”程浩然还不忘冲着秦子谦的背影交代几句。

大人们都只顾着看热闹，双手放在了孩子的肩膀上就没再操心了。

秦子谦蹲在了两名小男孩的面前，似笑非笑地问道：“你们看到了什么？”

“水鬼。”

“不！是死人！”

颤抖又无力的声音，被内心的恐惧推了出来。

秦子谦让那精致的火机灵动地在指间跳跃着，一边柔和地说道：“在水面上有一条白色的狗被淹死了，你们很可怜它，但是并不害怕。”

“不是狗，是……”小男孩还想争论，但是他的眼珠不自觉地随着火机跳动着，而另一名小男孩已经沉默不语了，定定地凝视着秦子谦手中的火机。

“就是白色的狗，是你看错了。而且从现在开始，你一听到女尸、死人、尸体，其实都是在说那只白色小狗。你觉得很无聊，听到这样的话题就会离开。”当火机跳到了无名指和小指之间时，秦子谦的拇指顺势一推，盖开火着，“啪”的一声，又利索地合上，节奏、光线、声音同步刺激着这两个孩子的视觉和听觉神经。

他们缓缓地点了点头。

“现在，你们只是陪父母来看热闹而已，以后有人问你们关于今天的事情，你们都记不起来了。”秦子谦瞧见他们的父母注意到他了，时间紧迫，他没办法过多地重塑记忆，只能选择覆盖掉这段记忆，只要没有更厉害的催眠师引导，那么今天的记忆将永远封印在潜意识当中，永不见天日！

“喂！你是干吗的，在和我孩子说什么呢？”男孩父亲恶狠狠地问道，他甚至都没注意到秦子谦是何时来到他跟前的。

秦子谦站了起来，一个灵动的“啪嗒”声，精致的火机被他放入了裤兜中。

望着秦子谦离去的身影，男孩的父亲依旧是骂骂咧咧的：“什么东西！想趁乱诱拐小孩吗？该死的人贩子！”

说完，这位父亲又赶紧伸长了脖子探望着、打量着。

两个小男孩怔怔地站在那里，恍惚间如同做了一场奇怪的梦，具体的梦境不记得了，唯一有印象的就是——梦里好像有一只白色的小狗死了。

“她真的是林薇吗？”白可依旧难以置信地问道，昨晚林薇还和她有说有笑，虽然行为有些异常，但也不至于今天就遭此横祸。

她颤抖地盯着手中那张扭曲的死者的相片，那破碎残缺的着装，确实是她昨晚临走前林薇换上的那套性感装扮。

“尸体虽然重度受损，在鉴定上增加了难度，但身份还是核实了，我们从死者身上找到了学生证、身份证，就是林薇。这都是在死者随身缠绑的腰包里找到的。”一名警察提起了密封塑胶袋，里面的证件虽然浸过水，但是学生证的封皮及身份证还是可以辨别的。

白可沉默了。

“那死者身份确认了，嫌疑人呢？”程浩然追问道，他注意到白可表情上明显的变化。

“已经拘留了，是一名酒驾的卡车司机，他撞人之后清醒了不少，居然还运尸抛尸，情节恶劣！”小绍回应道，并将刚从交通队带来的资料递给赵志国。

“有没有录像片段？”秦子谦同样从白可的神色上看出了异常，于是对林薇的死因也多了一分关注。

“那个地方很偏僻，所以，取证上还需要一些时间。不过根据最新的反馈，那名肇事司机已经交代了，马上就能结案。”赵志国忧心忡忡地说道，最近一连串的事故和案件真是让刑警焦头烂额。

“那这样的案件应该就用不上我们了吧？”程浩然请示道，他觉得白可的状态不对，如果停留久了，可能会被赵志国看出什么，而多余的质问可能会让白可的情绪更加不稳定。

“既然和七日祭无关，这样的案件走常规程序就行。你们可以去办自己的事了。”赵志国心思都在如何应对记者上，匆匆对他们摆了摆手。

就在程浩然准备拉着白可离开时，白可却冷不丁地冒出了一句：“赵队，抛尸的地点在哪里？关于那卡车司机的资料，我想……”

赵志国将手上那份文件递给了白可：“我知道她是你的朋友……”他还想交代点什么，但是见到白可脸色不太好，便止住了话语，转身朝着记者那边走了过去。

“可可，人死不能复生。林薇的死我也感到很遗憾，但是我们就不用再花时间在这上面了吧？警方已经拘留肇事者了。”秦子谦温柔地说道。

“不对，其中一定还有什么问题。”白可翻开了肇事司机的资料，仔细地查看车祸现场的照片。

秦子谦双手插放在裤兜里，遥望着运河的对岸。即便是隔了那么远，依旧有一群热心的市民在关心着事件的真相，他们熙熙攘攘地挤在岸边眺望着。

程浩然则是凑到了白可旁边，想帮她分担一下，说不准真能从现场相片中发现什么。

白可翻到了卡车驾驶室的相片，她的目光在上面停留了许久。

“怎么了？发现什么了吗？”程浩然眯起了眼睛，仔细打量着这张照片。

“凶手是他，也不是他。”白可笃定地说道，并且翻转着照片以不同的角度看着。

“卡车驾驶室中的水壶、佛珠还有迷你收音机，你看都是什么形状的？”白可问道。

“圆柱形、圆形，没有棱角的形状，这代表了什么？”程浩然注视着照片。

“这暗示着司机内在性格是较为圆润的人，不会冲动。”

“他可是酒驾，冲动也在所难免。”

“不，”白可指了指照片上驾驶室方向盘的旁边，那里贴着一张两岁左右的孩子的照片，“我的意思是，这样的司机是重视家庭和孩子的人，他应该不会酗酒而导致酒驾的后果，毕竟按照现在的交通法规，醉驾的代价不小，无论是拘留导致的误工或是出事后需要的赔偿，都不会是这司机想面对的状况。”

“那这事情可就复杂了。”程浩然皱了皱眉头，若是这醉驾的卡车司机有人收买指使的话，那蓄意杀人可就比现在这情形更严重了。

“说不定幕后主使就在对面观望着情况。”秦子谦不冷不热地回应着程浩然。

“哟，幕后主使是谁啊？”一个成熟的声音却以一种轻浮的语调戏谑地插入了话题。

三人不约而同地朝着声音处看去，竟然是冯波，他身边仍然跟着那个腰板笔直的黑西装保镖。

“你怎么能进到这里来？”白可厌恶地瞥了冯波一眼。

“小情人有几天没见，脾气是越来越火爆了，但我喜欢。不过话说这位受害的同学还真可怜，怎么就遭此不幸了呢？”冯波目不转睛地盯着白可。

白可看到冯波虚情假意又做作的样子，狠狠地瞪了他一眼。

被白可甩了脸色的冯波，依旧笑眯眯地说道：“我怎么可能会进不来？要知道这一片的开发区可是被我们集团承包了，既然这边出事了，负责人过来看一眼，了解情况总是可以的吧？”

“什么？你说这边已经被你们集团……”白可难以置信地说道，因为城市运河两岸有不少居民楼，议价过程是非常烦琐的，不少地产商觊觎这块肥肉，却没有实力拿下，没想到冯氏集团却拿下了！

“那是当然。既然你清楚我们集团的实力，也知道我的身份了，要不今晚你来我的别墅，我们好好聊聊未来的发展计划？像我们这样的集团，对人才有很迫切的需求，尤其是你这样的尤物。”冯波还把“尤物”两字声情并茂地强调了一下，随即便忍不住伸出手，想去摸白可的脸。

冯波的手腕被秦子谦那只抓着打火机的手给压了下去，正当秦子谦准备采取措施的时候，那名保镖“嗖”地一下就跨到了秦子谦的跟前，他一个猝不及防，腹部就重重地挨了一记勾拳。

秦子谦还算结实，但是突如其来的这一下还是让他往后一个踉跄，险些跌倒。

冯波傲慢地冷笑了一下，抬起手继续朝着白可的脸蛋摸去。

就在这个时候，一个人影蹿到了保镖的跟前，是程浩然！但保镖反应极快，出手也狠辣，抬起肘部就照着程浩然的面门砸了过去，并且脸上还挂着一种说不出的兴奋，他没想到程浩然会自己送上门来。直接除掉对方是不可能的，毕竟四下都有警察，但是因为肢体冲突而导致对方住院的话，对于保镖来说倒不会产生什么严重的后果，毕竟他有靠山。

冯波停下手，准备看看程浩然如何在白可面前出丑。

不料程浩然左手轻描淡写地往上一翻，格住对方的肘弯，脚下连进两步，掌缘、指尖、手腕、坚硬的肘尖就像是雨点一样喷了过去，如同打鼓般击打在保镖的身上。

最后一个极具力度的掌推，壮实的保镖居然被推飞了出去，后背重重地摔到了地上，很是狼狈。

冯波大跌眼镜，他万万没料到，一个只是用脑算计的人，居然身手会那么好，真是失算了！

白可同样诧异地看着程浩然，心里有着说不明的触动。三年前的程浩然还是她救的，而现在他已经如此强大，连职业保镖都被他轻易给撂倒了。

程浩然挡在了冯波的跟前，嘴角挂着坏笑说道："冯少是不是该考虑换一个保镖了？"

冯波的脸色极其难看，他回头瞪了眼保镖。这家伙可是道上数一数二的格斗高手了，而且身上没血债，这才适合做随行保镖；可不能像今天他亲爹派来的那个冷面司机一样，那家伙要是被警方查到了，那麻烦可不小。

即便如此，丢了颜面的冯波还是用求助的眼神朝着不远处的司机那儿望去，那司机俨然一副身份地位比冯波还要高的样子。

程浩然顺着冯波的目光望了过去，那是一个披着黑色风衣的人，风衣的面料显然不惧雨水，依然在小雨中轻轻摇摆，在风衣的领口，有三支银色利箭组成的横纹。他的面孔隐藏在黑色鸭舌帽的阴影中，看不清楚。但是那黑衣人胸前的锈蚀十字架吸引了程浩然的注意。

这个神秘的黑衣人继续向前走着，当他来到冯波身边时，这个公子哥气急败坏地催促道："帮我教训他！"

程浩然捏了捏拳头，用余光扫了一下不远处的警察——他们都在疲于应对记者、群众，以及一丝不苟地勘探现场，以防遗漏蛛丝马迹。在这种时候没人会来搭理这些无聊人士之间的恩恩怨怨，谁要惹事了，一并拉到警局里聊聊哲学就好。

可是那个神秘黑衣人并没有什么特殊反应，他目光微微抬了一下，先是警告似的瞪了程浩然一眼，又提醒地瞄了下冯波，然后转身就准备离开。

“等等，你是不是认识林薇？”白可从程浩然身后喊了一句，她从这个神秘黑衣人手上看出了点异常的地方，林薇曾经说定制了一枚很别致的戒指，希望能送给她值得托付一生的男人，当然那个老色狼罗教授是不可能的了。

而由于是定制的原因，某种程度上来说那枚戒指可以说是独一无二的，虽然它的理念并不复杂——路灯、剪影，他每一次的等待，都给她带来最大的温暖。有一天他会在路灯下对她说：“让我用心照顾你一辈子。”

戒指的独特之处在于钻石镶嵌之处是路灯灯座的样式，并且指环上还有灯影的灰暗投影。当初林薇很认真地与白可分享的时候，白可饶有兴致地听着，也在想象着，自己的故事如果定制成戒指，那又该是什么形状的？

可就在刚才那么近的距离，习惯洞察的她却看见这个神秘黑衣人无名指上戴着这枚戒指，着实蹊跷！

黑衣人停了下来，依旧是压低着面庞，侧过了半脸，低沉地回应道：“认识又怎样？不认识又怎样？”

猛然间他的眼神里泄露出了难以隐藏的凶光，这短暂的瞬间被程浩然捕捉到了，他正想说一些话刺激这神秘黑衣人的时候，又被秦子谦抢先了：“就这样玩世不恭的女人，只能说是红颜薄命了。”

黑衣男子的拳头捏得咯吱响，冯波赶紧走到他的身旁，使了个眼色。

而白可同样以责备的目光斥责秦子谦对死者的不敬！

秦子谦继续讽刺道："如果她能再活一次，也许还是会以出卖肉体来换取财富吧。"

"天呐，这样的话，她的男人岂不是头上都绿成大草原了？"程浩然煽风点火地说道。

一切都如程浩然所料，这人出手了！

程浩然正思考用什么话语再刺激那人，却忽感寒气及身，一只手掌悄无声息地印向他心口。程浩然心中一凛，不假思索地用手肘一挡，正对上那人掌心，即便是一米八的个头，也被推摔了出去。

偷袭的黑衣人本以为十拿九稳，只要再冲上去补几脚，至少能让程浩然肋骨骨折而在病床上躺几个月。可他没想到程浩然如此敏捷，总能借力打力，况且程浩然身法更为诡异飘忽，片刻之间两人就由互有攻守变成程浩然招招占先。

黑衣人恼羞成怒，索性将手摸向腰间要取什么东西，却被冯波的保镖上来拦住了。很明显，保镖的地位要比这人低很多，所以保镖只能唯唯诺诺地连忙摇头以提醒这黑衣人。

差点儿就失控的局面这才缓和了下来，黑衣人狠狠地瞪了程浩然一眼，先用手指了指他，然后又用手掌在脖子前比出了一个抹喉的动作。

程浩然倒也心宽，他居然还给对方竖起了大拇指，这让所有人都哭笑不得。

"司机，我们赶时间，得走了！"冯波站在豪车前喊道，他想再不干预的话，事情闹大了，对谁都没好处。

黑衣人扭头就走，保镖紧随其后，在上车之前，冯波小声地抱怨道："今天是怎么了？脾气变得那么冲，而且程浩然不用我们亲自出手。"

豪车疾驰而去，却给心理猎人小组留下了诸多的线索。

白可虽然不是很乐意听见这两个伙伴中伤林薇，但还是感谢他们挺身而出把冯波给逼退。

“鼎鼎大名的催眠大师，看来也有黔驴技穷的时候啊。”程浩然不忘挖苦一下对方。

“也难怪你的心理学水准那么低了，原来都用到了这个上。不过就是四肢发达、头脑简单罢了。面对高智商罪犯，我看你是没什么机会破案的。”秦子谦不愠不火地回应道，然后取出精致的火机在手里舞动着。

“你可别想用这招催眠我，就算我盯着看也不会被催眠的。我的心理防御机制就凭你可是入侵不了的。”程浩然挑衅地说着，还真的朝着火机凝视着。

“这是你说的，一会儿在可可面前丢脸，可别说我没给你留面子。”秦子谦脸一沉，还真的和程浩然抬起杠来。

“好啦！你们两个别闹了！我总觉得那个司机和林薇有着什么微妙的关系。”白可站到了两个男人的中间，阻断了他们的对峙。

“我能很快查出那司机的身份。”程浩然信誓旦旦地说道。

“就你这洞察力？估计司机一共走了多少步才过来的，你都没注意到吧。”秦子谦不屑地讥讽道，其实他自己也没有观察这个细节，因为这好像没什么作用。

“司机来回一共走了36步，16步过来，20步回车上。交手时他移动的步子是……”程浩然思索了片刻。

“停！”白可终止了他们的话题，她也不明白这步数有什么用，却没料到程浩然真的会去记。真的不能小看他，过去的三年，这个男人身上到底发生了什么？

“说点儿有用的。”秦子谦嫌弃地蔑视着他。

“当附近的人都在闲扯的时候，这个司机独自站在旁边，两腿微分，双手背在身后，静止不动，从这个标准的挺拔站姿来看，他是一个退伍军人。他驾驶的豪车的底盘比其他的都低，也许是由于注重安全性，防弹玻璃增加了车身重量的原因。他的衣服，仅仅凭借普通职业的工资或者周末兼职司机的外快，是买不起的，说明他是全职，高薪。如果请赵队查一下，35～45岁之间的，不再领取军方退休金，并且从私人保安公司赚六位数以上年薪的本地男性的税务记录的话，就能把范围从一千万人缩小到大概五十人。然后我就能从中找出那个家伙了。”

“万一那司机根本不在什么私人保安公司呢？”秦子谦追问道，当然他很清楚答案。

“那么他就是职业杀手，而不是保镖。”程浩然压低了声音，目光盯着地面。

这一刻的沉默，似乎使三人都回忆起了三年前那无法泯灭的惊魂一幕……

第八章 | 教授的原罪

赵志国一向都很关注大毒枭冯国峰的动态，至于其不成器的败家子冯波，他并没有投入过多的精力跟进。据可靠的线报，冯波所涉及的罪行，甚至都不够判个三五年的，而且冯国峰随时都可以找“替死鬼”顶罪，所以跟踪和逮捕这小毛头的意义不大，还会打草惊蛇。

但是程浩然和他提到了职业杀手，倒也让他想起三年前的那名枪手，虽然不一定是同一个人，但只要有百分之一的可能性，也不能让杀手逍遥法外。于是赵志国调取了诸多机密档案和资料，也协调了各部门之间的工作，可是结果竟然是查无此人。

这个情况既正常，也不正常。按照冯国峰的精明算计，走私贩毒都能被他巧妙掩盖，那么隐藏一个人的身份也不算难事；不正常的是，警方不至于一点资料都没有才对。可事实就是如此。

在得知了这个结果并且被赵志国交代不要轻举妄动之后，程浩然将这个消息告知了白可和秦子谦。其实即使现在有了蛛丝马迹的线索和头绪，也毫无作用，事情也只能到此为止。

白可着实没有想好怎么面对林薇的母亲，所以她将那份保险单匿名给这孤寡的单身母亲邮寄了过去。

在偌大的学术研究室中，白可心不在焉地翻阅着荣格的《现代灵魂的自我拯救》，她的思绪很混乱，如果这是一桩蓄意谋杀，为什么林薇能如此淡定？既然林薇能预料到的话，作为一名受害者，为什么不事先报警，而是交代后事？

“如果林薇能操纵一个那么大的局，她完全没必要把自己的命搭进去，也能骗得保险金，可是为什么她……”白可尽可能地厘清思绪，她双肘撑在桌面上，摘下了看书时才戴的黑框眼镜，用手掌轻捂着疲惫的眼睛。

“可可，林薇的事情，校方出于人道关怀给予她母亲一些补助，而且还是我为她申请的。”罗教授幽幽地出现在了学术研究室中。

也许是太专注思考了，白可忽略了开门声，可是罗教授的语气中非但没有一丁点儿的悼念之意，反而还有着一种如释重负的畅快感，这让白可感到尤为反感。即便是那种见不得光的关系，情人死了多少也应有那么几分悲伤才是正常的人性。

白可朝着这个虚伪的男人望去，那长期满脸堆笑的脸上留下了不协调的皱痕，假仁假义地陈述之下，他的眼角竟然是上扬的，可见他的内心对此事可以说是拍掌叫好的。如此一来，白可甚至怀疑凶手是不是和这个罗教授有关。

“别这样看着我啊，可可。现在研究室里就剩咱们两人了，往后还得精诚合作，深入探讨学术才是。人生苦短，需及时行乐啊。”罗教授双手背到了身后，步伐轻松地走到了他自己的座位，淡然地坐了下去。

“虽然你是我的导师，但是抱歉，我没有责任和义务要讨好你。而且我希望你自己也搞清楚，学校不是你能够只手遮天的。”白可愤愤地站了起来，毫不客气地谴责道。

“你！你信不信我让你拿不到博士学位，甚至让你在学术界声名扫地！”罗教授气急败坏地站了起来，历来没有哪个学生是不怕这一套的，毕竟一路学习过来，花费了那么多年在学业上，用心理学的话来说叫作“沉没成本”，如果在最后的时刻功亏一篑，代价就太大了，相信没几个人会做出那么愚蠢的选择，他很清楚学生的想法和诉求。

“哦？不好意思，博士学位我并不稀罕。读博的目的是想充实自己，并且在心理学的领域进行深造，但是目前看来，跟着你这样的导师，只会让自己的三观尽毁。”

白可狠狠地将手中的书往桌上一拍，把有恃无恐的罗教授吓了一跳。

她简单收拾了一下东西，头也不回地离开了。从罗教授的旁边走过时，她很凌厉地提醒了一句：“林薇的事如果和你有关，我一定能让真相浮出水面。走着瞧，罗会长。”

“嘭”的一声，学术研究室的门被重重关上，罗教授前一刻还在琢磨白可话里的意思，后一刻又被这响声吓了一跳，他的额头上已经渗出了冷汗。

他赶紧取出手机，拨通了电话。

“冯少，是我，老罗。林薇的事情我欠你一个人情。关于除掉程浩然的计划，我已经谋划好了，只要他踏入这个局，定将万劫不复，就算命还留着，也会身败名裂，成为过街老鼠，人人喊打。”

电话的对面不作声，但能听得出对方在听，只不过冯波不想留下电话录音这一类的证据，所以都由罗教授自己说着。

“但是还有个事……”罗教授顿了顿之后严肃地提道，“白可她现在似乎嗅到了什么，已经开始追查了。我担心这样下去会……”

“这个不用你瞎操心，我来处理就好。”冯波在白可的事情上，还真是一点儿都沉不住气，他生怕这个阴险狡猾的罗教授伤害了白可，所以他必须得明确指示才行。

罗教授万万没想到冯少会因为白可的事情而发话，他连忙在电话里答应着，毕竟现在他们是一条船上的人，听从吩咐自然是最好的选择。

挂了电话之后，他惴惴不安地来回踱着步子。目前为止，他亲手杀害了两名女大学生，亏得冯氏也帮他遮掩，警方到目前为止还没找到有价值的线索。不过他相信自己同样能做得天衣无缝，应该是能合理栽赃嫁祸给一些不法之徒的。毕竟他从一年前就已经开始物色受害者了，不论是对方的家境、社会背景，还是对方的性格，他有一份厚厚的档案，里面有着许多女生的综合信息。

唯独林薇这事情不是他亲手策划的，而且他为了给出不在场证明，把这事委托给了冯少，但那大少爷似乎没什么高智商犯罪基因，只不过是找了个替死鬼司机顶罪而已。

既然他前两次犯罪都没被抓到，他觉得也是时候收拾一下他的妻子了。那是一笔他几辈子都挣不到的财产。如果再连同程浩然一并铲除了，要成为亿万富翁也就是唾手可得的事情了。现在首要的是处理他那年老色衰的妻子，这可比处理有刑警暗中支持和保护的程浩然简单得多。

虽然答应了冯少要除掉程浩然，但那是迫于冯氏集团的压力和他们握有的把柄，一旦他能从妻子那儿夺得财产，那么以他具备的势力，就完全可以不必再看冯氏的脸色了！毕竟在商言商，冯国峰不会愚蠢到动用巨额的财产不断加码。至于后面到底要不要被冯氏当枪使，就看“收益”有多大了。

白可漫无目的地在校园里走着，这个时候无论是找善于倾听的秦子谦，还是找鬼点子多的程浩然，她都觉得无法释放内心的疲惫。

她抬起手腕看了下手表，恰巧半小时后是她常去的健身房开瑜伽课的时段，她想了想，匆匆赶到校门口拦车去了。

寒冷的冬天，瑜伽课堂内几乎挤满了形形色色的女人，这里不但没有寒冷的感觉，反而还有着热火朝天的景象，看起来当代女性越来越注重身材和心灵的锻炼和保养了。

白可依旧是习惯性地挑了一个不起眼的角落，跟着最前面的教练做动作。也许是太久没锻炼的原因，在几个高难度动作上她还是稍感吃力的，不过全场也就那么几个人能办到。

当这些追求身材完美、内心宁静或者打发时间的女人们完成课程时，她们互相讨论着心得体会，其中有贵妇、有学生，有的只是为了要身材诱人。大概十分钟之后，她们都非常满意地离开了瑜伽室。

唯独白可依旧坐在空荡荡的瑜伽室内思考着，努力地梳理着近期的案件。七日祭的凶手犹如定时炸弹一般，疯狂却暗藏规律。现在林薇的死又牵出了冯氏集团背后藏匿的杀手，这又是一个偌大的谜团。

这些线索如同彩色的毛线，混成了一团毛线球，色彩斑斓，既可看作整体，又可独立作为个体。

就在白可专注思考的时候，一阵甜美的声音吸引了她的注意力。在镜子跟前，那名有着魔鬼身材的教练正用手机直播着，娇滴滴地在屏幕前求赞和礼物，俨然和刚才上课时候那个底气十足喊着律动口号的教练判若两人。

这教练白可认识，她的名字叫许若华。白可是瑜伽班的老学员了，教练一直没换过，只不过她们两人一直也没怎么沟通过，大家都有各自的生活方式和交友空间。

就在许若华声情并茂地做直播时，她的手机老是不停地来电，她尽量控制住那厌恶的神情，同时努力表现出甜美的样子，这样才能配得上那魔鬼的身材。

每当白可遇到极难厘清的问题时，她都会停下思考的脚步，慢慢地去观察旁边的人，灵感也许会在不经意的时候蹦出来。

当这个许教练兼主播被那电话烦扰得焦虑起来的时候，她脸色开始变得难看，即使是精致的妆容也掩盖不了她心底的恐惧和烦躁，这些细节白可从对方的眉头上看得清清楚楚。

许若华草草地跟直播的观众道了个别，匆匆地收拾了一下便径直朝着换衣间里钻了进去，白可觉得不太对劲，起身紧随其后。

暖洋洋的换衣间宽敞却显得冷清，这个时候里面已经没什么人了，除了许若华和白可。

“我让你别再找我了，在没签好分手协议之前，你就别再联系我了好吗?”只听许若华压低声音说着，她的声音中略带颤抖。

白可站在长排换衣柜的拐角处，只能勉强听见许若华说的话，而电话里的声音完全听不见。她其实并不是那么八卦的女人，但是她从许若华那过于矛盾的神情上，看到了和林薇相似的表情，所以她才这样跟着。

对话的内容并不多，通话很快就结束了。白可趁着许若华啜泣的时候悄悄地换好了服装，提前到大厦外等着。

不出她所料，许若华穿着漂亮的冬装裙风风火火地走了出来，她的目光中闪烁着迷茫，手里捏着能随时直播的手机。

白可突然走了出去，两个女人重重地相撞了一下，许若华的昂贵挎包和手机都掉到了地上，挎包中的一些化妆品都散落了出来。

“对不起、对不起!”连忙道歉的白可帮忙捡起那些化妆品，同时捡起了许若华的手机。她没猜错，由于处于随时直播的状态，手机并没有上屏幕锁。她以最快的速度划开了通讯录上的最新来电，却发现那个号码显示的是陌生人。

本想多看一眼，但是许若华已经一把从白可的手中夺回了手机，幸好白可及时按了一个返回键。

许若华瞪了白可一眼，又翻转检查一番手机，见没什么损伤，她才松了口气，把那骤然出现的戾气收敛了回去，重新打量眼前的这个人。

“啊，许教练不好意思，我是白可。都怪我没注意。”在还手机的时候，白可瞥到了那行电话号码的最后几位数：6－5－8－0。

许若华这才注意到原来眼前这个女人就是白可。白可是瑜伽班最早的成员了，而且她的名声在瑜伽班里可是无人不晓。每一次都会有至少两名男性追求者等在外面表白，方式各异。

“是可可呀，没事没事。都怪我走得太急了。”许若华的语气与刚才那凶悍的眼神有着明显的转变，同时她略显焦虑地从名牌挎包中取出了一盒女士香烟，娴熟地点起了火，深吸一口之后才逐渐淡定了下来。

“都收好了，那我先走了。”白可将收拾起来的散落物品递给了许若华，然后转身离去。

“哎，可可稍等一下，你怎么回去？”许若华为自己刚才的失态感到懊恼，她自己也有点儿痛恨自己那阴晴不定的态度。

“我在前面车站等公车。”白可回头微笑着说道。

“要不我送你吧！我有车。这鬼天气又降温了，外面特别冷，把你的脸蛋冻坏了可不好。”许若华示好地说道，顺便低调炫耀一下她的车。

“真谢谢你。才出来一会儿我感觉脸真的都冻僵了呢。”白可努嘴笑道，随着许若华去停车场里取车——宝蓝色的宝马 M2 双门轿跑。

在途中的时候，白可开启并尝试引导话题，这样的角色，应该是精通精神分析的程浩然最适合，但是现在这样的状况只能靠她自己了。

“你是自己一个人住吗？”白可的语气很平和，一点儿查户口的意思都没有，但也不像纯粹的寒暄那样无聊。

“对。哪里像你，总有那么多男人追求，估计选择的空间很大吧？”许若华略带调侃地问道。

“哪有那么多选择的空间，女人还是要靠自己。”白可故意说了一句这样的话，并且用余光观察驾驶座上的许若华。

许若华并没有遮遮掩掩的，她苦笑着应道：“就是该靠自己。”

“那你有男朋友了吗？”白可这个问题原本很普通，但这是测试许若华是否真实的一个问题，因为在换衣间的时候她清楚地听到“分手协议”。

“没！没有男朋友！”许若华触电似的强调着，目光完全不敢往白可那边移，生怕被发现什么一样。

白可总觉得刚才那组电话号码的尾数好像见过，于是取出手机在通讯录中输入 6 – 5 – 8 – 0，结果跃上屏幕的名字居然是老色狼罗刚。

虽然一个尾数不能代表完整的电话号码，但这让白可有种不好的预感。当初罗教授确实也来过瑜伽班，说是要给朋友物色一下合适的瑜伽班，白可自然也就不好拒绝。

车上沉默了一阵。

“对了，幸好你今天还来参加最后一节课了，我可能要出国旅行一趟，也不知道什么时候回来。我记得你有好一段时间没来了吧，今天还真是够巧的！”许若华主动说道。

“嗯，真够巧的。这天寒地冻的季节，你要去哪里旅行？”白可好奇地问道。

“还没想好，热带、亚热带的地方都可以吧，总之要赶紧出国。”许若华又控制不住她的焦虑了。

白可瞧见她握着方向盘的双手不时张开、又紧握、再张开，不断反复着。她的肢体语言怎么看都不像是“去旅行”，而更像是“要逃亡”。

于是白可悄悄地把自己手机调成静音模式，开启了定位功能，藏在了副驾驶座的底下。万一出什么状况了，她随时能追踪到许若华的位置；如果没出什么状况，她只要轻描淡写地说手机落在车上，之后再取回就好。

随后白可便说临时有急事，中途下车了。

许若华心神不宁地开着车，她所住的地方位于城市边缘，每天来回都很不方便。

就在她快抵达那个老旧小区的门口时，转角不知道怎么就冒出了一个老头，许若华猛踩刹车，再一打方向盘，可还是听到了“呯”的一声，她内心暗暗喊道：“完了，太倒霉了，肯定是一个碰瓷的！”

即便如此，她内心咒骂着，却不得不下车查看一下那老头的情况。

当车门推开的时候，一阵寒气灌了进来，她穿得并不算很厚，而且气温似乎在玩蹦极似的，最近没命地下降。

她紧咬着牙关以控制那打战的牙齿，发现那个脏兮兮的老头正坐在地上揉着膝盖，老头戴着一顶老旧的毛线圆帽，半白的头发垂过了眼帘，脸上甚至还有长短不一的邋遢胡须。

许若华暗自叫苦，这不摆明了就是一个碰瓷的老头吗？但是她并不想和警察打交道，即便是交警她也不乐意接触。

“大爷，您没事吧？”许若华又开始焦虑了起来，她匆忙转身从车内取出了女士香烟，点上之后深吸了一口，望了望那灰暗的天空，试图把怨气一同吐出去。

老头闷不作声，既不说有事，也不说没事，这让许若华无比煎熬。

“大爷要不这样吧，您想要多少钱，直接开个价。”许若华只好自认倒霉，要不是那个男人的来电弄得她心神不宁的，她也不至于会被这样低级的行为给碰瓷了。

“姑娘……”老头的声音并不显老，但是许若华也没那心情多想，她只是定定地注视着老头，听着他要如何“狮子大开口”，如果真的超出她的心理预算，她可就准备换一副面孔来对待这老头了。

“姑娘，我不用你赔钱。你走吧。”老头颤颤巍巍地说道，看起来怪可怜的。

许若华心里一颤，惭愧感仿佛形成了一只无形的手掌，狠狠地扇了她一耳光。她更加焦虑了，在又一次深吸一口香烟之后，她将烟头扔到了薄薄的雪地上，连忙上去搀扶这个大爷，说不准真的是她无心刮到了对方。

“姑娘有烦心事吧，刚才大老远就见你都不朝前方看，这样很危险呐。”老头好心地提醒道。

许若华的脸色变得很难看，她只能尴尬地苦笑着，如果老头这会儿要她赔钱，她估计自己是会心甘情愿地掏钱了。

可是老头依旧不提钱，他只是神神秘秘地说了句：“你的身上有怨气，而且背后有两个女人的冤魂在跟着你。”

“别、别胡说！”本想厉声喝止老头，可许若华气才提到一半就泄气了，她脸色变得铁青。

老头脸上浮出一丝不易察觉的微笑，他接着说道：“这事情不是不能化解，只要你按我说的做，定能逢凶化吉，最关键的是，警察不会找上门。”

说到警察找上门的时候，她感觉脑袋里嗡嗡作响，用怀疑的目光打量着眼前这老头，很不友善地问道：“你到底想干什么？要让我跟你买法器吗？还是要做法事？我可不信这些！”

“不，我不要钱。”老头的话语同样很坚决，看样子他好像真的不是为了钱而来，这偶遇也和碰瓷无关。

“那……”许若华感到迷惑，这年头真会有那么厉害的人？而且不图钱财？简直难以置信！

“这项链上有七七四十九颗珍珠，每一颗都是经过开光的，你戴着它可以洗刷你身上的罪孽。”老头淡淡地说道。

许若华眉头紧锁，不耐烦地说道：“你这不明摆着要钱吗？还七七四十九颗珍珠，你就不能直爽地报价吗？是不是一颗就要一千元，还是一万元？”

“姑娘，我说了不要钱，这项链是我送你的，就当送给有缘人了，希望能帮助你躲过这一劫。”老头说完，取出了一串漂亮的珍珠，递给了许若华。

许若华目瞪口呆地盯着这个老头，心想自己刮了人家，人家还免费帮她化解劫数，这未免显得自己的心眼太小了。

可是在这一点上，她确实有心结。本来那个男人只是和她说想玩一些刺激点儿的游戏，让她扮孕妇去骗几个女大学生到郊区，然后……

但后来她从新闻里发现，被她诱骗的那两名女大学生居然失踪了。她没想到事情弄得那么大，所以她必须要和这男人分手，不过在此之前，她得把她的青春损失费要回来。分手协议已经放在车后座上，这份协议只要对方签了字，那可就价值百万了。

“姑娘、姑娘，在想啥呢？”老头叫着发呆的许若华，干脆将珍珠项链放到了她的手上。

珍珠的质量并不重，但四十多颗串成项链，倒也是颇具质感的。当许若华回过神的时候，老头已经走远了。

“大爷，谢谢您！”许若华感激涕零地喊道，她赶紧把珍珠项链戴了起来，还别说，和她这一身衣服还挺配。

老头回过身子，朝着许若华作了个揖，便一瘸一拐地离开了，他摊开了手掌，几只萤火虫从掌心飞了出来。

这让许若华心里更不是滋味了，曾几何时，她也是有梦想、有良心的女人，自从遇到那个男人之后，她的生活彻底脱离了原有的轨迹。她悔恨地捏着胸前的珍珠项链，觉得只是一份分手协议，远远不够弥补她所失去的东西。如果女大学生失联案的真相浮出水面，那么她也难逃法律的制裁，所以她必须得抓紧时间出国了。

只不过很多财产变卖起来并不是一朝一夕的事情，现在的她天天备受煎熬，只期望每天醒来的时候，眼前不要出现警察，或者是那两名善良的女大学生索命的冤魂。

许若华匆匆回到了住处，还来不及更换衣物，就赶紧开启了笔记本电脑。

订下了前往洛杉矶的单程机票之后，她才稍微舒了一口气。每日受着精神的折磨，她已经心力交瘁，她其实已经等不及了，行李早就准备齐全，随时等待出发。现在她只能喝杯热咖啡来勉强缓解一下精神的疲惫。

只不过先前她答应了那个男人要等他，他说会和她一起出国，过幸福的生活，但是这样的鬼话，也就只有当时的她才会相信，现在她已经看透了，所以不想再等下去了。

就在前几天，那个男人还给了许若华十万元，并且深情地和她说，让她再等几天，他要和过去做个了断，签字离婚，分得财产之后，再按照和她的分手协议来赔偿她一笔巨款作为精神损失费、青春补偿费、娱乐服务费之类的，总之是巨款就对了。

让那个男人离婚，对于她来说根本不是什么着急的事情，因为她清楚那个男人还有个情人是一个叫林薇的女学生，而且那女人求财的手腕比她要厉害得多，况且还能把这个男人迷得神魂颠倒的。

一想到这里，她不免又嫉妒又生气。她真不知道这个男人还藏了多少个女人，但是无所谓了，只要能弥补经济上的损失，又有什么是不能商量的呢？

于是她在手机上点开了奢侈品购物网，想通过买东西来排遣心中的郁闷。突然一则新闻跳了出来，说是一名女大学生惨死于车祸，肇事司机非但不报警和抢救，竟然还毁尸、抛尸于城市运河中。

许若华这才松了一口气，看来和她没什么关系。但是看到新闻最下方的时候，发现死者的名字居然是林薇！

“林薇？”她眼里泛起了兴奋的光，她唯一比这女人低的就是学历，但无论身材还是样貌，她都自认为不会输给林薇的。

她揉了揉眼睛，又端着手机重复看了好几遍这则新闻，这才确信，她刚刚所看到的都是事实。“可怜的林薇，这场戏才刚刚开始，你就不在了，可真够惨的。哦，还有罗刚这个家伙，老天还真会和他开玩笑。”

许若华自言自语着，脸上露出了一种胜利者的笑。她赶紧从电脑上打印了这则新闻出来，没有什么能比直接把这新闻塞到罗刚手里更刺激的了，她很想看看对方会浮现出什么样的表情。

“或许我该直接把这新闻邮寄过去，刺激他一下。”一想到这儿，许若华不由得大笑了起来。可是，一个想法突然跳了出来，让她再也笑不出来了。林薇死了，罗刚可能就没有强烈的离婚意愿了，要真这样的话，他开出的条件可能都会改变，那么她的处境就不容乐观了。她不但很难得到更多的财产，也许到最后她什么也得不到，甚至会锒铛入狱。

现在，她能做的就只有一件事——在罗刚得知林薇的死讯之前，跟他签好分手协议，这是她最后的希望，否则就靠变卖财产和罗刚给的这点钱，根本不够她在国外挥霍。想到这儿，她拨了罗刚的电话。

“喂？亲爱的你找我吗？不好意思，我刚才有点忙……”许若华的语气很生硬，但也算给出个解释。

“没事，你在哪里？”

“我在家。怎么了？”

“电话里不方便说，我们老地方见吧。”对方语气低沉，似乎有什么重要的事要商量。

“嗯，好吧。”

电话挂断之后，许若华从罗刚的口气中揣摩着什么，虽然有些许不安，但一想到巨额的补偿费，便将一切都抛诸脑后了。她立即往挎包里装好分手协议的文件，披上外套，抓过汽车钥匙，奔向屋外的电梯。

洋气的轿跑正开往极其偏远的山腰别墅，她有点兴奋，又有点忐忑。她庆幸自己还算聪明，及时意识到事情的变化，同时她还没想好，该怎么和罗刚解释这段时间的冷漠，不过没关系，她总有办法搞定的。她取出了一支口红，一边开车一边抹着。

一个多小时之后，她从蜿蜒的山腰上开入了一个产业区中。这个产业区很冷门，罗刚以林薇的名字买下了其中的一栋老旧别墅，方圆十里也就这一栋没人住的房子，她暗自庆幸还是自己比较聪明现实。

停好车之后，她向别墅走去，心中还是不免生起妒火——天知道这对狗男女在这里私会了多少回！

一阵凛冽的寒风袭来，冻得她浑身发抖，入冬的产业区不会有工人游荡，别墅的门是关着的。她有这地方的钥匙。说实话，她很不想进去，但是每次和罗刚私会，他选择的却总是这个地方，毕竟这里偏僻安静，不会被旁人发现。

屋里相对比外面要暖和一点，罗刚此刻还没到，许若华索性找了一张还算干净的木椅坐了上去，这张椅子上有过他们两人缠绵的回忆。

在等罗刚过来的时间里，许若华点燃了一根香烟，但愿罗刚能早点赶来，尽快把分手协议签好。香烟没一会儿就燃到了尽头，她拿起了烟盒，才发现里面已经空了。

“怎么在过来的路上没想起来买一包呢？”许若华暗暗抱怨，她又打开挎包看了看，希望能找出滑落在包里的香烟，只要一支就好。可是，什么也没找到。

许若华又开始焦虑起来，她的手掌不停地在大腿上擦动着，快要按捺不住心里的焦躁了，全身都感觉有虫子要钻出来似的难受，她只好起身来回踱步。

一想到在签分手协议之前，罗刚可能会得知林薇的死讯，那么协议的条件可能会重新商量，她就再也坐不下去了。

她看到门后挂了一件罗刚的旧外套。她翻开了口袋找烟，却在内侧的口袋中发现了罗刚的鳄鱼皮钱夹。这个泰国货罗刚一直都是随身携带的。

她打开钱夹翻查了起来，装的都是信用卡和钱等一些平常的东西。她又仔细地看了看，罗刚居然还留着他们两人游玩时的照片。

可许若华抽出照片时，忍不住尖叫了起来。照片上她那张美丽的脸蛋居然被罗刚用水笔画了一嘴吸血鬼才有的尖牙，那双迷人的大眼睛也被两个大大的“￥”符号盖住。

她震惊之余，尽量控制着情绪去端详这张照片，试图了解这个男人的思维。他一定很轻视自己，她想。罗刚多数时候还算是一个温文尔雅又不失风趣的成熟男人，平时就连大声说话都不会，可他居然把她画成这样！

看来他还真是个狡猾的家伙，许若华如梦方醒。而在钱夹中，她又发现了另一张照片……

那是林薇的照片，看起来应该是近照，光彩动人。为了保护好这张照片，还覆了一层塑料膜。随后她还翻出了不少与罗刚发生过一夜情的女人的暴露照——上面甚至还写着时间和具体地点。

“呸！这老色鬼竟然这么变态！”看到这些，许若华简直愤怒到了极点。同样不是妻子的角色，凭什么林薇就能有这样的待遇？她拿起了火机，把自己那张被画得不成人样的照片点着了。

她从自己的挎包中取出了打印的那份关于林薇死讯的文件，用它包着这女人的照片，再用两张一百元钞票把照片夹在中间，将这些一起塞回装钞票的夹层。

只要罗刚一打开钱包用大钞，就肯定能看到。这时候门外传来一阵脚步声，她迅速地将钱夹放回了原处。

罗刚意气风发地走了进来，他穿着羊毛格子衫，一件灰色夹克，就算是一把年龄了，看起来倒也精神焕发。

许若华强压着妒火，心想反正林薇已经死了，只要她能签好分手协议，在去洛杉矶之前把钱拿到就好，即便这个姓罗的一时半会儿拿不出这些钱，有了协议，她日后也可以委托律师回来和这有头有脸的家伙交涉，总不会担心他赖账。

“没想到你会第一次比我早到，以前都是我等你的。”罗刚笑眯眯地说道，语气依旧是那么暧昧。

“那么匆忙地叫我来要干什么？”她想赶紧签好协议就直接走人，但是又不能过于明显，所以只能先问对方的目的。

“既然你都帮我诱拐了两次女人，多一次也无所谓了吧？”罗刚刚才还意气风发的光鲜样貌，此刻却显得阴邪狰狞。

许若华一怔，她就知道这姓罗的专门叫她过来，准没好事，她哆嗦着问道：“之前的那两个女生都遇害了吧？都是你下的毒手？”

罗刚双手狠狠地掐到了她的脖子上，她猝不及防地跌坐到了满是灰尘的地上。不过这男人似乎并不是真的想杀人，他只是象征性地用力量在威胁对方。

他松开了双手之后，许若华由于喘气时吸入了一些呛人的灰尘，吃力地咳嗽着。

“如果你再帮我一次，分手协议上我追加一百万。”罗刚轻描淡写地说道。他对付不同的人，脸上随时都可以更换应景的表情。

“追加两百万我都不做！你知道我最近有多煎熬吗？我现在可是杀人犯的帮凶了！”许若华歇斯底里地怒喝着，她不明白自己的人生怎么会这样！

“三百万！”罗刚比出了三根手指，然后将许若华扶了起来，搂住了她。

如果这男人并不是那么恶毒的话，也许许若华还会觉得他的怀抱挺温暖的，只不过现实是冰冷的。

看见许若华保持沉默的样子，罗刚觉得这个女人为了钱，应该是默许了，毕竟他们是一条船上的人，现如今也就只有她能协助他再次作案了。

“这次又要害谁？她的命居然那么值钱？”许若华的声音略带颤抖。

“别说得那么难听嘛。这女人知道得太多了，可能会威胁到我们俩，所以为了我们的安全，让她消失总归是好的。”罗刚撑起了双臂，搭在许若华的肩膀上，一脸严肃地说道。

许若华的身子在颤抖着，她被梦魇折磨了很多天了，如今三百万的交易，又会让她的噩梦持续多久？她并不清楚。

“这次可能会有点难度，要下手的目标叫白可，是……”罗刚话音未落。

“什么？是白可！”许若华惊呼道，今天白可才坐过她的车，然后就要成为下一个诅咒她的冤魂了吗？这简直就是孽缘！

“你认识她，应该容易得手了吧，就像前两次一样。”

“先把这份协议签了，我答应最后帮你一次。”许若华尽量争取着，她试图以谈判的口吻说道，可是底气不足，但她还是从挎包里拿出了协议和笔，一起递给了罗刚。

罗刚出奇地爽快，在一式两份的协议上签了字，毕竟只要除掉白可，他的收益远比这协议上要大得多，因为这个交代可是冯国峰下的指令。况且这个大总裁开出的价格超乎想象，而动机仅仅是不希望他儿子被这女人迷倒而已。

“我们之间的事情已经用和平的方式解决了，你应该不介意我搭你的便车回去吧？气象台预计几个小时后会有一场暴雪，而我现在得先到附近处理一些私事，所以希望你能等我一下。”罗教授提议道。

“我可不想因为你要搭便车，害我在这里待上一夜。”许若华眉头微蹙地抗议，这间别墅也不知道有多少女人来过，她厌恶这一切，包括她自己。

“我的车油不够了，办好事之后就回来搭你的车，放心，不过夜。我们已经结束了。”罗刚瞄了这女人一眼，若不是还需要利用她，他还真想优先除掉这个贪财的女人。他越发觉得，直接除掉对方，远比设计一堆复杂的陷阱去陷害对方要简单得多。

还没等许若华同意，他就拿上外套推开门出去了，在离开之前他留下最后一句：“如果你不等我回来，我若遇到了什么危险而离不开的话，你的协议也就作废了。”

启动汽车后，罗刚先是呆呆地望着这个充满了回忆的欢乐地，当不少女人走马灯似的在他脑海里一晃而过时，最终定格的竟然是林薇。他一生做过很多次选择，唯独除掉林薇的选择让他多少有点儿遗憾。

他其实并没有什么重要的事情要做，只不过见到许若华那副嘴脸时，一时想到了林薇，虽然林薇也有过这样的行为，可他能感觉到其中哪里是有点儿不同的，却又说不上来。

所以罗刚决定将许若华晾在那里，至少让她挨冻几个小时，而他只需找个温暖的便利店之类的地方待上一阵，再缅怀一下曾经确实让他心动过的林薇，也许心情会好那么一丁点儿。他隐隐感到心房有点儿绞痛，但他并没在意，甚至觉得可笑。他即便觉得遗憾，也不至于为一个死人而心痛吧。

但痛感很真实，于是他只好捂着心口，哆嗦着开车离开了。

姓罗的不过是出一趟门，能有什么危险事情发生，许若华不喜欢这样被人左右，但又无可奈何。罗刚的身影刚从门口消失，她就有点后悔，想驱车赶紧回去了。

然而此时她也只能待在原地干等，灌进屋子的冷风“嘶嘶”地哀嚎着，这令她感到恐惧和焦虑，她急需一支香烟。

香烟会放在什么地方呢？她开始上上下下打量起整个房间。突然将目光落在了一张写字台上，这应该是最有可能的地方了。

打开写字台最上层的抽屉，她找到了一支手电筒、蜡烛和火柴，但就是没有香烟。下一个抽屉里放的全是说明书，上面介绍的是如何关闭燃气阀、如何点燃煤油灯、如何关掉水管总闸等一类的问题。

她把这些说明书推到一旁，试图拉开第三个抽屉。在这只抽屉里，放了一个金属保险箱，箱子上着锁。找到这里，她已经不再奢望能找出什么香烟了。不过，有了钱夹的前车之鉴，她决定把这个保险箱打开，看看里面有没有感兴趣的东西。

许若华研究了一下箱子上的锁，这种锁结构并不复杂，只要用适当的工具，想要打开也不是什么难事。罗刚看到之后，肯定会知道是她干的，但这似乎并不重要。就算他知道，又能怎么样？都是一条贼船上的人，难道贼喊捉贼吗？

她进了厨房，拿了一把小刀出来。将刀尖塞进钥匙孔，然后上下左右地旋转扭动着，只听细小的“咔嚓”声，这个低廉的锁头便打开了。

箱子里是一个个信封，她逐一拆开，有保单、股票，竟然还有一份遗嘱，是罗刚妻子的遗嘱，上面清清楚楚地声明，她死后所有财产都归罗刚。

许若华很清楚罗太太的身世。这女人是一名隐形富豪，虽然性格脾气嚣张跋扈，但是对外却无比低调，据说她的身家可是上亿的。

许若华突然明白了罗刚的密谋——他不是想通过离婚获得一部分财产，而是要杀掉那个母老虎并夺取她的一切！许若华不由一声冷笑，罗刚平时总抱怨家里母老虎如何凶残，也不知道他又用了什么卑鄙的伎俩，才哄得那母老虎签下这样一份遗嘱，真不愧是心狠手辣的心理学教授。

一想到这里，许若华感到一阵眩晕，她没有再继续往下看。极度的愤怒和怀疑，让她双手不禁发抖，几乎握不住那份遗嘱。她深吸了一口气，把遗嘱装了回去，把一切都恢复成原样。

现在的事实再清楚不过，罗刚向她隐瞒了更大的阴谋，以及阴谋之后的巨大利益。原本她还觉得自己是狮子大开口，心有愧疚，可是现在她自己不过也是一枚棋子而已，豁出了所有得到的却只有那么一点儿钱和无尽的逃亡！

“如果真是这样，我不介意去参加他的葬礼，有的人有钱也许没命享。”许若华目露凶光地嘀咕道。

罗刚的确该死！他已经杀害了两名女大学生，现在又接着利用自己去欺骗白可，甚至还策划要杀掉他的发妻。许若华真觉得这个斯斯文文的男人无比阴险毒辣。

他这样对自己和其他的女人，就算是死也是罪有应得！相比罗刚阴谋得逞能获得上亿的遗产，许若华觉得那份协议上的钱已经无关紧要了——人性总归如此，大家只会关注自己损失的，而不会在意自己得到的。

今天在这荒郊野外的老别墅里，倒也是一次不错的行凶机会，如果错过了这一次，很可能就夜长梦多了，毕竟罗刚是一只老狐狸，她不能保证自己稳操胜券。

许若华尽可能地合计着，要让一切看起来不过就是一场意外而已。她取出手机看了一下时间，罗刚说去去就回，估计不会太久。

应该还有些时间，她可以仔细思考一下，从看过的犯罪小说里找出那么点儿合理的杀人方式，也许能用一下。

她很焦虑，脑里一片空白，这时才意识到自己已经多少年没怎么读过书了，更别提用什么高端复杂的方式去谋杀一个人。

许若华不经意间看到地下室的门，她记得每次罗刚离开之前，都会去地下室关闭设备，今天肯定也是如此。

一想到这里，她有了些灵感，走向了地下室，并打开了灯。梯子没有扶手，一道石阶直通底部。罗刚对这老房子可谓是轻车熟路，即便不开灯，数着台阶也能走下去。也许可以在灯泡上动个手脚，那样的话他就得去换灯泡。

随着一步一步地思考，新的主意冒了出来：珍珠项链！

她暗自感慨，果然这项链有妙用！她早该想到这个的。在心里嘀咕了一下之后，取下了项链，切断了穿珠的线，手里攥着散开的珠子，走回石梯，一股脑把珠子全撒在第一个石阶上后，她踮起了脚尖伸手取下头顶的灯泡。用力晃荡了许久，灯泡的灯丝终于断了。

她似乎有点儿不放心，担心即便如此也无法让罗刚毙命。她决定必要的时候在罗刚的头上多加几个致命伤口，然后再捡回珍珠，貌似这样不会留下什么证据。

即便警方查出什么，她那时候早就到洛杉矶了。

罗刚视力并不是很好，应该不会看得那么仔细，就算有蜡烛，他也很难注意到地上的珠子。

许若华满意地点了点头，觉得应该没什么疏漏了。她进了卧室，准备休息一下。

一觉醒来，外面的天已经是黑压压的一片了。房间里冷极了，她的脸被冻得生疼，身子也好像快要失去知觉。

姓罗的去哪里了？她又看了看低电量的手机，已经过去五个多小时，天也黑透了。她随口一句咒骂，觉得这个男人就是个不守信用的伪君子。

她正考虑要不要给罗刚打个电话催他一下，突然意识到自己的计划有个严重的漏洞——把珠子全放在一个台阶上，也许很难一招致命。罗刚很有可能过于熟悉地形，一下跨两步，这完全不可预测，应该多撒几个台阶才对。

想到这里，她急忙折回了地下室的门口，将珍珠分散放到了好几级台阶上。看着自己的杰作，许若华心里一阵得意，准备跨过有珍珠的台阶返回顶部。她忘记自己将蜡烛放在了正中间，本能地移开脚，身子却失去了平衡，一脚踩到了珍珠上。

她顺着台阶往下翻滚着，她的肋骨、肩膀还有膝盖一次次地撞击在冷硬的阶梯上。滚到底部时，她已经昏迷了过去。

不知道过了多久，她才恢复了知觉。她试图翻身爬起来，可是疼痛已经浸透了她的全身，地上似乎还有一些黏糊糊的血渍，但是蜡烛早就燃尽，漆黑的地下室里什么都看不见。

她最后的力气只能用来哭了，眼泪才流出来就在她漂亮的脸颊上冻住了。应该是罗刚躺在这里的，可现在却换成了她！罗刚要是在此刻发现她，也不知道会趁机杀害她还是会救她，兴许自己还有利用价值，他应该不会落井下石才对，这也是许若华最后的希望。

“病人好像睡着了，白医生。”

“嗯，这是个好兆头。”戴着黑框眼镜的医生看了一下表说道，“这家伙心脏病犯了，我们抢救了好久。他身上有证件什么的吗？”

“他不是这附近的人，住在产业区那边，因为那边的特殊管理情况，所以这时候应该是停水停电了的。”

“他有没有说什么？”白医生问道，毕竟要联系家属来交医药费和办入院手续，而且还有很多琐碎的事要处理。

“他偶尔会念叨‘林薇’这个名字，也许那是他的爱人。”

白医生一边在图表上做着记载，一边接着说：“他的手上没有戴结婚戒指，但是这个叫林薇的女人应该也是住在产业区那边的，我们应该尽快通知她。那么久了，她一定很担心。”

“恐怕是没法通知了，林薇去世了。帮他叫救护车的便利店老板，在他掉落的钱夹里看到了林薇的死讯。”护士说着，把那鳄鱼皮钱夹递给了医生，“而且便利店老板还说他的衣服里飞出了萤火虫，以为是他死了灵魂出窍了。这老板估计也是遇到突发状况被吓傻了，这种天气怎么可能会有萤火虫出现！”

“先不讨论这些了，他需要静养，否则还会出现危险。我们先等他状况稳定了，再问他具体的家属联系方式吧。”

“好的，白医生。另外我今晚只能加班了。”

“为什么？”

“本该值班的护士刚打电话来请假，外面下了暴雪，路都被大雪封住了，过不来。”

“也不知道可可怎么样了。”白医生冻得哆嗦地说道，感觉暖气都没什么明显的效果，她摇了摇头说，“要是能在南方温暖的城市工作，那该多好。”

说完，她给白可发去了一条母亲对女儿关怀的短信。

第九章 | 诸多秘密

“她不回来也好，省得看到我忙碌又唠唠叨叨的……”白可坐在书桌前，双手飞快地在键盘上给母亲回信息。她母亲特别细致，每次发信息的同时还会给邮箱也发一遍。

一个人在家难免会有点儿孤独，当耳边那带有关怀性质的嘈杂声音突然消失时，白可反而有点儿不太适应了。平时这个时候，母亲可能会端着咖啡和一些卡路里不算高的食物进来。

她朝着空荡荡的门口望了一下，猛然间瞥见了一个人影，这把她吓了一跳。也许是一直盯着电脑屏幕的原因，才导致的眼花。她内心这样想着，赶紧揉了揉眼睛，重新朝着门口那儿望了过去，空空如也，她这才松了口气。

如此想来，她还真的有点儿渴，还有点儿饿，于是她放下手头的工作，没有什么比来一餐美好的夜宵更实在，她快步走向了厨房。

这时候门铃响了起来。

白可顿了顿，有点儿不太高兴，毕竟都这个点了，而且外面天寒地冻、大雪封路的，谁会登门造访？

门铃不停地响着。

“来了！”白可不耐烦地高声应道，她实在是想不出这个时候谁那么没眼色，这样骚扰别人真的好吗？

一阵急促的脚步声来到了门前，白可朝着猫眼看了看，结果却让她倒吸了一口冷气。怎么会是冯波那个公子哥？

白可用极其厌恶的语调说道：“我不管你怎么找到这里来的，但是这里不欢迎你，请别再按门铃了。”

“可可，是我啊。上门就是客，你好歹让我进去喝一杯热水吧？”

白可甚至都懒得回应，她径直走到了门铃扩音器前，一把将插头拔了出来，如此一来，门铃再也不会响了。

一阵轻轻的敲门声传来，伴随着冯波的恳求，然而白可并不吃这一套，她转身准备回书房继续工作，如果这个公子哥愿意在外面敲上一晚，那也是他的自由。

谁知道白可才走出没几步，敲门声就停止了，相继而来的是门把转动、门锁解开的声音。

白可内心一震，她回头一看，门居然被打开了！一个男人已经走了进来，是冯波的保镖。

她赶紧朝着书房跑去，哪怕给她两分钟，她就能报警并且说清楚地址。可是一阵失望突然袭来，她的手机被她留在了许若华的车上。用电脑也可以报警，她盘算着，只不过她需要时间。

这名强壮的保镖还没等白可跑到书房，就追了上来，从白可的后颈一把按住了她，推到了墙壁上。

“喂！你别对我的可可下手那么重。”冯波跟进来后，瞧见了这一幕，他一边虚情假意地喊着，一边把防盗门关上，还拧上了锁。

“你们怎么进来的？”白可愤怒地说道，但是她转不过身子，只能定定地被按在墙上。

“我的保镖以前吧……干过点儿小偷小摸的事情，所以对于开门锁可是很在行。”冯波舔了舔嘴唇。

保镖感觉到白可乏力了，便顺势将她一甩，她被摔坐在一旁的沙发上。

冯波盯着白可，黑色水晶花边连衣裙，轻盈透亮的黑纱如墨一般，裙摆重重叠叠，晕染成深浅不一的墨色，让她在举手投足间散发出妩媚的小性感。她肌肤胜雪，双目犹似一泓清水，顾盼之际，自有一番清雅高华的气质，让人为之所摄、自惭形秽、不敢亵渎。但那冷傲灵动中颇有勾魂摄魄之态，又让人不能不魂牵梦绕。

这让冯波产生一种莫名的自卑感，他内心的征服欲却变得更强。从来都是女人围着他转，凭什么白可敢用这样蔑视的眼神看他？既然如此，占有她是最好的选择。

当冯波扑过来的时候，白可一个灵动地起身，躲过了这个虎狼般的拥抱。

但是她还没回过神的时候，手腕就被保镖抓住了，这保镖力气很大，就像是铁钳一样狠狠地钳住了她的手腕，一阵生疼让白可差点儿叫了出来。

冯波高抬手一巴掌呼了过去，白可下意识地闭上了眼睛。

只听“啪”的一声，但是白可却没感觉到疼痛，她睁开了眼睛，发现保镖已经松开了她，保镖的脸上有着大大的巴掌印。

“谁让你这样对待我的可可了！”冯波一脸怒相地呵斥道，又转而对白可笑眯眯地道歉。

“别在我面前演这种低级的苦肉计。”白可冷冰冰地说道。

“女人就不要什么都看得那么透了，给你点儿脸不好吗？”冯波的兴致被折损了一半，随之而来的就是愤怒了。

白可将脸扭过一旁，她正努力地想该用什么办法给自己解围。

“本来还期望你能配合一下，今晚还可以有很多思想上的碰撞，当然也不排除身体上的碰撞。既然你敬酒不吃吃罚酒，那就别怪我不客气了。”冯波那阴险的面目终于露了出来，他朝着保镖使了个眼色。

可就在这时候，恶狠狠的保镖从身上掏出了一把锋利的匕首。

“你要干什么？”冯波对这突如其来的变故感到有些不知所措。

保镖对着自己左手的小拇指，慢慢切了下去。

白可趁这时候跑回了书房，重重地把门关上并反锁，直到此刻她的心还在怦怦地跳着。

冯波被保镖的这个举动吓坏了，他趔趄地后退了几步，生怕保镖伤害到他。他正准备破口大骂，却发现保镖脸上已经挂满了汗珠，全身都在剧烈地颤抖着，他似乎猜到了什么，又不能肯定。

要接回手指，只能争分夺秒赶去医院，冯波皱着眉头，吩咐保镖自己把手指捡起来装好，随即开门准备离去。当门打开的时候，门口站着一个满脸诡笑的男人——秦子谦，他那冰冷的眼神犹如深渊一般，手中跳跃的精致打火机，蹦出的火苗让人感到迷离恐怖。

冯波一下就明白是怎么回事了，他想起了之前在学术研究室失态的那一幕，肯定是这个家伙干的，他阴邪地朝着秦子谦撂下了狠话："走着瞧，准备好棺材吧。"

说罢，他领着保镖狼狈地离开了。

白可听见匆匆离去的脚步声，悄悄地打开书房门，往外望去。一个熟悉的身影坐在沙发上，似乎在等着她出来。

"秦子谦？"白可有点儿犹豫，她称呼着他的全名，有点儿不敢相信这就是她所认识的秦子谦。她步伐缓慢地走出了房间，朝着这个熟悉的陌生人望了过去。

"可可，你没事吧？"秦子谦不紧不慢地站了起来，朝着白可微笑着。

"是你催眠了那个保镖？让他自残的？"白可诧异地问道，她不知道是该感谢秦子谦，还是该觉得秦子谦越来越残忍了，她此时的心情很复杂。

"是又怎么样？不是又如何？你会和我绝交吗？"秦子谦语气平和，脸上挂着看不出真假的微笑。

白可看着地上的血渍，她并没回答秦子谦的问题，默默地到浴室取了一个盆和抹布，准备清理掉这些还未凝结的血迹。

她将装好的水端到沙发前的时候，发现秦子谦蹲了下去，一脸严肃的样子。

“怎么了？”白可对这个男人感到有些害怕，因为看不透他。

“我们认识有三年了吧？”

“嗯。”

“我的人品你应该很了解。”

“也许。”

听到白可的答案，秦子谦不免自嘲地苦笑了一下，他从衣兜里取出了一柄指头大的黑色桶状长条物品。

“这是？”

“特制的紫外线灯筒。”秦子谦晃了晃，拇指推了一下开关。

“难道不是你催眠他的？”白可依旧保持质疑的态度，毕竟当今能掌握如此强大的催眠术的人，国内不超过三个。

“谁知道呢，也许是我催眠的潜意识发生了意识突变？”一向不爱开玩笑的秦子谦，为了博得白可一笑，倒也是说了句幽默的话。

这冷面男神的话着实有几分效果，白可轻捂着嘴笑道：“我只听过基因突变，从来没听过意识突变。”

秦子谦从白可那儿接过水盆，放到了一旁，温柔地说道：“一会儿我再帮你清理这些血迹，但是在此之前，你先看看这个。”

他用紫外线灯筒朝着血渍照射过去，立刻就显现出让白可瞠目结舌的一幕。

当地上的血渍与紫外光线相遇时，竟然发出了蓝绿色的光……

“那个保镖居然被注射了 GFP（荧光蛋白质）？”白可疑惑地问道，“这个似乎和七日祭有关，难道下一名受害者就是那个保镖？但是这又说不通，如果要他命的话，刚才那保镖就直接用匕首抹喉咙了，而不是仅仅切掉手指而已。”

“如果是我催眠的话，也许我会让他剖开胸膛，这样我能看看这保镖是不是黑心。还有他的大脑，里面可能长满了墙头草，也需要清一清。”秦子谦诡谲地说着。与程浩然不同，他就算是开玩笑，也显得无比黑暗阴沉。

白可沉默了片刻，她试图将这些琐碎的线索联系到一起，但她总感觉是有人精心布局而设下了烟幕弹。

“你忘记七日祭的最终目的了吗？”

由于秦子谦的提醒，白可才想起了七日祭的最终意图是要净化人类，具体的方式不明，可是她能切切实实地预感到威胁。

一想到这里，白可不禁倒吸了一口冷气，她朝着秦子谦说出了自己的假设：“你的意思难道是有一部分人在不知不觉中，早就被注射了GFP（荧光蛋白质）？”

“确切地说，不一定需要注射。如果操作得当的话，比如从饮水源进行药剂投放，从标记者的身体内部调节作为接应，再利用外界的气体或者液体，从口鼻入侵，最终形成GFP（荧光蛋白质）。”

“但是这样的量和稳定性都不一定够吧？”白可疑惑地问道。

“可利用法尼基半胱氨酸，也就是蛋白质分子（如G蛋白的γ亚基）中半胱氨酸残基经法尼基修饰后的衍生物，可帮助蛋白质定位于细胞质膜的内表面。若我是七日祭的凶手，那么这些都是可以解决的问题。也许凶手该来请教一下我的。”

秦子谦开始帮白可清理地面上的血迹，所幸都是水滴状的，不难处理。

“可是现在的技术还没那么发达，也许是……”白可虽然想提出别的假设，但是没有比秦子谦说的更有说服力的观点了。

“我们做不到的，并不代表没人能做到。我们没发现的，并不代表这些事物不存在。”秦子谦单膝跪在地上擦拭血迹的身影，让白可有些感动。

“如果绝大多数的人都被标记了，那么催眠师很容易就可以知道哪些人是可以完全控制的，他会利用这些被控制的人做什么呢？”白可惴惴不安地问道。

一想到刚才那保镖切掉自己手指的情景，她就有点儿惶恐。这种远程谋杀将会开辟一个全新的犯罪领域，如果不及时制止，人类的浩劫也即将来临，正如七日祭的最终目的：创世纪。

但是这桩阴谋越是缜密、布局越是精心，就越让白可不得不对秦子谦产生疑虑，为什么幕后主使的手法甚至是想法他好像都一清二楚？

当秦子谦回过身与白可的目光相遇时，他似乎明白了她的想法。

“好了，都擦干净了。”秦子谦拿起水盆，朝着浴室走去。

一阵流水声、笨拙的拧毛巾声以及水盆打翻的声音，相继从浴室里传了出来。

白可来到浴室门口，却难得瞧见秦子谦略为慌乱的一面，他正无奈地收拾着脸盆，然后生涩地用拖把拖着地。

“让我们的秦大催眠师做这些家务活，真是屈才了，还是让我来吧。”白可正要迈进去，却遭遇了秦子谦不甘的眼神。

白可止住了脚步。她瞧见秦子谦的衣服都被弄上了血水，湿答答的，犹豫了片刻，她转身朝着卧室走去。

秦子谦终于收拾好准备离开浴室时，却见白可手臂上挂着一套男士西装，从样式和尺寸来看，这套西装并不是为他准备的。这让秦子谦感到有些失落，他很清楚白可是单亲家庭，家里只有相依为命的母亲，所以不会有男性的衣服才对。

“这是准备给程浩然的西装？”秦子谦明知故问地给自己找不痛快。

白可脸颊微微泛起了红晕，出现了少女般的羞涩，随即一撇嘴，将衣服匆匆挂到了一旁的架子上，说道：“热水器已经开启预热了，你洗个澡，换套衣服。你总不能穿着浑身是血迹的衣服出门吧，那样说不定会有人报警的。”

说罢白可就赶忙关上了浴室的门。

浴室内，秦子谦盯着那套为程浩然准备的西装感到妒火中烧。

浴室外，白可的心怦怦直跳，这确实是她为程浩然这个不正经的家伙精心准备的一份礼物。

白可平定了一下思绪，来到客厅收拾。她突然意识到防盗门居然还没关上！

她快步走到了门前，却听见门外传来了急促的脚步声，而且还伴随着慌张的声音："可可！可可！"

是程浩然！

她心里是又惊又喜，还伴随着些许疑惑——这暴雪封路的天气，都这么晚了怎么还陆续有那么多的"拜访者"？

白可双手扶在门后，探出半身想看看程浩然惊慌失措的表情是怎么样时，却已经见到一张脸贴到了她的脸上。

这一瞬间对方的鼻息是如此熟悉又温存，不过很短暂。她被撞摔到了地上，还被那个冒失的家伙压在了下面。

"可可！是你啊！吓死我了！为什么外面都是血迹？"他着急地抓着白可的肩膀，非常认真地上下左右打量着她。

"都怪外面雪太大了，我绕了好几条路才赶过来的，总觉得今晚肯定会出什么事！"程浩然一脸歉意地说道。

正当白可准备和程浩然说什么的时候，只听浴室的门把手响动了一下。

程浩然还以为是凶徒要从浴室里出来了，他站起来紧握拳头，挡在了白可的前面。

"可可，我觉得那套西装我还是不穿好了，你家的洗衣机在哪里？"秦子谦用浴巾裹着下身，语气低沉地边说边走了出来，当他看见怒目圆睁的程浩然时……

"你怎么会在这里！"

两个男人不约而同地喊了出来。

程浩然都不知道是该尴尬还是愤怒，他上下扫视着秦子谦，某种程度上来说，这俊俏面庞下的身躯还挺健美的。

“可可，这是什么情况，如果你们已经在一起了，为什么不早和我说？”程浩然有气无力地问道，他的心情十分复杂。

“你听我解释！”白可这才反应过来发生了什么事情，也意识到了问题的严重性。

“还有什么好解释的？我们的关系不是明摆着的吗？”秦子谦挺了挺胸，还用双手挪了挪缠在腰间的那块浴巾，然后又指了指那凌乱的沙发。

这简直就是胜利者的挑衅。

白可没想到秦子谦非但不配合她澄清，反而还火上浇油！她一把拉住程浩然，刚想开口，程浩然便甩开她的手，留下一句“不打扰你们了”就愤然转身离开，白可要追，却被他一个“停下”的手势拦住了。程浩然走时还不忘力道适中地关上了防盗门。

“秦子谦！你胡说什么呢！”白可被气得眼泪都要出来了。

“没什么，我不是实事求是吗？我们是朋友关系而已，他都想到哪里去了？真是一点儿都不纯洁。”秦子谦还戏谑地摇头说着，耸了耸肩表示很无奈。

“听说情侣之间应该是互相信任的，看来他不相信你。”

“你这是偷换概念！任凭谁遇到这样的情况，要是还能冷静对待的，那就真有问题了。”白可轻叹了口气，觉得这真是混乱的一晚，折腾得她心力交瘁。

对于白可这样的女人来说，秦子谦的这一套基础引导不奏效。他自己也不清楚怎么会成了这样的人，但是无所谓，至少瞧见程浩然那表情，他明显感觉脑下垂体分泌的内啡肽增多了。（内啡肽能与吗啡受体结合，产生跟吗啡、鸦片剂一样的止痛效果和快感，等同天然的镇痛剂。）

“对了，你还没告诉我洗衣机在哪里？”秦子谦愉悦地将话题引回了正题。

白可没说话，略显沮丧地抬起了手朝着一个方向指了指。

就在这一瞬间，秦子谦突然觉得自己很幼稚，居然还要这种小男孩的伎俩，要不是白可的包容，也许此刻都已经把他给轰出去了。

白可那双美丽的眼睛里射出来一股忧郁的光，好像有什么东西在她的眼里荡漾。平日的活泼姿态看不见了，沉思的、阴郁的表情表示出她内心的激斗——她是在抑制着不想对他发脾气。

这使秦子谦的那点儿喜悦感立刻就消失殆尽了，他并不想看到白可难过或者压抑，可是他的行为也确确实实伤害到了白可。

“这样吧，我还是把那套西装穿上好了。”秦子谦知道如何控制和驾驭其他人，却不知道该如何哄女人，尤其是白可。所以最好的办法就是让她眼不见为净。

他进了浴室，很快就换上了那套并不合身的西装，简单地收拾之后，他尴尬地避开了白可的目光，匆匆离开了白可的家。

不过他出来之后，并没真的离开，为了防止再次遇到突发状况，他决定去冰冷的楼梯间里待着，如果真有什么事他随时都可以救援，同时又不会影响白可的心情。

就在秦子谦推开楼道门的时候，廊道内的光线照射到楼梯间，那光线就如同裁纸一般剪出了个人影。

秦子谦下意识地从兜里取出了一管针剂，小指利落地弹掉了针头盖子，拇指恰到好处地压在针柄处。

可是在楼梯间里的人，竟然是程浩然。

“怎么会是你？”

两人再次不约而同地说道。

虽然他们都可以通过对方的微表情和肢体语言读到对方的内心，但是仍然摆出了一副“我才不会感到失落”的表情。

程浩然也不是笨蛋，他为了守护白可，宁愿自己待在如冰窖的楼梯间里，由于有了时间和空间冷静，他觉得以白可的人品，是不可能瞒着他去和秦子谦玩暧昧的。

现在又看到秦子谦百感交集的表情，更加确认了他的推测。两个男人之间的较量在微妙地进行着。

“原来你就是那个荧光蛋白质凶手？”程浩然跳开了关于白可的话题，注视着秦子谦手中滴着针剂的针筒。

“就冲你称呼的头衔这么没文采，我断然不能接受你的结论。”秦子谦竟然若无其事地让针筒在手指间旋转穿梭了起来，散发着不屑之意，他黑亮的眼睛里流露着冷静和智慧，稍有棱角的嘴唇上，挂着几分邪魅和严肃。

“那你取一个有文采的称号我看看？”程浩然挑衅地说道。这就是他设置的一个陷阱，一旦秦子谦接下这个话题，就意味他承认自己是七日祭的凶手了。就差那么一点儿就可以证明了，他心里不断地暗念着。

可是秦子谦只不过是冷哼了一下，便弯腰拾起了针头盖子，将其恢复原样后收了起来，然后默不作声地往楼上的台阶走了几步，直接坐了下去，反正这西装也不是他的。

程浩然设置的语言陷阱没被秦子谦踩到，他有一点点失望，但是并不觉得出乎意料，毕竟秦子谦也是同样精通心理学的催眠大师，如果轻易就中计了，那反而会很奇怪。

“要不我们好好聊聊？来一场男人之间的对话。Man’s talk。”

“没兴趣。”

即便秦子谦明确表态了，程浩然还是凑了上去，笑眯眯地开始了他的话题。

白可心不在焉地收拾着家里的东西，当她来到浴室时，发现沐浴露的按盖口是向着室内墙壁的，而且秦子谦用过的那条浴巾虽然折叠整齐放在了一旁，但浴巾的角也是对着室内的同一个方向。

从系统排列的角度上来说，白可看出了秦子谦不愿意离开的潜意识，或者说那也许算不上是潜意识。

她突然意识到了什么，便匆匆朝着防盗门那边跑去，拉开了门，一阵刺骨的寒气灌了进来，她哆嗦了一下，朝着屋外的区域打量着，让她感到疑惑的是，怎么会不见秦子谦的人影？

就在白可感到纳闷的时候，她隐约地听见楼梯间那边有人在说话，于是她悄悄踮着步子走了过去。

在楼梯间的门口，她居然依稀听见了程浩然和秦子谦在对话，可是听不清楚他们在说什么，她又贴近了一点儿，想听听这两个死对头会聊什么的时候，却被程浩然一声响亮的喷嚏吓了一跳，条件反射地失声叫了出来。

程浩然和秦子谦一听见白可的叫声，一下就拽开了楼梯间的门，结果却看见白可站在那儿。

“那个……外面太冷了，而且估计你们也回不去，要不还是到屋子里来吧，暖和点儿。”她腼腆地邀请着，目光注视着地面，因为这两个男人的眼神都是火辣辣的，让人不得不回避。

秦子谦本来正要张嘴高冷地说“不需要”，从而体现他那绝对的绅士态度时，却见程浩然大大咧咧地朝着白可抛了个媚眼，说了声谢谢之后就径直走进了白可的家。

这令秦子谦觉得简直是不可思议，怎么还会有如此不懂礼貌的心理学“大师”！

“我得帮你盯着这神经病！”秦子谦朝着白可简单解释了一句，便赶紧跟了进去。

白可差点儿就笑了出来，觉得就连秦子谦这样意志坚定又高冷的催眠师，居然也在不知不觉中被程浩然给引导了，这两个人确实都很有意思。

随即她也回到了屋子里，关好了门。

白可看见程浩然就像小朋友一般气呼呼地坐在沙发那儿，她微笑着去为他冲了一杯热咖啡，放到他的跟前，然后用余光瞄了秦子谦一眼。催眠大师正漫不经心地看着他的手机，或者说他根本不想多搭理程浩然。

她偷偷地朝程浩然比出了一组手势，学过手语的人都会知道那是在表达“我喜欢你”。

程浩然参加过不少公益活动，其中自然也不乏帮助聋哑人的活动，所以这组手势他看得清清楚楚，他接收到了白可的心意！

白可为他们安顿好之后，深深地打了个哈欠，今天确实是又累又折腾人，本来应该是在惬意的雪夜中，缩在暖暖的被窝里慵懒地度过才对，而现在弄得身心疲惫的，就算回到被窝里也没了困意。

暴风雪在下半夜的时候就停止了，室内的暖气让程浩然感到口干舌燥，他难受得睡不着，只好起来找水喝。

在厨房寻觅到解渴的白开水后，程浩然咕噜咕噜狂饮了两杯，整个人也陡然精神了起来。就在他往回走的时候，路过了白可母亲的房间。门是虚掩的，里面的灯居然是亮着的。

程浩然好奇地推开了白可母亲的房间门，如果能从什么细节中稍微了解一下未来的丈母娘，总归不是什么坏事，而且这确实也是一次难得的机会。

这是一间很简单的卧室，色调温馨的床单和被子，简约的书桌安置在一个不起眼的墙角，上面摆满了各种医学书籍，还有一本摊开的笔记本，一支钢笔静静地躺在笔记本上，仿佛在享受日光浴一般。

程浩然听说过白可的母亲，她是一名医生。

可是书桌上的几本书籍，却让他觉得这未来的丈母娘一点儿都不简单！他远远地瞧见其中有关于冷冻撕裂的书籍，那是电子显微镜标本制备中的一个方法，冷冻标本在真空下断裂，暴露出膜和细胞器平面。

“制备这样的标本目的是什么呢？”程浩然好奇地揣摩着。

他虽然知道白可母亲肯定不在家，但还是象征性地轻轻敲了下门才走了进去，他来到了书桌旁，摸着下巴打量着这些书籍。

一本《比浊法细解》跃入了程浩然的视线。比浊法是通过测量透过悬浮质点介质的光强度来确定悬浮物质浓度的方法，这是一种光散射测量技术。如果运用在隐形技术当中，能起到不小的作用。

看到这一本本不可思议的学术书籍时，疑团渐渐在程浩然的心中形成，一名普通的医生，应该不会只是出于兴趣爱好，也不是出于医术需求才会去研究这些。她似乎在研究什么！

当程浩然的目光移到书桌背后的墙面上时，发现上面还贴着形形色色的结构图纸，这些图纸不仅仅是生物细胞的，甚至还有空间物理的！

“超对称！”程浩然诧异地研究着上面的图纸。超对称是费米子和玻色子之间的一种对称性，该对称性至今在自然界中尚未被观测到。他想不通一名医生怎么会去研究这些。

许多奇怪的公式、数据、图案在程浩然的脑海里飘转着，他试图将这些碎片联系起来，以分析出白可的母亲到底在研究什么。

这时候，他身后传来了轻轻的敲门声，他回头一看，是白可。

“反隐形生物试剂。”白可嘴里喃喃道，她的言语中似乎也同样对母亲有着质疑。

程浩然有点儿摸不着头脑，隐形试剂都还未公之于世，就已经有人在研究反隐形了，那潜在的意思岂不是……

白可轻叹了一口气，无奈地说道：“虽然我不太清楚她具体是怎么研究的，但貌似离成功就差一步了。”

程浩然皱了皱眉头，又看了看这些纸上的数据，意味深长地说道：“最后一步却也是最难的一步。而且最关键的资料，她肯定不会摆在桌面上，由此说来，你们家应该还有秘密保险柜。”

白可微微一颤。房间内的许多东西，在结合起来之后确实能看出些许端倪，但要得出程浩然那样的结论，却不是那么简单的事情。

“最后一步她用了五年，却停滞不前，遇到了瓶颈。”白可真心为母亲感到惋惜，她觉得这是一项几乎没什么意义的研究，而母亲却把毕生的精力都投入到这上面。

“不介意的话，到时候我和丈母娘交流交流。”程浩然心想说不定能给丈母娘一个好印象，加加分也不错。

只见白可撇了撇嘴，用一种略带责备的目光看着他。

“不对不对，是和阿姨交流。”程浩然才发现心声一个不小心被他吐露了出来。

“赶紧回去休息吧，别在这儿瞎晃了。”白可催促了一下。她和母亲彼此尊重，就体现在互不干涉上，如果程浩然不小心碰乱了什么，她可没那精力和母亲解释。

程浩然自然得乖乖听话。

在他们两人离开房间之前，站在门外的秦子谦诡异地笑了下，先一步悄然离开了……

第二天清晨，大地依旧被笼罩在黑暗当中。

白可听到了熟悉的闹铃响声，一向都习惯赖床的她又昏昏沉沉地睡了过去，试图回到那奇怪的梦中。不知道是不是几个小时前程浩然聊的隐形内容所致，她梦到了母亲为反隐形做出了杰出贡献，却由于梦中跳跃性太强，她仍旧不知道隐形是如何办到的。

就在她脑海里还琢磨着这些看似不着边际的东西时，她突然感觉到和平时不太一样的地方——母亲没唠唠叨叨地喊她起床。也是，这敬业的医生值夜班还没回来。

不对，某人不就在她家里歇息着呢？如果她依旧赖床的话，那就真的是有损形象了！

她猛地一掀被子，抓过闹钟一看，居然才是早晨6:30而已。她在卧室内的浴室中认真地洗漱收拾完毕之后，感觉这样的清晨还真是焕然一新，虽然外面还是漆黑一片，但她的心情却尤为明朗。

白可努着嘴，琢磨着准备什么早餐最好。秦子谦是海归的学霸，估计对西餐会比较适应；程浩然三年没见，而且她也不知道之前他喜欢吃什么。

可是当她走过厨房时，却发现餐厅那儿坐了个人，定睛一看，居然是程浩然，这让她大吃一惊。

“早。”程浩然手里拿着本书，津津有味地研究着，还吃着早点。

“早。”她目光扫视了一下餐桌，上面居然摆好了热腾腾的早点，更可怕的是，程浩然怎么会算准她什么时候起来？不过她的内心却如一枚小石子丢入了宁静的湖水中一般，连续地泛起了涟漪。程浩然不正经的外表之下，居然还有暖男的属性，这还真是难得！

白可坐了下去，这次的早点，不知为什么，吃起来比以前任何一次的早点都香，这让她有一种之前二十多年吃的都是假早餐的感觉，她自己莫名地笑了一下，因为这些早点的材料完全就是冰箱里的食材，和她母亲用的完全一样。

“对了，我有一个不错的建议，估计阿姨听了会很高兴的。说不定能帮她解决一些问题哦！”程浩然坏笑了一下，看起来一点儿也不是讨论学术问题的样子。

白可皱了皱眉头，提醒道：“我妈这人不爱开玩笑，你要是……”

“上帝粒子你听说过吗？”

白可摇了摇头。

“希格斯玻色子。”秦子谦接过了话题，不知道什么时候他也参与了进来，顺带一声迟到的“早”。

程浩然瞥了眼秦子谦，没想到这个家伙的学识还挺渊博。

“希格斯场引起自发对称性破缺，并将质量赋予传播子和费米子。希格斯粒子是希格斯场的场量子化激发，它通过相互作用而获得质量。”秦子谦的语速飞快。

白可有种感觉，身边的这两个男人简直就是怪物般的存在。一个是表面正常，内在不清楚；另一个是表面不正常，内在也是不清楚。

某种程度上来说，在提取公因式、合并同类项之后，这两个人也勉强算是一类人吧。

“希格斯力场是一个散布在宇宙中的隐形力场，以其质量去影响其他物质的存在。自从它被发现后，在物理界造成了不小的风波。当科学测量出该粒子的质量后，他们可以用于更多的计算，例如一个能测量出宇宙尽头的算式……”程浩然接着说道，他宁愿不绅士，也不能让秦子谦抢了风头。

秦子谦伸了伸手，示意让他把没说完的继续说。

“这个可不是普通的物质，宇宙可是因为它才没有坍塌！”

“那么神奇？”这一句白可倒是听懂了。

“霍金在他的书里是这样描述希格斯末日的：‘希格斯的位能有个令人担忧的地方，便是当它的能量超越一千亿个十亿伏特时，它有可能会成为一个亚稳的状态。这代表宇宙有可能会遭遇一个灾难性的真空衰退。处于真空状态中的泡泡会以光速四散，这可能发生在任何时间，而我们无法预知。’”

程浩然曾经也觉得这些描述离自己很遥远，可是当他看见白可的母亲在研究这些的时候，想法就完全改变了。

秦子谦平时还会选择性地讥讽两句，可是现在他完全没有这个意思，而是在若有所思地吃着早点。

“如果这个问题真的能解决的话，我估计……”白可甚至能想象到她母亲会怎样拉着程浩然絮絮叨叨地研讨一番，然后留下这个男人聊上几天几夜。

不过一切的前提必须得是她母亲认可并且感兴趣，否则结果只能是相反。这名专注又努力的单身母亲，最痛恨的就是整日无所事事、吊儿郎当，还自认特别有才华却怀才不遇的待业青年。

恰好在早餐时光结束的时候，程浩然接到了赵志国的电话。

“有个女人失踪了，名字叫许若华，根据目击者和录影资料，白可是最后和她接触的人，就在昨天。”赵志国语气低沉地说道，听不出是怀疑地审问，还是友善地提醒，又或是简单地询问一点儿线索。

程浩然索性将手机交给了白可，她接过了电话，神色凝重地放到了耳边，即使她还没听到赵志国说什么，也猜到了大概。

“你们追踪一下我的手机信号就可以在附近找到她了。”白可确信地说道。

虽然赵志国还有一些问题，但他匆匆挂了电话。

“人口失踪连24小时都没到，就可以报案了？”秦子谦觉得有点儿反常，他抽了张纸巾绅士地轻轻擦拭着唇边。

“不是失踪，是谋杀。有人匿名报案，可是警方没接到任何其他关于这个事情的报案记录，但是初步能确定人着实是失踪了。”白可万万没料到事情那么快就走到了这一步，不幸中的万幸是她将手机故意落在了许若华的车上。

至于许若华到底是遇害了，还是因为什么事情而逃亡，估计在找到具体的证据之后都会水落石出。

白可一行三人来到了远郊的山腰上。

白可下了车，她的视线穿越了雾气朦胧的雪地，望了几眼那栋老旧别墅，目光最终停留在了许若华的车上。穿着制服的警察正在那里忙碌着，看来生能见人，死能见尸了，否则警方不会在无证据或者现场的情况下直接开展取证工作。

她深深地吸入了一口冰凉的空气，让它灌进肺中，精神顿时一振。

“尸体应该就在里面……”白可心中莫名地笃定，虽然她很希望自己的判断是错误的。

白可朝着别墅的门口走去，注意着脚下。她拉下羊毛帽的两边帽檐，将下巴缩进了淡粉色的围巾中，穿过鹅毛大雪，眨巴着眼睛驱赶着飞旋的雪花。

程浩然和秦子谦跟在了白可的身后。

一双硕大的靴子出现在白可视线的下方，她猛然刹住脚步，结果一个趔趄往后倒了下去。

程浩然和秦子谦一左一右地搀住了她的胳膊，或者说是完全把她架起来了。

“你住在这里?”警察的嗓音粗哑生硬，目光中流露着怀疑和厌恶，他痛恨在这样的天气还要出来工作，更痛恨像眼前这种对报道新闻孜孜不倦的记者。

白可恢复了站姿，她眨巴着眼睛，不明白这警察为什么那么不友好。

“不，我不是住在这里的，我只是……”

“谁都不允许接近这栋老别墅。除非你就是住在里面的人。”警察挥了挥手。

“对不起，我们是法医。”秦子谦掏出了证件，这是赵志国为他们三人准备的专业通行证，毕竟心理猎人小组是一个很特殊的存在，不适合过于张扬。

警察瞥了眼秦子谦递过来的证件，冲着白可和程浩然问道：“你们呢?”他俩也把证件递了过去。

警察弯下了腰朝着白可帽檐下方看去，用锐利的眼神试探着，“你就是白医生?赵队正在里面等你。”

“对，我就是白医生。”白可应道，突然想到这不是别人对她母亲的称呼吗?一个不小心还是继承了她母亲的“衣钵”。

三人在警察拿出的罪案现场日志上草草签下了名，从这挡住路的大块头身旁挤了过去。

别墅主要还是木头材质，年久失修外加昨夜那阵暴风雪，使它更加破败不堪。这房子看起来就像是被放了气一样，屋顶边缘凹陷下去，仿佛精疲力竭，站不直身子。墙壁上的壁板已经变形，复合板屋顶上布满裸露的斑点。

“她来这里做什么？”白可心中产生了疑问，按理来说，许若华如果要逃亡，应该直奔机场才对。

白可经过窗户时，仿佛看见了人脸贴在玻璃上，心脏骤然悸动了一下，她停下了脚步。

仔细看去，不过是窗外不规则的雪痕罢了，她这才松了口气，但是各种推测涌上了她的脑海，她不禁打了个哆嗦。

当三人进入别墅中时，小绍已站在地下室的入口那儿，提着煤油灯示意了一下，他们便随着小绍一同走了下去。

白可感到一种强烈的冲动在她血管中沸腾，这也是她在雪虐风饕的天气里，一点儿也不感到寒冷的原因。凭借自己的一技之长，将凶手绳之以法；解开死亡的疑团，给予痛失挚爱的家庭一个最终的交代；由此证明自己还活着，而且活得有意义。

赵志国在地下室中一脸苦相，看来他着实遇到了棘手的问题。

刑警和法医的工作效率都极高，在心理猎人小组赶到之前，他们总能得出初步的结论。

就在赵志国递给他们三人初步的资料记录时，秦子谦还没看就开口问道：“这女人是不是有身孕？”

赵志国神色微微有所变化，他瞥了法医一眼。

“是的。”法医并没作过多的解释。

“你怎么知道的？”白可惊奇地问道，她难过地看着眼前这具冻僵的女尸。她看起来是意外身亡，身上的衣服总体来说是完好的，地上有几摊冻住的血迹，看得出许若华临死前试图移动过。

白可怎么都觉得这一定是情杀，而且和罗刚脱不了关系，可秦子谦的看法和她截然不同。

“七日祭第三日——神说，地要发生青草和结种子的菜蔬，并结果子的树木，各从其类，果子都包着核。这就意味着，死者是能延续生命的。”秦子谦浏览了一下资料，上面关于死者许若华的信息果然验证了他的猜测，这女人有身孕。

秦子谦取出了紫外线灯筒，朝着地上凝固的血迹一照，果然又发出了蓝绿色的光线。

他有一种不好的预感，他感觉到一张巨大的阴谋网已经笼罩了整座城市，他冷笑了一下，紧接着他从法医那里拿了根针，刺破手指，用紫外线灯一照，发现同样发出蓝绿色的光线。

“有点儿麻烦。也许我们的体内都藏匿着某种化学试剂。”秦子谦说道。

赵志国见状，猜到了七八分，他摘下了手套，也同样在手指上刺了个小伤口，伸到了秦子谦跟前，当作是抽样调查了。如果连他都有异样的话，那么秦子谦所说的“有点儿麻烦”就成了“相当棘手”。

赵志国手指上的血液，同样也出现了蓝绿色的光线。

所有人都陷入了沉默，这事情的严重性已超乎想象。

“也许是他那破灯筒照得全都是这个颜色呢？不过要这样大面积地做铺垫，只有两种途径适合动手脚，要么是从饮水源，要么就是空气。”程浩然想调剂一下氛围，但他很清楚秦子谦的学术能力。

“面对现实吧。七日祭的最终目标是我们所有人。不过空气操作的难度很大，饮水源倒是极有可能。我们市的自来水厂是一号水厂吧？”秦子谦直截了当地说道。

“也许应该好好搜查一下，能在一号水厂找到什么线索也说不准。”程浩然附和道。

白洁坐在她办公室的隔间里，身上的白大褂任何时候都是那么整洁，这是为了给患者一种专业和安全感。

四周都是粉刷得特别干净的墙面，一双充满了血丝的眼睛盯着电脑屏幕，在归档好所有的患者数据之后，她顺便关注了一下社会新闻。

这间办公室在三楼，一往外看就是光秃秃的树干，想必她心情多少都会受到影响。没有谁会喜欢看到死气沉沉的树皮，都只想看到绿油油的树叶，只不过在这天寒地冻的季节里，这种愿望貌似是一种奢求。

白医生安静地坐着，默默列出最近城市里发生的各种天灾人祸。这城市还真是个多灾多难的地方，若不是新闻媒体报道，大家也许依旧沉浸在所谓的安稳和欢乐当中，一点儿都没觉察到潜在的危机已然来临。

最近的化工厂特殊材料失窃案，让她备感焦虑。然而这些奇怪的问题她向来对白可是闭口不谈的，否则这孩子也许会用什么她想不到的方式来分析一番。

就在白医生琢磨着种种事端之间的联系时，一名实习护士慌慌张张地冲进了办公室。

“白医生，不好了。”实习护士很年轻，刚从卫校毕业，一脸稚嫩的学生气还没散掉。

“昨天那个心脏有问题的病人，叫作罗……”

“罗刚？”

“对，他提前办理出院手续了，很仓促，而且不容商量，我们已经很努力地劝他了。”

实习护士那超级夸张却很真实的表情，让白医生也感到了惊愕。

“是不是担心医药费的问题？我都说白医生先垫付了，现在的人可薄情了！”实习护士从慌张的表情转换成了嫌弃厌恶加抱怨的样子。

“医者父母心，我们只要尽力治病救人就好。”白医生淡然地笑了笑，她觉得事情应该不仅仅是医药费那么简单，因为她此前在罗刚的钱包里寻找身份信息的时候，看到了一张张 VIP 的银行卡，某种程度也暗示了他的存款额度。

实习护士皱起了眉头，努了努嘴，表示无法理解。

“你先去照顾病人吧，他执意要出院我们也拦不住，尽了我们应尽的职责就好。”白医生微笑着安慰道。

“好的。”实习护士望了望天花板，觉得挺有道理，于是转身离开了。

第十章 | 非官方行动

午夜，一号自来水厂外围三百米处。

程浩然放下了望远镜，他找到了方便翻进水厂的最矮围墙。

“就在这个地方吗?”白可感觉既紧张又刺激。

“就是这个地方。”程浩然确信地说道。

秦子谦在驾驶座上利索地操作着笔记本电脑。

“我们这样行动要是被人报警抓到怎么办?”白可突然冒出了一句。

“呃，严格来说我们不能被抓到，心理猎人小组是非官方的调查小组，所以行动只能靠自保。”程浩然轻叹了口气。

“祝你好运，如果你被拘留了，我可以考虑去保释你。”秦子谦不冷不热地说着。

“专门让你来黑掉这些监控，如果这样我还被抓到的话，那我就卸任队长一职!”程浩然信心满满地宣布着。

“你什么时候成队长了?”秦子谦回过头盯着程浩然。

“那我们现在投票，民主决定。”程浩然满怀希望地挪了挪身子，看向白可。

“这倒是个好主意。”秦子谦也想看看白可会投谁一票。

“好，那么投票开始。”

很明显，程浩然和秦子谦都为自己投了一票，而决定权就在白可的手上。

“幼稚，我弃权。”白可撇了撇嘴。

“你们赶紧准备好，换班时间马上就要到了。”白可看了看手表，催促着他们。

秦子谦转回身子，双手都放在了笔记本电脑的按键上，飞速地输入着指令。

街道远处出现一名穿着保安制服的人影，这名保安埋头盯着手机边看边走着，偶尔还因为看到什么有趣的内容而大笑一下。以他这样的速度行走，要回到职工宿舍至少要半个小时。不过这一段路他倒是走得挺快，毕竟赶紧离开下班地点以免被叫回去加班也是老员工的常识之一。

“可以行动了吗？”程浩然望着这名保安远去的背影，警惕地问道。

“还不行，自来水厂的监控重启还需要两分钟，再等等。不过你可以先过去。确认一下耳麦保持通畅。”秦子谦提醒了一下。

“可可，这样的事情你就不用去了吧？”秦子谦多少有点担心，因为这桩阴谋的背后不知道会隐藏着怎样的危险，况且如果出了意外状况，被警察扣留了，那也不是什么好事。

“不行，我们三人中也就只有我能通过系统排列去寻找线索，你们的技术更适合对付人。”

秦子谦也很清楚，即使他和程浩然的洞察力再强，也难以让死物“说话”，而白可确实具有这样的能力，若不是因为如此，他才不会来这里协助程浩然。

戴着假发的程浩然打开了车门，一阵冷风立刻就灌了进来，他扶了扶假发，下了车。

白可也下了车，她戴着一顶黑色的鸭舌帽，压了压帽檐。两人相伴朝着围墙最矮的那一段走了过去。

秦子谦望着白可的背影，心底还是希望在她身边的守护神是自己，但是如果没有他的黑客技术保驾护航，今晚的行动可谓是寸步难行——城市的主要供水源，安保设备自然都是最先进的。

于是他只好重新将手放回到键盘上，他必须监控到自来水厂中每一台设备的运作情况。

程浩然和白可听到“一切进展顺利”之后，便开始行动了。

程浩然快速地跑到了矮墙根下，背靠着墙壁扎起了马步，双手掌心朝上交叠在一起，对着白可点了下头。

白可大步一跃，左脚踩到程浩然的掌心上，借着惯性用力一蹬，很轻松就使上半身高出了矮围墙一截。她利索地将双手撑在围墙上，一个横跨就坐了上去。

程浩然按着假发抬头看了眼白可的情况，他后退几步，在助跑之后朝着墙壁上一踩，双臂往上一挂，简单的引体向上就让他轻松地爬了上去。

从这种高度的矮墙上跳下去，对于程浩然来说并没有什么难度，他轻松地下去之后，就朝着白可张开了双臂，意思是她尽管跳，他一定会接住她。

白可压了压帽檐，身子往前一倾就扑了下去。

“我们该往哪里走?”白可从昏暗的灯光下望着那纵横交错的小路，有点儿迷茫。

“直走50米，右转后前进20米，就是那个灰色的膜过滤车间。”秦子谦回复道。

程浩然一边走着，一边关掉了耳麦，并且示意白可也关掉，他有话想单独和白可聊聊。

白可眉头微蹙，露出了为难的表情，但还是关掉了耳麦。

“三年来你一定参加了什么特殊的训练，不仅仅是系统排列上的造诣有所提升而已。”程浩然停了下来，现在的时间对于他来说，既紧迫也不紧迫，因为这个问题让他感到很好奇。

谁知道原本还有些纳闷的白可，听到了这个问题之后，整个人却出奇地放松，嘴角挂上了一丝俏皮的微笑，反问道：“难道你不也是一样？”

这一句反问的力度极强，并且似是而非地巧妙回答了程浩然的问题。

“你受了不少苦吧？”程浩然心疼地压低了目光。

“你要问的就这些？”白可略显不耐烦，开启了耳麦。

程浩然还想说些什么，也只好忍住了。

他们抵达了秦子谦描述的位置之后，发现膜过滤车间的大门紧锁着，里面还传出“嗡嗡”的运作声。

程浩然环顾了一下之后，掏出了一枚回形针，整个人都扒在了门锁上，他那不正经的身影，让人很难相信他是在认真处理问题，白可也只好静静地在一旁看着。

“咔嚓”一声，门锁居然被解开了。

“你还真有两下子。”白可轻声说道。

只见程浩然缓缓地转过了身子，脸色特别难看。他手中的回形针已经断掉了，剩下的一截捏在他的手上，那么就意味着还有一截卡在了门锁里。

白可心里一阵发怵，敢情这门是自己打开的，更可怕的是，在这种不合时宜的季节里，却从门缝里飘出了几只萤火虫，一闪一闪的，像是在发送着暗号，又像是某种警告。

程浩然立刻就扭头回去，他也看到了那几只萤火虫，它们忽闪一阵之后就悄然隐匿于夜色当中，失去了踪迹。

“你们怎么都不说话了？刚才断了一会儿，现在又断？”秦子谦有点儿按捺不住了，他不用想都知道肯定是程浩然要求白可关掉麦克风。

“— —. /. ；…/. —. ”程浩然脑海里已经将刚才的荧光闪烁记了下来，并且用他所了解的密码模式去破译。

“怎么了？”白可拍了他一下。

“GE、HR。”程浩然默念着这几个字母。

“你说什么？GE、HR？”秦子谦听到了耳麦中传来的声音，确定了麦没被关掉，这才稍微抑制住了心头的怒火。

“萤火虫居然在传递摩斯密码：Good evening、here。”程浩然朝着白可比出了一个“停下”的手势，示意白可千万不要轻举妄动。

白可后退了一步，也不知道门内是什么怪物在等着她。

在程浩然和白可都不作声，甚至还屏住呼吸之后，秦子谦在车上都感到了一股凉意，他也不说话了，以免耳麦中传出的声音招来不必要的麻烦。

车间内传来一阵有规律的“咚、咚”的脚步声，由远及近。就在程浩然准备好与之对抗的时候，那脚步声突然变得很急促、很凌乱，并且快速离去，没一会儿就销声匿迹了。

程浩然挪了挪步子，贴到了门的旁边，探出脑袋朝车间里看去。里面并不算暗，也许是出于节能的考虑，大约每 6 盏灯只有 1 盏是亮着的。

他看见密密麻麻却非常整齐的竖直长条管状体，这些应该就是过滤的设备了。

程浩然并没发现什么异常，于是朝着白可招了招手，两人迅速地从门缝溜进了车间内，朝着最近的一排高大的管状过滤柱子跑过去，躲在了后面。

停留了将近 5 分钟却不见任何动静之后，白可才细声问道：“这里那么大，线索可不好找。而且如果是水出了问题，也应该是在最后一道工序做手脚才对吧？”

“你说在出水泵房？”

“嗯。”

“出水泵房之前的清水池中，是会加入氯来消毒的。而在清水池的前一道工序，也就是我们现在这个膜过滤处理车间，加的是碱和氯。”

“有什么不同吗？”

“如果在膜过滤处理之后再动手脚，会很难下手。因为水厂所采用的是臭氧活性炭结合膜过滤的深度处理技术。简单来说，就是在自来水深度处理的工艺基础上加入‘膜过滤’技术，这张‘膜’好比一个极密的筛子，通过加压使水经过这张膜。

“膜上密布着只有0.1微米孔径的小孔，更有效地去除了水中的浊度和微颗粒，同时通过膜对细菌、腐殖酸、孢囊和藻类的有效去除，大大减轻后续的消毒难度，降低了消毒剂的投放量，降低了微生物风险，保证了出厂水的安全性。”

“也就是说一旦过了这道工序，自来水已经达到一个安全标准了？”

“没错，而且如果仅仅靠投放生物或者化学物质，那得需要多大的量才行？可是自来水厂的员工居然会没发现，要么就是设备有问题，要么……”程浩然若有所思地说道。

“要么就是自来水厂本身就有问题！”白可隐隐感到了不安，如果真是这样，在这一桩桩的案件背后所蛰伏的黑暗势力不容小觑。

“他已经公然向我们挑衅了。”程浩然四下张望了一下，小心翼翼地说道。

白可躲在程浩然身后，侧着探出上身，望着那条长长的过道，又从车间顶部到地面认真打量了一番，想寻找关于嫌犯的蛛丝马迹。

突然，耳麦里传来了一阵干扰声，随后无线电便中断了，秦子谦那边一片寂静。

“喂？秦子谦。”程浩然小声重复了好几遍，但是耳麦里一丁点儿声音都没有，看来对方是关掉了通讯设备。

白可也尝试着用她的耳麦联系，同样没什么效果。

“他不会出什么事了吧？”她略显紧张地问道，今夜的行动她总有一种说不上来的感觉萦绕在心头。

“放心吧，秦大催眠师能有什么事？我们要相信他！”程浩然这一句话倒不像是开玩笑。

此时，秦子谦确实是被人打扰了，他的电脑程序受到了一串奇怪指令的攻击，乱码很快就形成了一封简短的“通告”。

Dear Q,

Your faith is under attack.

Death Knight

“怎么又是死亡骑士！”秦子谦皱起了眉头。死亡骑士这所境外间谍机构从他在美国深造的时候就一直骚扰他，意图策反、收买他，想让他在回国进入重要岗位之后，为他们窃取重要的科技乃至军事机密，这些间谍机构再将这些情报以不菲的价格向其他国家兜售，牟取暴利。

秦子谦早就断然地回绝了他们的邀请，从那之后，这个机构就如同梦魇一般纠缠着他，时不时还会给他发一些恐怖的威胁，但他并不买账。

至于黑客技术，秦子谦倒也具备与之抗衡的实力，否则他的诸多珍贵素材早就被对方窃取了。

可是他们这次的黑客袭击来得真不是时候，没有半个小时，秦子谦是无法恢复程序的。

秦子谦虽然担忧白可，但也只能强迫自己冷静下来，飞快地在键盘上输入着十二重指令。他需要在最短的时间内进行动态库和静态库的锁定、转移。

虽然程浩然觉得有点儿不对劲，但为了让白可安心，他拍拍白可说道：“可可，放心吧。以秦子谦的能力一定会化险为夷的。我们现在也要抓紧时间呀！”

白可点点头，她把这车间内的细节观察了一遍，揣摩着布局者的意图。貌似对方早就料到心理猎人小组会来到这个车间。

“可可，在想什么呢？”

“地上有一个烟头。”

“也许是哪个工人烟瘾上来，便不顾那么多了吧?”程浩然现在脑里就只想着那个放萤火虫的家伙逃去哪里了。

“不是的，如果是工人抽烟的话，在做出这样违反规定的行为时，他一定做贼心虚，毕竟这里面零零星星有着监控器，但覆盖面并不广，他其实找个监控死角就可以。但是你看……”

白可指了指躺在走道正中间的那个烟头，虽然并不算显眼，但是按照白可的分析来看，这烟头确实有种招摇过市的感觉。

“而且烟头的下半截被刻意折了一下，就算是被踩灭的，一般也不会出现这个样子。”

“我们可以到那边去看看。”白可指了下与烟头相反的方向。

由于秦子谦失去了联系，他们两人的行动难度上升了不少，所幸的是监控器并不是到处都是，他们只需要稍微绕一下路躲避监控。

当白可和程浩然来到烟头对面时，墙壁上居然有一个明显的血色左手掌印，看上去非常完整清晰，这个横置的掌印，手指朝向是指着右边。

“很明显这手印是假的，肯定不是七日祭的凶手按的。”程浩然不假思索地说道。

“为什么?”

“你把你的左手放到墙壁上就知道了。”程浩然笑着说道。

白可将左手往墙壁上一放，她不由得笑了起来，确实这是一个人为的假手印，因为完整的手掌按在墙壁上时，大拇指不可能也同时正面印上去。

“所以对手实际上暗示的是……”程浩然伸出左手，朝着那个血色左掌印比了过去，用拇指的侧面为转轴，对着调了调角度一看。“应该是那里。”

白可顺着他的目光看去，将近三米远的地方，有一个很容易被忽略的地板通风口。

两人来到通风口前，蹲了下来。这个通风口的铁栅栏没有想象中的那么脏，铁栅栏上面的两个螺丝只拧了一半，底下几个全部都没了。

程浩然拧开了最上面的螺丝，取下铁栅栏，发现通风口里面已经被封上，这个通风口应该是被弃用了的。

但是这体积不大的通风口里，却放着两个黑色水桶和硕大的电池包。程浩然将桶盖撬开，一股化学物品的气味扑面而来，他嫌弃地用手掌扇动了好几下。

但是这气味对于白可来说，简直是再熟悉不过，她基本可以做到忽略不计——那全都是托她母亲各种奇怪实验的福。

程浩然将手伸进了桶内，先是掏出一个小小的奇怪装置，带着线圈、金属臂和几根细电线；随后又掏出了一支玻璃针剂，约有手指那么粗；最后他还掏出了一只橡胶手套。

对手似乎很猖狂，貌似把他设计的“陷阱”的原型部件全都摆了出来，挑衅解题者。

“这家伙除了饲养奇怪的萤火虫之外，还准备搞什么奇怪的实验？”程浩然掂量着眼前的这些东西，又看了看另一个开着盖子的黑色水桶。

他一眼就看出这是从废弃的洗衣机里拆出来的，从螺线管上伸出来的金属臂半浸在另一个黑色水桶的无色透明液体里。

当白可看到这些时，她拉住了程浩然的手臂。

“小心，这是陷阱，我们没有防毒面罩。”她严肃地提醒道，因为她能猜测到操作失误的结果。

“可是我们有别的选择吗？”程浩然指了指装着液体的那个黑色水桶，在透明液体的上方，悬绑着一个精致的小按钮。

“我们必须得把它取出来吗？”白可有点儿犹豫，这个虽然比拆定时炸弹要安全，但是他们并没有防毒面罩或者合适的防护措施。

程浩然转身又看了看车间内那些滤膜管，果然有不少的管上都被装了个特殊的装置，他过去小心翼翼地拆下来之后，发现这装置里卡着一种剧毒试剂，特别刺鼻，而且这装置具有强行穿孔和注射的功能。

“要不我们就把这些毒物都拆下来吧?”程浩然提议道，但是放眼望去，难免会有点儿绝望——平均每3条滤膜管上就装有1个毒物注射装置，而这车间内保守计算都有上千条滤膜管。

程浩然又回去打量了一下被设置的“机关”水桶，在那螺线管上伸出来的金属臂旁边，缠绕着好几层复杂的电线，电线的一端接在一颗普通的小电池上，而另一端将针剂瓶放在金属臂中专门为它开辟的沟槽里。

针剂瓶刚好没在酸液之下，里面的白色粉末属于惰性物质，无害。

但是，水桶口上的那些松散电线里流动的电流一旦被切断，脉冲会令螺线管的电路突然关闭，玻璃瓶就会碎裂，瓶中白色粉末溶于酸后生成的气体可就不再是惰性物质，也不再无害了。

一旦操作失误，当场就会产生大量毒气，而且那个精致按钮也会同步被触发。那样的话，所有毒剂都会通过注射器注入自来水中，如此一来，后果不堪设想。

就算现在报警也来不及等到专家前来处理，因为那一节小电池能撑到什么时候根本就无从得知。

时间一分一秒在流逝，这就是七日祭凶手对心理猎人小组下的第一封挑战书。

“不能再犹豫了，拆!”程浩然拿起橡胶手套准备戴上，却被白可夺了过去，他急了，“这事情应该让男人来，你到门口那边去，先报警，如果有意外的话，离得越远越好!”

只见白可瞪了程浩然一眼，幽幽地问道：“你想在我面前逞英雄吗?”

程浩然哽住了，他没什么把握。刚才的话说得豪情壮志，不过确实是很心虚。

见到他的表情，白可露出了轻蔑的笑容，她娴熟地戴上了橡胶手套，从那个工具水桶里找出了螺丝钳、镊子等物品。

“用你手机的光给我照一下，这里光线不够。”白可单膝跪着，已经准备“动手术”了。

程浩然还没缓过神来，他眉头紧锁，焦虑地问道：“你真的能行吗？”

“你忘记我母亲是外科医生兼科学家了？手术什么的都是小儿科。”白可的语气十分笃定，就是解释的逻辑显得有点牵强。

“可她是她，你是你……”程浩然觉得在这个时候，硬要去理清楚基因是否起着决定性作用绝对不是一个明智的做法。

清晨4点的医院诊疗室内，死寂的长廊上空无一人，就连鬼影也懒得在这个时候出来吓人。

诊疗室内有三个人正小声地说着话。

赵志国正脸色铁青地训斥着程浩然：“你们这样擅自行动的危险有多大，你难道不知道吗？”

“那还不是你默许的……”程浩然极小声地嘀咕道，目光穿梭于赵志国和地面之间，然后继续专注地为白可揉肩膀。

“不过也幸亏有你们，才没让剧毒物质注入饮用水中。”赵志国并没搭理程浩然，而是长长地舒了口气，他右手握成拳后拇指不停地摩擦着其他的指背。

“后续的处理都没问题了吧？”白可心有余悸地问道，她此时已经几乎感觉不到自己手臂的存在了，非常僵硬，她真后悔没从她母亲那里偷学上那么点外科手术的精髓，但她也很庆幸终究还是成功了！

“小绍还在现场处理，秦子谦也在那边协助。那些毒物连接的方式很奇特，都具有很微妙的电磁传感系统，我们已经派电子工程师去接手，不过秦子谦似乎更熟悉这些，他在为拆除行动进行统筹安排。”赵志国回应道。

“这个远程操控按钮构思很精巧，果然和预料的一样，一旦被触发，毒剂注射器就会全面启动。不过幸好现在已经被我取出来了。”白可如释重负地说道，左手还紧紧地捏着触发器，手臂还僵在半空中不停地颤抖。

“好了好了，你赶紧放松一下吧！都一个多小时过去了，你这姿势还缓不过来。”程浩然一边说着，一边把握着揉捏的力度，他感觉得到，白可从肩膀到手臂的肌肉都僵住了，可见她当时有多么紧张。

这时候，小绍那边来了电话。

“报告赵队，一部分装置已经被拆卸了下来，经过检测，里面的物质不是剧毒物品，也衍生不出剧毒物品，而是荧光蛋白的合成物。”

“不是毒剂就好，虚惊一场，但也算是有收获了。至少没让荧光蛋白四处传播。”赵志国松了口气，如此一来事态也算是控制住了。

“什么嘛，害得可可那么紧张，结果只是阻止了荧光蛋白的传播！吓死我了！”程浩然抱怨道。

“可是你们拆除的那个启动装置，确实是有化学毒剂的。”赵志国沉吟道，他觉得这个凶手是在以一种极端又特殊的方式，向警方和心理猎人进行挑衅。

程浩然的按摩还算奏效，白可的躯体僵直状况好转了许多，于是她用两只手翻转打量着拆下来的触发器。

她至少确定了一个事实——这类型的触发器一旦超出一定距离就会失效。所以理论上说，她现在不论怎么摇晃，甚至是把它摔到地上，也都不会有什么危险了。只不过就算触发器还有 0.01% 的功能性存在，白可依然会小心翼翼地对待。

她一丝不苟地拆开了这个精致的触发器之后，发现里面印刻着许多奇怪的字符。

“这些字符是什么意思？”

赵志国摇了摇头：“可能还是需要密码破译才行。”

“这是希伯来语，其文字是从右往左书写的。”程浩然回应道。

“希伯来语是犹太人的民族语言，是世界上最古老的语言之一。‘希伯来’意为‘渡河而来的人’，它属于闪含语系闪米特语族的一个分支，没有元音字母，只有22个辅音字母。”

“你对这个有研究？”白可诧异地问道。

“许多文学作品和文献是用希伯来语写的，如今主要保留在基督教《圣经》《死海古卷》和大量犹太教法典及文献之中。”

“那你说说它们是什么意思？”赵志国指着那些奇特字符。

“前面这一截是：Pleased to meet you. 后面那几个是：Help！”

“你肯定是在瞎说，七日祭的凶手明显是在向我们挑衅！前面那句翻译过来还解释得通，后面居然还说求救？”白可撇了撇嘴。

程浩然并没急着辩解，反而是微笑着向赵志国问道：“赵队，你也觉得我是瞎说吗？”

赵志国没说话。

“看来你有什么秘密一直都没和我们透露过，而现在这事情又与那秘密有着千丝万缕的联系。”程浩然冷笑着朝赵志国说道。

赵志国迟疑了片刻，先是转头对着白可回应了一句：“求救信号并不是不可能。”

白可一怔，心想如果赵队认可了程浩然的说法，也就是承认了他还藏着特殊的秘密？

随后赵志国走到了诊疗室外望了望，退了回来将门关上，神色凝重地来到这两个年轻人的面前。

“三年前有几名顶尖的物理学家和化学家失踪了。”赵志国把分贝压到了最低，语气也没带任何评论的色彩。

沉默了半晌之后，赵志国低沉地说道：“我们通过情报和证据推断，更倾向于他们是主动加入了贩毒组织。不过……”

经过赵志国那么一说，白可思维中缺失的那一个线索模块似乎也填上了，她恍然大悟地瞪大了眼睛，嘴巴不自觉地张成了个O形。

“他们不仅参与制毒，甚至还在参与某些危险科技的开发吧？”程浩然一语道破。

“你说得没错，线人最后提供的情报，就是这些物理学家、化学家，他们在秘密研发着什么。但是后来线人身份暴露了，情报也就此中断。”赵志国紧握着拳头，他所期望的，并不是抓那么一两个喽啰级别的毒贩，而是要把最大的毒枭冯国峰绳之以法才行！

冯国峰一旦接触了比毒品更危险的内容，那么对社会的危害更是不可估量，形势也越发紧迫。

只不过一条条线索都只能通过推测去预判，并没有确实的证据，而当下这个触发器，虽然是一个无形的证据，但也是一个有声的信号。

尽管在这个触发器的内壳中，印刻着冯氏集团的企业商标，而赵志国很清楚一点——栽赃陷害对于冯氏集团来说，几乎是没有任何收效的，这一点在他们的竞争对手身上都逐一体现了出来。不论是明面上的，还是暗地里的，只要和冯氏集团对着干，都没什么好下场。

警方关注冯氏集团那么多年，都没能直接来个人赃并获，冯国峰在知道自己被赵志国盯上之后，也收敛了许多，但也更加狡猾了，从不会亲自出面。于是能逮捕他的机会几乎可以用“罕有”来形容，这已经成为赵志国的一块心病了。

“既然话都说到这一步了，你们也有必要知道一个现状。”

白可和程浩然都严肃地听着。

“既然我们有线人在他们内部，他们肯定也同样安插了人，不过我们内部目前没问题。”

“那还担心什么呢？”白可不解地问道。

“这样的大财团，就算打不入警方内部，但是遍布眼线却不是什么困难的事情，警方一旦有个风吹草动，即便他们不能及时获知动向，但根据出警情况和警方的调查，他们完全可以立刻进行评估和调整。”程浩然回应着。

“这也是心理猎人小组成立，并且还需要隐藏得那么深的原因吗？”白可一直都没想过，对这场没有硝烟的战争，到现在为止她所了解的情报不过是冰山一角。

“有一名弃暗投明的科学家脱离了这个组织，这个人曾留过暗号，说有最重要的资料需要我们去取。但除了大体地点，具体在哪里我们都无从得知。不过一旦打草惊蛇，被冯国峰安排的眼线发觉了，那么就算拿到线报，也收效甚微。”

“让我们来吧。”白可和程浩然异口同声地说道，两人默契地对视了一下。

赵志国思索了一会儿，意味深长地说道：“目前看来，七日祭的凶手设计这些，也是想让我们去找这些科学家和线索，但他的目的是什么？这是唯一的突破口，只能靠你们了！”

“既然如此，我们也不能坐以待毙。索性将计就计，看谁抢先一步！”程浩然胸有成竹地说道。

“对了，白可，许若华的案子，目前是定义为自杀，罗刚也有足够的不在场证明，但是案情却有了些许转机——许若华和女大学生失联案有着密切联系，有目击者能证明她装成有着明显身孕的孕妇并接触过受害者。”赵志国对白可说道。

“罗刚和这些事情应该脱不了干系，顺着这个调查下去，应该会有新的收获。”白可没想到许若华背后有如此复杂的事件。

在医院休息了数小时之后，程浩然一早就从汽车租赁公司租了一辆不起眼的轿车，他们的服务还算不错，把车开到了医院交接。

这也是没办法的事情，如果冯国峰的眼线分布甚广，那么反侦查行为也尤为重要，否则行动难以展开。

轿车看起来有些年份了，不过发动机之后，程浩然能从发动机听出车并没有多大的损伤，不会影响正常使用，况且这辆看起来并不引人注目的轿车很适合接下来的行动。

随后程浩然驾车开了两个多小时，在高速公路上冷不丁地下了匝道，在数不清的小路中迂回了一阵之后，才重新回到高速公路上。

“真的会有人跟踪我们吗?”白可依旧有点儿难以置信。

“对。不过目前应该是甩掉他们了。”程浩然得意地瞧了瞧后视镜，他们后方目前一辆跟着的车都没有。

“但是跟踪警察这样的行为是不是太猖狂了点儿?”

“话是这样说，纯粹的跟踪顶多算骚扰，连违法都称不上。况且警方也没那么多时间和精力去处理这些连违法都构不成的跟踪狂。就算拦截下了这些跟踪狂，顶多也就是口头批评教育，处理不了他们。”

白可没想到还有这样的灰色地带，但确实找不到什么合适的处理办法。

“冯氏集团就是用这样的方法，才能时时刻刻地监视他们的对手从而获得第一手动态信息。不过这需要大量的人力和财力。”程浩然摇了摇头，觉得冯国峰或许称作“冯国疯”更合适。

轿车又在一个匝道转了下去，钻进了连导航都难以识别的小道又行驶一阵之后，才重新回到了路边。

这是一个综合性商业广场，路边的商铺有各种流行元素的器材店，也有 VR 体验馆、影院、咖啡厅等。

“不知道这里有没有静谧的图书馆。”白可看着这个宽阔的广场，要在这样偌大的场所找出失踪线人所留下的线索，和大海捞针并无多大差别。

“肯定会有的。”程浩然不假思索地回答道，他一手握着方向盘，一手抓着那名失踪女科学家的档案资料，眉头紧锁，不时地瞥向这份资料。

“给我看看吧。从你拿到她的档案开始，都还没给我看过一次呢，她就那么有魅力吗？”白可看着焦虑的程浩然，俏皮却略带两分醋意地调侃道。

“她确实蛮漂亮的，挺有魅力，不然怎么能作为独当一面的科学家。只可惜她失踪了。”程浩然认真地回应。

白可撇了撇嘴，伸手在程浩然捏着档案的手臂上掐住，然后用力一拧，程浩然疼地叫了出来，她便趁势把档案夺了过来。

当她看到那名女科学家的档案时，不由得吃了一惊——这所谓的档案上所记录的内容，也就比白纸多上那么几行字而已，根本就不像赵志国所说的有留下地址什么的。

况且那几行简历之后，最后留下的信息居然是数字：1110－5812。

白可换了好几个角度来观察，甚至重组了数字，架构起了数学模型，却无从下手。

她看了眼程浩然，虽有不甘，但也只能问道：“好像你挺精通密码学的，你刻意来这里，难道是准确地破译这组数字了吗？”

“冯国峰够富吧？”

白可皱了皱眉，点头表示认可，但是并不知道这有何联系。

“那么重赏之下必有勇夫，你觉得他的手下会缺乏破译密码的人才吗？”

“当然不缺！”

“那不就对了，像这一类的密码，你越是穷尽方式去解读，就越是无解。这个科学家确实是有想法。”程浩然颇为赞赏地说道。

白可瞄了他一眼，都什么时候了还在卖关子。于是她一赌气便将头扭向了另一边，朝着车窗外看去，用最明显的行动来“暗示”程浩然：她生气了！

“别别别！我就是说一说而已，其实我的意思就是，聪明人反而难破译。其实这密码你用英文的月份，就能解读了。”

白可低头看着那组数字，1110－5812。

“November、October – May、August – December?”

“再把首字母连一起。”

“No，Mad. 不疯狂？什么意思？”白可被这浅显的表述给难住了。

“首先我们城市也就这座新建的商业广场是以12个月份来划分区域的。其次就是关于不疯狂的含义，无非就是闹中取静。在这样的地方确实只有一个地方才会是安静的，那就是……”

“书局！”白可眼前一亮。

程浩然将轿车停在书局的南侧，避开了装在入口上方的监控。

“可可，我能做的也就到这里了，剩下的得交给你了，我相信你可以的。”程浩然熄了火，认真地朝白可竖起了大拇指。

白可努了努嘴，很清楚自己将要做什么。“我有多少时间？”

“半个小时，如果你找不到，我们就会暴露踪迹。而且机会只有这一次，因为跟踪的人最迟半个小时后就会到，一旦他们知道了这个地方，要找到科学家留下的线索不过就是时间问题了。”

“为什么警方不先一步展开调查，再进行大范围搜索？”

“因为老赵在没得到确切结果之前，不会轻举妄动。如果警方公然行动了，就意味着承认了科学家的身份，那么生死未卜的科学家只会被推向死亡的深渊。”

白可沉默了，她很清楚自己在做什么，也很清楚哪一天自己的处境也许就会与这名失踪的科学家一般，她既希望正义能够伸张，也期盼自己能够活着，但，谁又知道呢？

程浩然看出了白可的心事，他紧紧地拉住了白可的手，颇有力度地说：“我们把世界看错了，反说它欺骗我们。社会和人性并不黑暗，缺的是我们心中那点儿光明和希望！别担心，我一直都在！”

白可眉头微微一蹙，虽不至于释然，但也轻松了不少，她点了点头。

“如果两个人一起，目标还是太大，所以只能分头行动。”程浩然也点了点头，其实他并不放心让白可单独行动。

可他很清楚自己也同样被列入冯国峰的“监视”名单中，所以只有各自行动，白可才能更安全、更自由地发挥。

“如果……”白可踌躇了几秒，欲言又止。

“没有如果！我会保护你！”程浩然轻轻地抚摸着白可的脸颊，坚定又深情地看着她。

白可努力地点了点头。

下车后，白可随着客流移动着，在路过书局正门时，一个闪身就钻了进去。

入口处是一排电脑区，所有的电脑都被人占了，并且还有很多想用电脑的人聚集在周围等空位，其中不乏七八岁的小朋友。

白可继续往里走，走了十多步后，便是咖啡厅。综合性的书局功能可谓是一应俱全。

不少年轻人都坐在那儿一手端着书，另一只手不时地拿过咖啡杯抿上一口；也有一些看似作家的人在旁边的小圆桌上摊开笔记本电脑，飞速地在文档上写着什么，兴许是随笔；也有的人点了杯咖啡之后便占了个位置专注地玩着手机游戏。

白可打量了一番，基本能确定“线索”一定不会被藏在这里，再往前走，就是书局的“藏书阁”了，“藏书阁”大得如同古代的皇家书库一般，虽不像迷宫一般复杂，但也绝不是几天就能浏览完的。

她站在所有走道的汇集口，从左往右地观察着每一个可能被忽视的细节。

在偌大的书局里，白可这样的行为并不会引起周遭的关注，旁人顶多以为她在寻找合适的书籍，却找不着方向而已。

科学家时刻都处于一种生命没有保障的环境当中，所以首选的方向一定是相对狭窄的，那样的空间会给人一定的安全感。

白可发现书局的“藏书阁”设置得非常合理，布局也很精致，每一条通道的宽度看起来并没有明显差别。

她顿了顿，从系统排列来说，排列的因素不仅仅就是具体位置，其中还包括了颜色、形状、背景故事、参照物的反差等。

“该着重用哪个因素呢？”白可环顾了一下四周，假想她就是那名无助的科学家，站在这个偌大静谧的场所中，心中却充满了杂音，又会做出怎样的选择？将留下的“线索”藏匿于哪里，才能使其不容易被一般人发现，并且也不会被冯国峰的爪牙找到？

她感觉到时间在一分一秒地流逝，她必须得冷静下来才行。

突然，一个路过的小女孩不小心撞了她一下，打断了她的思路。

原本白可第一反应是有点生气的，毕竟她是处于原地站立不动的状态中，这都能被人撞，可见撞她的人是有多鲁莽。

可她发现撞她的是一个才六七岁的小女孩时，心中的那点儿抱怨也就顷刻间烟消云散了。

她蹲了下去，摸了摸小女孩的头，温柔地说道：“对不起，刚才我把你撞疼了吗？”

“对不起！”小女孩羞涩地说道，转身便朝着儿童图书区跑了过去。

白可微笑地看着小女孩离开的身影，当她消失在那五彩斑斓的色块当中时，白可恍然发现了什么！

“从颜色来判断会更合适！”白可想到了科学家身处那种阴暗的世界当中，即便渴望光明，却也适应了黑暗。

她很清楚心理学中二十一天形成习惯之后的影响，于是她重新审视了一番眼前至少不下十条的路径。

当白可把注意力都放到了颜色的观察上时，她确实发现了不少东西——儿童图书那边会显得色彩斑斓，充满生机；教育考试那一段都是普遍的淡蓝色至深色，尽可能地给人沉稳宁静的感觉；小说区也分得清清楚楚，言情小说的色彩通常还伴随着一种淡淡的诱惑。

总体来说，色调较暗的区域就只有两条路径，也就是说，“线索”

极有可能就在这两条路径中的其中某一层书架上的书里？

白可来不及细想，便赶紧走到了恐怖小说那一类的图书区里，那一本本灰暗的图书封面，以及上面仿佛随时要爬出来的狰狞凶兽，倒还真的使这一片区域并没挤满那么多人，仅有几个零星的悬疑惊悚小说迷，在那里捧着书津津有味地看着。

但她准备开始找的时候，却不得不停下了步伐——她远远就瞥见两个穿着厚实的男人，正一左一右地快速翻阅着每一层书架上的图书。

这样的行为并不像是在寻找合适的书籍，而更像是“翻箱倒柜”般地搜索着什么。

“糟糕，冯国峰的人出现得比预计时间提前了一半！”白可心中暗暗叫苦，自己每一步都需要更谨慎才行。

如果不出她所料的话，那两个男人应该不具备找到“线索”的能力，所以只要等他们离开就好。

于是白可退回到了咖啡休息区，点了杯暖暖的香草拿铁，在一个不起眼的角落找了把褪色的软沙发窝了进去，这个位置恰好能观察到电脑区、咖啡休息区以及大半个图书区。

她假装翻看着自己那一摞书最上面的一本，瞄了眼电脑区——那些使用电脑的人，几乎都是无所事事地在打发着时间。

也许是书局里的电脑和网吧没法相提并论，一个男人用电脑下载一款游戏之后，却没办法运行，这使那个男人很焦虑，但又不想把位置让出来，于是他干脆点开了视频网站。

白可摇了摇头，因为与之相较的，是那个男人旁边的一名十几岁的女生，她穿的还是重点高校的冬装，不过以校服来说，这所重点高校的冬装还蛮好看的。

那名女生的边上放着一摞考试书籍，她神色焦急，看起来不像是在玩社交媒体软件之类的东西，她是真的在把搜索引擎搜出来的书目和作者一一记录下来，这样才能更快地找到她要的书。

这样不经意的观察，让白可有了新的收获——如果科学家在偌大的书局中放置并藏匿“线索”，那么她会怎么处理？几乎不可能是简单地把“线索”夹到书里而已。

每本书都有对应的书号，并且其中还放置着售卖或者租赁的磁片传感器，为了防止被买走或者租借走，科学家一定会把“线索”放在一本几乎不会被人接触到的书里才行。

于是白可在等着那两个男人离开的时候，一直埋头于自己手中的书。这本书被她牢牢地圈在左臂弯中，而她的右手悄悄从挎包里取出了一枚刀片。

趁着没有人关注她的时候，白可干净利落地划开了内置于书中的磁片传感器，将它捏在了手里，打量了一下——非晶合金丝制作的非晶合金磁头。

恰好这时，那名花季少女完成了手头的任务，急急忙忙地准备离开去找别的考试用书了。

白可不能确定是否还有冯国峰安置的眼线，所以她并没有一跃而起，也没有表现得很急切。她处理着手上的细碎物品，喝完最后一口香草拿铁，慢慢地站了起来，不动声色地朝电脑区走了过去。

在电脑区附近徘徊的那些人，一会儿东张西望、一会儿又瞅瞅手机，抑或是和身边的人聊得忘情，在这些人意识到占据电脑位的机会已经逝去之前，白可已经坐在了电脑前的椅子上。

事实上，她对电脑的诉求并不高，只不过有那么几个重要的电路组成方式，她还真的忘记了，毕竟她不像母亲那样沉迷于科学无法自拔，但也被动地接触了不少，有一些理念和操作经验，但不够娴熟，一些关键点就更别提了，所以她需要确认一下具体差了点什么。

白可迅速地查到了她所需的资料，她快速地浏览着，恍然大悟地喃喃道：“原来是这样。”

她起身找了一个合适并且没有监控的位置，打开挎包，里面有一支她母亲送给她的很奇特的电笔。

幸好她有看过那只奇特电笔的说明书，也亏得她母亲竟然有耐心去自制说明书。

现在白可急需一个可以探测“线索”的仪器，因为她能推断出科学家所留下的“线索”，不可能只是一张纸，更不可能是一个奇奇怪怪的物品，只能是一张记录了大量信息的卡片。可是在茫茫书海中，每本书上都有磁传感条的干扰。

她假装在挎包里翻找着什么，其实她已经在最短的时间内完成了磁片传感器的处理。

紧接着她将处理后只有 SIM 卡那么大的磁片传感器放置到了手机当中，只要在手机程序中输入一些编码就能生效，使手机成为探测器。

白可见到那两个冯国峰派来的男人终于走了出来，从他们垂头丧气的神色看来，“线索”目前还处于安全当中。

她看着那两个男人悻悻离去的身影，觉得时机成熟了，才迈步走了过去。白可重回有可能藏匿“线索”的那个图书区里，端着手机，开启了探测功能。

她一步一步缓慢地往前走着，心中十分忐忑，毕竟，这一切不过是她的猜测而已，如果那个科学家并没那么聪明，那她现在所做的就功亏一篑了。

“不要有那么愚蠢的想法，如果她没那么聪明的话，也活不到现在。”白可暗示着自己，并且鼓励自己，因为她并不知道那个科学家是否还活着。

手机屏幕上并没有发出警示的灯光，她只好接着往前走。

就在白可近乎放弃的时候，手机上传来了令人兴奋的震动，她激动地低头一看，脸上骤然间出现了失落的神情——原来并不是什么探测信号的提醒，而是程浩然的来电显示。

“没见我在忙呢吗？真是的！”白可略显不耐烦地接起了电话。

“你要小心点儿，你已经被盯上了。”

“什么？我已经尽可能地隐藏了。”

她难以置信地前后环顾了一下，并没瞧见跟踪或者监视她的人，她疑惑地问道：“你不会是在和我开玩笑吧？”

“你别忘记还有二层。前后没有人在跟踪，不代表远处没人在盯着。”

“那我该怎么办？”白可有点儿慌乱，她预感马上就要找到“线索”了，可是如果被冯国峰的人盯上，那帮丧心病狂的人很可能会公然抢劫；若是报警，又过于兴师动众，从而引起民众恐慌。

“你确定能找得到吗？”

“两成概率。”

程浩然沉默了几秒，他严肃地交代：“我先到车上，你拿到东西后赶紧过来上车。”

“好！”

电话挂断之后，白可往前走了两步，这时候手机又亮了起来，她以为是程浩然遗漏了什么要补充说明的，结果抬起手机屏幕的时候，却发现是探测器生效了！

她激动得差点儿叫出来。她赶紧原地打量着这些书籍，可是手机上的探测信号却不明显。

“这是怎么回事？”白可心里嘀咕着，明明就在眼前了，却找不到具体的位置，看样子不像是在这一层层的书架上。

白可低头思索着，突然发现脚下附近的一块棕榈色瓷砖似乎被一张很薄的膜给覆盖了，但那膜的颜色和瓷砖一模一样，就算是清洁工，也不会注意到这个细节。

于是她假装从书架上拿下了一本又厚又大的书，但是一个不小心没握好，那本书落到了地上。

她自然地蹲了下去，在摸到那本书的同时，赶紧用拇指按在那片薄膜上，她顺势一滑，可以明显感觉到膜片底下有一张类似银行卡大小的硬质卡片。

"就是你了！"白可迅速从挎包里取出刀片，赶紧划开了那片膜，从里面取出了张卡片。

她粗略地扫了一眼手中这张以生命作为赌注的卡片，其手感材质很特殊，貌似是用某种金属熔制而成，卡面上布满了怪异的纹路，类似二维码。并且这张卡片不像是完整版，目测还少了一半。

白可准备再从附近找一找，但探测信号并没有任何反应，也就是说，可能这里藏的就只有这半张卡片，与此同时，通道的另一端，刚才那两名已经离开的男人又回来了，大步朝她走来。

白可匆匆将卡片塞进了挎包里，起身就走，但那两个男人也紧跟在后面，想伺机抢夺白可的挎包。

她离开书局之后，便朝着与程浩然约定地点的相反方向快步走着，附近有几名巡逻的警察，想必那两个男人也不敢……

"啊！抢劫啊！"白可的挎包被那两个男人一拽，她险些摔倒在地上，不过她第一时间就大喊了出来。

得手的那两个男人没命地分头逃窜，这动静不但惊吓到了路人，也引起了巡逻警察的注意，警察迅速下了巡逻车朝着嫌犯的方向追了过去。

这引起了一阵小骚动——有的群众不明所以，出于自保便赶紧抱头蹲下；也有的是毫无方向感地跟着乱跑；当然也有年轻机警的加入了追击抢劫犯的行列。

白可知道，附近肯定还有冯国峰的爪牙，而此时却是个不错的机会，她看准了形势，很快就消失在动荡的客流中。

她安全抵达了和程浩然约定的地点，匆忙上了车，程浩然载着她绝尘而去。

"没事儿吧？"程浩然看见白可气喘吁吁的，看来多少遇到了点儿麻烦。

“没什么大碍，就是损失了个挎包，有点儿可惜，那是我最喜欢的一个……”白可撇了撇嘴，觉得到时候要找赵志国报销才行！

“那东西呢？是什么？”程浩然着急地问道，他对那“线索”的关心不亚于对白可，毕竟这是瓦解冯国峰毒枭集团的一大突破口，错失了这次机会的话，又不知道还要等多久。

“喏，好像是半张卡片。也不知道里面存储了什么，见不得人的交易账目，还是……”白可取出了那张卡片，在程浩然面前晃了晃，以示巾帼不让须眉。

“回头让我们的赵队给你记个大功！”程浩然调侃了起来，还趁白可不注意，猛地凑了过去，在她额头上亲了一下。

白可正要呵斥他，却发现他的表情有点僵硬。

“怎么了？”

“这卡片不是一般的卡片……它是钛合金特斯拉卡片？”程浩然惊愕地说道。

“这卡片估计难以破译……”白可忧心忡忡地喃喃自语着。

“未必，我未来丈母娘可是顶尖的科学家，为什么不找她试一试？赵队那边我会和他做特殊申请的。”

白可瞄了程浩然一眼，撇了撇嘴说道：“就会拍马屁！”

白医生从女儿手中接过了一张银行卡大小的卡片，这卡片的材质很特殊，似乎是用某种金属熔制而成，就算用力也无法使其弯曲。

卡面上布满了奇奇怪怪的纹路斑点，猛然一看倒和二维码有点像。白医生用手机扫了一下，手机并没显示出什么，也就是说这图案并不是二维码。

她细细打量着这张别致的卡片，在混乱的斑点之中，貌似隐藏着长短不一的直线和点。

研究了二十分钟，白医生的表情十分复杂，其中有喜悦，也有担忧。她找到了一些破解的线索，可线索的导向却让她心生恐惧——这卡片上微小的凹槽都呈现出接连大于 2 的情况。

“哥德巴赫猜想？”白医生眉头紧锁，没想到加密者居然使用世界近代三大数学难题之一来制作。

如果真是这样，要破解这卡面上的密码就不是靠简单推理或者换算就能解决的了。而越是如此繁杂的加密，也越暗示了这张卡片所存储的信息价值巨大。

“给我点时间，有结果我会告诉你的。”白医生对女儿说道。

白可知道破解卡片没那么容易，点了点头，将卡片留给母亲，心怀期待地离开了。

白医生将目光转移到了电脑屏幕上，她将卡片放在了键盘旁边，双手飞速地在键盘上敲击着。

“任一大于 5 的整数都可写成三个质数之和。”白医生换到了用于计算的页面上。在闲暇之时，她的乐趣就是计算别人无法理解的内容。

她尝试着用电脑帮助演算，以快速建立数据库和数字模型。当计算进入瓶颈无法再进行的时候，白医生疲惫地抬起手捏了捏后颈，就在这时候，她在屏幕上的数字中看出了些许端倪。

“生物隐形实验？”她嘀咕着，没想到这一天还是来临了，可是她的反隐形试剂却还没研究出来，终究是被对方抢先一步了吗？

就在这时，她的电子邮箱弹出了一则信息，当她点开的时候，她的目光中充满了恐惧和愤怒。

Dear Dr. Bai,

Your faith is under attack.

Death Knight

那短短一行字的正文，说她的信仰正遭受攻击，因为黑客比谁都清楚她的身份。

她赶紧追查了一下邮件的 IP 地址，却发现对方用的是虚拟 IP，用完之后就失效了，于是她又输入了一连串的指令，却无济于事，根本就追踪不到。

“还是被发现了吗。”白医生盯着屏幕上的恐吓信。她没想到，隐藏了十多年，还是因为开启了特殊算法的方程式被那个该死的境外间谍机构给发现了。没料到对方的探测采集效率竟然如此之高，她瞟了眼键盘旁边那张记载了一半隐形方程式的卡片，恨不得直接将其销毁，但是留着的意义或许更大。

“剩余的内容单靠电脑是无法全面破译的，再给我点时间。”白医生给白可发信息道。

也许是天气回温的缘故，浓雾从城市运河铁灰色的水面上升起，形成了一道积云色的坚实雾墙，吞噬了城市中最新式的游乐园、光芒四射的五星级酒店和各类公寓。

几个步履蹒跚的晚归酒鬼也加快了脚步，躲避它那湿冷的拥抱。抑或是死亡的拥抱。

白洁步履沉重地穿过了名为和平路的小巷，来到了一条街道上。小街两旁尽是布置得花花绿绿的商铺，橱窗里摆放着各种乐器：小提琴、吉他以及各种跟音乐有关的小玩意儿。

即便到了知天命之年，她身材也完全没有走形，就连步伐间都散发着一种成熟女人的神韵，再配上那一头棕红色的大波浪卷发，很容易让人误以为是夜店出来的性感女郎，尤其是在这样的雾色中。

她要找的民宅就在一间小吃店的左边，深蓝色的破旧大门看着毫不起眼。对应的门铃旁边，甚至还有用透明胶粘的纸壳，上面写着“心理咨询”。

要换作是不知真相的人士来此，一定会用鄙夷的目光嘲讽这样的咨询室，甚至能断言这样的地方不出一个月就会倒闭。

但是对于白洁来说，这歪着张贴的脏兮兮的纸壳门牌，却多少让她觉得有些诗情画意，似乎回到了某段曾经让人流连忘返的岁月。她又看了看表，转过身子张望了一下四周，看有没有被人跟踪。

她只看到那斑驳的光线从雾气中不规则地折射着，应该是没人跟踪她了，包括写恐吓邮件的那伙人。于是她吸了一口气，稳了一下心情。要见的这个人是她的初恋，虽然她嫁的是另一个男人。

当白洁正要伸手按门铃的时候，这扇破旧的大门突然从里面打开了，一个女人冲了出来。刹那间，四目相对，并都做好了相互碰撞的准备。

只是匆匆一瞥，那张白皙漂亮的脸蛋就给她留下了难以磨灭的印象。她们成功地互相避让开了对方，几乎是擦身而过。

在那个黑头发、黑眼睛的女人急匆匆冲上街，拐了个弯消失之后，白洁觉得自己能清晰地回忆出那人的模样。她之所以对那张脸蛋印象深刻，不仅仅是因为她迅速地做了比例分割的计算，更是因为那女人的表情极为奇怪：怒气冲冲却又一脸快感。

白洁抢在破旧的大门自己关上之前，闪身进到了黑乎乎的楼梯井中。这种租赁式的民宅，通常有四层左右，物业就是房东。不过房东可不会充当维修工人，导致了忽明忽暗的灯光俨如恐怖电影一般。

围绕着楼层盘旋而上的，是古老的木质楼梯。

白洁打起了精神，小心翼翼地拾级而上，以免长筒靴的根部卡进这陈年老木的缝隙当中。随着“咯吱咯吱”的声响从脚底传来，她惴惴不安地盯着脚底的木阶，生怕哪一级台阶突然断裂。

当她好不容易抵达三楼时，一个久违的身影似乎早就在那里恭候多时了。

白洁却在这个时候不自觉地压低了目光，貌似还没做好见这个人的准备。

“好久不见。”这男人的声音依旧是那么尖锐，和他的年龄一点儿都不匹配。

“是啊，至少有二十年了吧？张博士……”白洁还站在倒数第二级台阶上，由于压低了视线，她发现这个男人的皮鞋依旧是那么光亮。

“确切地说，是二十三年零五个月，外加十二天，嗯，要再把当前分钟算进去的话，应该是……”这个家伙作风一如既往地跳脱，可是在细微之处又难免让人感动。

白洁一动不动地站着，微微张着嘴，感到无比惊讶。谁也不会理解她此刻的心情。她不曾想过，曾经的心理猎人小组成员，如今还能再次见面，至少是活着相会。她百感交集，也感谢老天赐予的幸运。

“进来坐一坐吧，总不能一直这样站在外面说话吧？”张博士引着路，将白洁带到了他的心理咨询室中。

这是一个十几平方米大小的前厅，破裂发霉的墙壁上连重新粉饰的痕迹都没有，两张一眼就能看出是二手货的脏旧单人软椅颓然地待在墙角处。

白洁望着张博士的背影，没想到这男人现在会如此潦倒，却仍然一副容光焕发的样子，着实让人费解。

“我看过新闻，那次心理学大赛的事故，让你赔得血本无归。”白洁同情地说道，她将挎包放到了软椅上之后，还帮着收拾了一下这凌乱的房间。

“都过去了，就不提了。”

“那你的妻子和孩子该怎么办？如果实在是有困难的话，我可以……”

“不用！”张博士一口回绝了。

张博士发觉他的语气有点儿重了，他望着曾经喜欢过的这个女人，轻叹了口气解释道：“我没成家。”

白洁心中有千言万语，但还是忍住了，她很清楚自己来找张博士的目的是什么——那张存储着隐形方程式密码的卡片。

张博士取了一条干净的毛巾，在那落尘的软椅上认真地擦拭着。他很清楚眼前这女人有严重的洁癖，尤其是心灵上的。若不是当年境外间谍势力制造的那场意外，也许他们就不用阔别二十多年才相见了。

“你还是那么细心。”白洁坐了下去，“对了，刚才匆忙出去的那年轻女人，应该是来找你做心理咨询的吧？”

张博士坐到了白洁的对面，点了点头。

“你还真是一点儿都没变，敢来找你做心理咨询的人，基本上结局都是这个表情。”

“只有经历过地狱般的磨砺，才能练就创造天堂的力量；只有流过血的手指，才能弹出世间的绝响。”张博士凝视着白洁，他觉得这女人既变了，也没变。

“但不是谁都想创造天堂，如果有人要将人类拖下地狱……”白洁忧心忡忡地说道。

“那就让他去死吧。”

“就怕我们死在他的前面。”白洁取出了那张存储着大量信息的卡片，递给了张博士。

“钛合金特斯拉卡片？”张博士露出惊讶的表情。

张博士来回翻转研究着卡片，他没想到这种材质的卡片居然会真的存在。

“钛合金强度高、耐蚀性好、耐热性高，主要是发展航空发动机用的高温钛合金和机体用的结构钛合金。没想到他们居然用来制作成了卡片！”张博士充满疑惑地看着那张卡片。

“特拉斯线圈是一种分布参数高频串联谐振变压器，可以获得上百万伏的高频电压。通俗一点说，它是一个人工闪电制造器。在世界各地都有特斯拉线圈的爱好者，他们做出了各种各样的设备，制造出了眩目的人工闪电，十分美丽。“可是用在了这张卡片上，那就意味着，如果有人尝试开启读取内容，就会触发电压升压。而卡片的耐热性能保证它自己的完整，可是开启者会瞬间就被击穿、电焦。”张博士啧啧称奇地说道，觉得制作出这张卡片的人实力非凡，并且背后有强大的财力支持。毕竟这不是轻而易举就能弄到的材料，而且制作工艺也极其复杂。

“那我们是无法窥探到里面的秘密了？”白洁有点儿失望。

“目前情况只能是这样，不过我这里有一台设备也许能窃取点儿什么。”张博士略显得意地说道，起身示意白洁跟随。

两人进到了光亮的小房间内，里面摆放着杂乱的设备、试管试剂，一些掩盖不住的刺鼻味散发了出来。

“RFID（Radio Frequency Identification）技术，又称无线射频识别，是一种通信技术，可通过无线电讯号识别特定目标并读写相关数据，而无须识别系统与特定目标之间建立机械或光学接触。”

“你的意思是通过无线电讯号强行读取里面的内容？”白洁惊讶之余又露出了质疑的表情……

第十一章 | 完美嫁祸

冯国峰得知半张特斯拉卡片没能抢回来，大发雷霆的他差点儿砸了办公室，他紧急在内部联系网中留下了一句话：“5000 万 + 1% 股权 = 特斯拉卡片。”

罗刚看到这则通知之后，急得像是热锅上的蚂蚁，要知道有实力、有背景的“竞争者”极多，慢上一拍就什么都轮不到他了！

这确实打乱了罗刚的计划，他原本想通过意外先除掉白可，再用离间计让程浩然和秦子谦斗法，最后借秦子谦的手干掉程浩然，这每一步棋罗刚都做好了计划，可计划就是赶不上变化！

相较之下，罗刚“教授”的身份，是最容易接近白可的，如今意外已经来不及去制造了，像白可性子那么刚烈的女生，如果下点药令其失身，再录制视频，那么这孩子要么就选择自杀，要么就选择交出特斯拉卡片而掩盖“丑闻”。

一想到这里，罗刚淫笑着舔了舔嘴唇，拨通了白可的号码。“白可，是这样的，老师之前其实是想测试一下你的应激反应能力，所以可能做出过让你误会的行为……”

电话的那头并没回答什么。

“关于心理学博士论文这一块，我想和你好好谈谈。关于系统排列的案例，有一例你似乎处理得不当，被客户投诉了，是老师通过关系帮你压了下来。这个作为论文案例的话，是否不太合适？”罗刚心虚地询问道。

“真的？”白可明显是质疑的口气。

“能约个时间面谈吗？”

“必须是公共场所。”

“没问题，老师知道你喜欢去香榭丽舍大道三号的法式餐厅，要不就定那里吧？今晚可以吗？”

“好吧。”

罗刚准时到了餐厅，他提前做的事情，只是在附近酒店开了间豪华客房。他知道白可很聪明，所以他并不打算提前下药，而是准备见机行事。

白可很准时，当她看见罗刚所坐的位置，顿时警惕起来——光线恰到好处，看似明亮，却难以看清表情细节；周围物件摆设与罗刚的神态和谐展现，就算是系统排列大师，也难以看出端倪。

她坐下后朝着罗刚生硬地笑了一下，越是天衣无缝，越是破绽百出，因为白可对于罗刚的分析，是对人不对事，她心里清楚这个罗刚干不出什么好事来。

“白可你看，我们师生一场，先喝一杯，有一些话老师其实想和你好好谈谈……”罗刚此时不知是因为怜香惜玉、内疚还是别的什么情绪，他竟然会觉得眼前这聪慧的女孩若就此死去，真是暴殄天物。

“我不喝酒，酒精过敏。”白可微笑着给对方台阶下。

“没关系，我们可以喝饮料。”

“糖分有点儿高，会导致发胖的。我一直都在练瑜伽，瑜伽老师是许若华，她身材可好了呢。”

罗刚脸色一沉，目光游离片刻之后，他提了口气：“那……”

“罗老师，我们还是说论文的事情吧，”白可打断道，“我一会儿还有事情呢，所以时间可能有点儿赶。”

罗刚意识到难以找机会下药了，于是转而选择用暗示催眠来牵制白可，毕竟他对催眠也是颇有研究的，他甚至提前安排好了小提琴曲，那绝对能让他事半功倍。

小提琴师来到餐桌前，优雅地奏出曲子，罗刚发现曲调并不是他设计好的内容，他愤怒地抬头欲责备小提琴师一番。

在他与小提琴师眼神交锋的一瞬间，整个餐厅里的人、事、物都静止了，他对面坐的不是白可，而是披散着头发的许若华！

罗刚被吓了一跳！他呼吸都快停止了，不知道许若华要质问他什么，是否会说一些同归于尽的威胁语言？

这个场景并没存在多久，罗刚眨巴眼的工夫，白可又回到了他的面前。他再次抬眼看那名小提琴师——居然是秦子谦！

罗刚慌乱地甩下了几张百元大钞，头也不回地狼狈离去……

冯氏集团的总裁办公室内，一名中年男人正焦虑地来回踱着步，他穿着褐色衣服，领子很高，脖子上围着一个窄窄的拆卸领，罩衣前胸系着一个亚麻布做的口袋，形状如同苏格兰高地人的钱包。

“冯总，冯少现在还没联系上，可能他又去花街柳巷里寻欢了。”冯波的贴身保镖无奈地汇报着。

冯国峰狠狠地瞪了保镖一眼，厉声道：“你是贴身保镖，你怎么能让他离开你的视线？真是个废物！要不是你父亲当年替我去蹲大牢，你以为你有什么资格留在这里？”

保镖被那盛气凌人的架势压得抬不起头，嘴角下拉而且轻微抽搐着。

“冯总，估计冯少再玩两天，也该回来了。”保镖战战兢兢地说着。

“罢了，现在没时间在这上面耽搁。你现在把这五十万和信交给那个男人。”冯国峰从抽屉里取出了一个文件袋。

保镖点了点头，接过了文件袋。这时，有人连敲了几下总裁办公室的门，还没等冯国峰开口，那人就推门而入了。

“沈总。”保镖朝着冯氏集团的副总裁沈万岳打了个招呼。

相对于阴狠的冯国峰来说，这个副总裁沈万岳却是一副不食人间烟火的高傲模样。

“你先去办你的事吧。”冯国峰朝着保镖使了个眼神，保镖便识趣地退出了办公室，正当他准备拉上门时，听见里面传来沈万岳的质问声。

“冯总，你手底下的那批科学家是怎么回事？卡片怎么会被带走了？如果项目计划受到影响，后果多严重？幸好另外一半在我的手上！”

冯国峰的手机恰巧在此时震动了起来，他还以为是冯波这个败家子，屏幕上显示的居然是“罗刚”这枚不中用的棋子，扫兴之余他直接把罗刚的手机号给拉黑了，准备应对沈万岳的质问。

可还没等冯国峰回应，沈万岳就怒气冲冲地转身离开，出门见到保镖时，他拍了拍保镖的肩膀。

半小时后，保镖尽可能掩人耳目地来到了一处住宅，就在他悄然开门的时候，一把手枪顶到了他的脑袋上。

“小心走火啊。”保镖的语气中没有一丝紧张感。

“你来找我做什么？每次你来似乎都是麻烦事，这次又该是谁被‘活祭’了？一定要有详细的背景资料，不要和我耍滑头，要知道以我的能力可以很轻松地甄别真假。”男人娴熟地收起了手枪，毫不客气地警告着。

保镖走进了客厅，不满地将档案袋甩在了茶几上，然后站在一旁等答复。可是当这个男人看资料的时候，其表情产生了微妙的变化。而保镖悄悄地瞄了几眼之后，居然发现那资料中是副总裁沈万岳，以及他的妻子和独生女。

男人皱起了眉头，似乎猜出了其中的计划，朝着保镖低语道：“你的表情看起来很紧张，你是沈万岳的人？”

保镖原本是对冯氏父子忠心耿耿，可是这对父子确实都不怎么样，沈万岳看准机会收买人心。

“钱都好谈，沈总能开出双倍的价格。”保镖胸有成竹地提议。

可他话音未落，就被这个男人架着脖子用枪再次顶住了脑门。

“别，别杀我！”保镖既是惊呼，又是苍白地哀求着，他没想到眼前的这个家伙居然会不认钱。

“你们都不是什么好人。冯国峰这只老狐狸以为多年来资助我，就能让我成为他的傀儡了？我可不是你们的棋子，至于到底是沈总还是冯总得势，他们之间的商战和我没半毛钱关系！我有我的目的！”

“你的目的？”保镖咳嗽着挤出了几个字。

“对，法律惩罚恶徒的力度并不够，这个世界总是需要一些挺身而出的‘审判者’。只不过审判是需要积攒力量的。顺便告诉你，冯波早就被我控制住了，这自以为是的蠢货总是去挑逗白可，殊不知他的行为在不断泄露我们的秘密，再这样下去肯定会影响到我的计划，所以只能让他先消停一阵子，免得给我添乱。”

保镖用一副鄙夷的目光和表情对着这个男人，丢出了一句话：“你以为你是正义的审判？你连自己的身世都还没弄清楚吧？”

“什么意思？”

“你不过就是冯国峰的私生子罢了，就你这样还说要伸张正义？况且你真除掉了冯国峰，那又算什么？大义灭亲？真是讽刺又可悲！”

保镖从冯波那里探得了不少口风，再加上冯国峰对这个男人的重视，还有沈万岳提供的鉴定报告，证实了他的猜测。

“这不可能！”男人出现迟疑的表情，“你有什么证据？”他放开了保镖。

“你看看这个。”保镖从兜里取出一份亲子鉴定报告，递了过去。

男人看完这份鉴定报告之后，狠狠地踢翻了茶几。保镖趁这个时候冲了过去，趁其不备一把夺过了手枪并迅速指向他。

“冯国峰的研究所已经研制出了初级的隐形药剂，核心资料都在那半张卡片上，可惜出了岔子，那批科学家开始秘密转移，但沈总想从中找到些有用的东西，比如隐形药剂。如果你愿意合作……”保镖提议道。

男人满眼猩红地盯着保镖，在胸口剧烈起伏了一阵之后，他才吐出了一句话：“你认为我会帮你？”

“如果沈总给你开出更丰厚的条件，甚至是隐形技术的使用权，你就能拥有更多的资源。到时候，想‘审判’谁不都是轻而易举的事情？”

男人沉思了片刻，低声道：“沈总有什么安排？”

“我们得去一趟冯国峰做秘密研究的大本营，在他的人和物资完全转移之前，给他准备一些惊喜，顺便截获有价值的情报和物资。这样一来，冯国峰就失去了绝对的优势，沈总很快就能取得冯氏集团的掌控权。不过要快，毕竟心理猎人可不是省油的灯，很麻烦。”说完，保镖放下了枪。

“是应该准备一些惊喜，心理猎人确实会找到那里。这样看来，冯波还是有点儿用处的。”男人嘴角露出了胜券在握的轻蔑笑意。

罗刚一脸狼狈地回到了他妻子的别墅。换作是平时，那傲慢的女人肯定不会让他来这里，只不过眼下的情况事关重大，她应该不会赶走他才对。

门铃被罗刚重重地按着，别墅里响起了一阵他最厌烦的古典音乐。他真不明白这个五音不全的女人为什么连门铃声都不放过，非要用附庸风雅的方式将其变得俗气。

门禁视频接通了，见到是罗刚之后，门便打开了。

罗刚慌慌张张、跌跌撞撞地朝着二楼走去，他的心脏确实是出了点问题，可是眼下的情况比他的心脏更危急。

当他推开那女人的房门时，扑面而来一阵酒味，他无比反感，因为这女人每次喝酒，肯定还得有年轻的小伙子作陪。

一想到这里，他气不打一处来，恶狠狠地盯着坐在豪华大软圆床上的女人，如果这女人没那么傲慢可恶，他倒也乐意用“风韵犹存”来形容她。

她同时也是这座城市里的“隐形”富豪，她不希望锋芒毕露，毕竟不少钱的来源是说不清道不明的。上流社会的圈子里，大家对她也算是耳熟能详了，她就是孔万萍。

房间里的浴室中传来男人呕吐的声音，看来那个小白脸的酒量还远远不够，罗刚不免轻蔑地冷笑了一下，但他尽量不让孔万萍瞧见。

“你来了？国峰交代给你的事情都办好了？”孔万萍一点儿都不把这个所谓的丈夫放在眼里。

一瞧见孔万萍那傲慢不屑的眼神，罗刚恨不得上去扇她几耳光，但事实证明二十多年来他并不敢这样做，别说一个耳光，就连顶一句嘴，他的仕途也就全部玩完了，这点他再清楚不过。

他压制着心中的不满，尽量平和地说道：“东西还没拿回来，除掉白可遇到了点阻碍，毕竟她有刑警和两个难缠的小子护着，不是那么简单就可以……”

“什么!”孔万萍没想到这个心怀鬼胎的精明男人，连这点事情都没能力办好。况且她选罗刚去办这件事情，也是因为他的身份相对干净，不容易引起警方的注意。

罗刚有些惴惴不安，他多年来连哄带骗、层层设套，在近百份合同上小心翼翼地玩文字游戏，一份合同顶多骗孔万萍手写一行字，最后再拼凑到一起，才有了那份有利于他的遗嘱。孔万萍有严重的失眠症，他在合适的时机又自荐说可以催眠助眠。其实即便他不是催眠高手，也能在孔万萍精神最恍惚的时候，骗上一个签名，而第二天他只要解释是某一份之前就签过的常规合同就好。

他现在还不想与她撕破脸，于是他只好调整了一下语气，悻悻地解释道："万萍，我真的是出了点身体上的意外，也不知道是怎么的，醒来的时候就在医院了，计划稍微耽搁了一下，但我也立刻就出院去办了，一天都没拖延啊！"

只见孔万萍大步朝着罗刚走了过去，"啪"的一声，重重一耳光就甩到了罗刚的脸上。

即便罗刚被这冷不丁的一耳光打得头晕目眩，耳中也嗡嗡作响，但他不敢退却一步，否则这女人疯起来更可怕。

一见到罗刚那唯唯诺诺的样子，孔万萍恨铁不成钢地冷言道："我当初怎么就嫁给了你这样的废物？"

罗刚依旧压制着心中的怒火，还要赔着一点都不真诚的笑脸，又气愤又笑的冲突，导致他的面部开始不规则地抽搐了起来。

孔万萍瞥了他一眼，赶紧到一旁从昂贵的LV包里取出最新款的双屏手机，拨出了一通电话。

"喂，国峰。是我，万萍。那张卡片还没得手，但是你放心，我会抓紧时间的！"

"好好好，白可的事我也一定给你个交代！"孔万萍连忙应允对方开出的条件，虽然她面露难色，但嘴上却欣然答应了。

电话挂掉之后，她狠狠地将手机砸到了地上。

罗刚就像是犯错的小学生一样，站在门口那边一动都不敢动。

孔万萍朝着他走了过去，又是狠狠的响亮耳光，甚至还觉得不解气，竟然从一旁搬起了一件陶瓷艺术品，朝着罗刚的脑袋敲了过去。

他不敢躲，也不能躲。当陶瓷艺术品砸到他头上时，他能明显感觉到头骨与硬物碰撞时所发出的声音和震动。

不过貌似陶瓷艺术品的质量不差，并没碎裂；而罗刚的脑袋也出奇地坚硬，皮也厚实，居然也没流血。

孔万萍出了气，狠狠地瞪了罗刚一眼，丢下一个字，"滚！"

罗刚纵有万般怨气，却依然心存侥幸。只要还是合法的夫妻关系，在他想办法弄死这个女人之后，那笔巨额的财产就是他的了。他早就做好了规划，将众所周知的能见光的产业通通捐给慈善事业，而见不得光的那些，他就可以……

一想到这里，他心里平衡了不少，毕竟那么多年他就是秉承这样的信念才熬过来的，于是他缓缓地站了起来，半弓着身子退出了孔万萍的卧室，还顺手将门给带上了。

他在关门后准备即刻就离开的，可是他听见那小白脸从浴室走到了卧室的声音，这令他雄性本能的怒火又燃烧了起来。

他把头贴在了门上，偷听里面传出的声音。

“刚、刚才是谁？好像有人来了？”一个年轻男人的声音，口齿不清地询问着。

“没有人，你也知道我们家养狗的。一只不懂事的狗进来了而已，我已经轰出去了。”

罗刚紧紧地攥起了拳头，没想到这女人竟然把他当作狗来看待！但是这小白脸的声音怎么听起来那么熟悉？

“哦？原来是狗啊，那不知道我这条狗能让你满意不？”醉醺醺的男人开始挑逗孔万萍。

罗刚气得咬牙切齿，他似乎听出那个声音是谁了——和他同一所学校的年轻教授王涛。

他没料到这个一向人畜无害的小王，竟然藏得那么深，简直就是衣冠禽兽！

他想进去报复，然而他的理智又占据了上风，踌躇片刻，他还是选择站在门外偷听。

“万萍，我有个项目想让你融资一下，不多，也就一千万而已。”

“之前才给过你七百万，你现在又要一千万？你把我当提款机吗？”

“不不不，这次真的遇到资金链断掉的危机了，不然前面的全都得赔掉。”

“你当我是三岁小孩那么好糊弄？你把你们的项目计划书拿来，还有近两年的流水账，具体还缺什么我会让陈秘书联系你。”

“万萍，以我们的关系，真要算得那么清可不好啊！”

“没什么清不清的，你不就是一条狗而已吗？”

卧室内一阵沉默，而罗刚在外面多少有点儿幸灾乐祸。

随后孔万萍和小白脸发生了争执，里面传出了扭打的声音，一向自以为是的孔万萍可能从来没料到她根本就不是男人的对手。

当她的脖子被紧紧扼住时，她的眼睛和鼻子都泛起酸来，差点儿就失去了意识。

就在千钧一发的时候，只听一声沉闷的重响，小白脸松开了手，瘫死在了地上。

孔万萍模糊中看见救她的竟然是罗刚，她跌坐在地上，并没有任何感激之意，反而昂起头一边咳嗽一边骂道：“你这狗东西，咳咳，也不早点进来救我，你成心的是吧？”

可就在这时候，孔万萍愣住了，罗刚手中拿着门厅的摆件——铜制的烛台，她从罗刚的眼里看到了一种从未出现过的冰冷目光，感觉就像是在看死物一般，他面无表情的样子，似乎在酝酿着一种情绪。

“你、你要做什么……啊……”

还没来得及质问，她的头部就重重挨了一顿敲砸，昏死了过去。

“臭婊子！贱女人！”罗刚重复着嘴里的叫骂，也重复着高举烛台砸她脑袋的动作，直到鲜血满地的时候，他才勉强收手。

剩下的，就是处理掉他来过的痕迹。对这栋别墅，他是再熟悉不过了，而这小白脸，也是最好的替罪羊！

第二天下午，满脸不悦的罗刚独坐在自己房子的客厅里，望着挂在对面墙上孔万萍的画像，那是她花了高价聘请名家现场临摹的油画。

孔万萍在画上还是颇具姿色的，并不是画家刻意修饰或者点缀，实际上，她年轻的时候就是叱咤风云的漂亮女人，否则怎么能和冯国峰扯上关系。

罗刚喝了口清茶，抑制住自己的冲动，缓缓把杯子放在了桌子上。这时候，手机响了。

电话是刑警小绍打来的：“罗教授，十分抱歉，目前为止我们并没有发现什么新的线索。要追查凶手可能需要一点时间。”

罗刚抿了下嘴唇上的茶滴，先是沉默了半晌，再以一种遗憾的口吻应道：“我能体谅刑警同志的难处，你们有什么需要协助的，我随时都可以配合。”

“感谢你的理解。”对方挂掉了电话。

其实上午的时候罗刚就已经被请去了警局协助调查，但是反侦查能力极强的他，早就把现场处理得干干净净了，除了那个小白脸。

至于犯罪动机，精通心理学的他很容易就可以规避掉一切可疑的动作和表情，不让警方对他们的夫妻关系起疑。

罗刚的手机又响了起来，是赵志国的电话。

他瞅了瞅手机屏幕，心想如果连赵志国的招都能接住的话，那刑警应该就不会再找他的麻烦了，于是他接起了电话。

简单的寒暄之后，赵志国说的内容却和小绍截然不同。

“你下午有没有收到什么奇怪的快递？”赵志国问道，并不像是审问，但也不是聊天。

“刑警还有兴趣关心快递？我的快递不少，学生出于感恩所寄来的东西可谓络绎不绝啊，但这有什么关系吗？”罗刚为了避免显得过于得意，便端起茶杯呷了口茶。

“可以确定的是，凶手是你的一位熟人。”赵志国并没把具体分析告诉他。

“好吧，就算是熟人，那和快递又有什么联系？难道凶手还会寄一封忏悔书给我？”罗刚反问。

“我没空和你说笑。有证据指向凶手很可能会是和你同校的一名教职工。”

“好吧。但我并不相信我妻子会被什么教职工给杀害了，她的交际圈我应该都了解的。”

“或许是她让凶手进来的？可是后来又不知道为何被凶手砸死了。也可能是失手？”

听到这里，罗刚颇为得意，看来就连刑警队长也拿他没招了。

挂了电话之后，罗刚走到了油画像跟前，举起了茶杯，像举杯致意一般，而画像里的女人死板地微笑着。

孔万萍的尸体是第二天一早被发现的，那时候她并没有微笑。她躺在自己豪华别墅的卧室地板上，能看见她的头浸在血泊中，衣衫不整。

在罗刚离开之前，现场就是那个模样。

到现在为止，没人知道是他干的。作为一名德高望重的心理学专家、重点高校里的一名教授，他还得考虑以怎样的一副面孔应对周遭的眼光。

目前还没有人能直接怀疑他。本来他是想嫁祸给那个小白脸的，这一点却成了他唯一的败笔，他一想到这个就有点儿遗憾——当时还不如把小白脸也一同收拾了，再费点儿心思重新想一个布局也可以。

他没有料到在警察到之前，小白脸王涛恢复了知觉，提前逃跑了。

但是那家伙的智商不足以泯灭证据和移除线索，所以当下小白脸王涛就是最大的嫌疑人。

这时候门铃突然响了起来，按理说不该是刑警的询问了，遥远而陌生的门铃声吓得罗刚手上的茶杯颤了一下，茶水也洒了一些出来。

罗刚咒骂着走到了门前，开门时却大吃一惊，来人竟然是那个该死的小白脸王涛！

只见这个家伙一脸汗水，神色慌张，没有一丝血色，眼中布满了血丝，还闪烁着绝望的泪光。

罗刚暗暗惊喜：“你小子也有今天？”

“看到没有？”王涛哑着嗓子问道。

“看到什么？小王你别急，进来说。”罗刚觉得真是天时地利人和，一会儿只要他报警，之后再假装受伤，那么这个小白脸是肯定要被钉在罪名架上了。

王涛似乎轻松了一点点，他也不客气，径直走了进去，找了一张软沙发坐了下去，长长地舒了口气。

“小王，到底发生了什么？我能帮你的一定会帮的。”

王涛用手臂擦了一把额头的汗珠：“是我杀的她。”

“你？”

“告诉你，今天我寄了一份快递给你。我也觉得难以置信，为什么会发生这样的事情？也许是我欠的高利贷太多了，又或者是我昨天喝多了。总之，那都不是借口，我杀死了她。”王涛埋着头，双手深深地抠到凌乱的头发里。

罗刚猛然一怔，他没想到这个小白脸居然以为是自己杀的孔万萍。他理了理思路，应该是这家伙醒来的时候，发现自己手中还握着沾有血渍的凶器，身边是冰冷的孔万萍的尸体。如此想来，王涛的心理反应和现在的表现也就吻合了。

罗刚差点儿笑了出来，这件事情竟然比他想象得还顺利！

王涛呜咽着：“我也不记得那么清了，好像她说了什么让我很生气，所以我就……”

“那你给我寄快递又是怎么一回事？”罗刚有点儿不解了，如果这小白脸都认罪了，要么该自首，要么该逃亡，现在还坐在这里叙旧又是几个意思？

“我想自杀，可是我做不到。”王涛有点儿绝望地说道。

“这我可帮不了你。”罗刚摆出一副爱妻被杀后的憎恶面孔。

这时候王涛从衣兜里掏出了一把锋利的匕首，一脸疑惑地看着它。

罗刚隐隐感到了不安，他又一改面孔祥和地说道：“你的快递我并没有看到。”

王涛哀叹道：“我发誓我真的不想杀她，我就是想要点钱解决问题而已。但就在中午，我突然意识到我有家庭，有妻子和女儿，我得为她们考虑。所以罗教授，我想取回那个快递。因为那个快递里有我亲手写的认罪书，我竟然把昨晚的过程都写了下来邮寄给你，这简直是不可理喻！一定是哪里出了问题！”

罗刚此时真是哭笑不得，敢情快递里还真有凶手的“忏悔书”。“赵志国是怎么知道的呢？管不了那么多，把这个小白脸先解决掉。”罗刚暗想。

不过罗刚并不是那么在乎王涛手里的匕首，这软绵绵只会吃软饭的男人，不像是敢动真格去杀人的人，否则他现在也不会是这个状态了，这一点，罗刚以自己的心理学专业素养为自己担保。

况且对于罗刚来说，明摆着送上门的证据，他若是不留下，那岂不是显得他很愚蠢？于是他冲着王涛怒道：“你还想把快递拿回去，然后销毁？这样就能当作事情没发生了吗？”

王涛却突然冷笑道：“你一定会还给我的。但是，我还是必须杀死你。”

看到王涛的眼神变得凶狠起来，罗刚觉得还是得从长计议才行，不然专业素养也保不住他的命，他哭泣着解释道：“你不能杀我！听我说，她不是你杀的，我确定不是你！”

“什么？”王涛犹豫地盯着他。

“我是看见你们两个人在……偷情，所以我气不过就……”一时间罗刚找不到合适的说辞了。

“你胡说，明明就是她不愿意给我钱，还侮辱我的人格，所以我愤怒之下就失手杀了她！”

“问题是，你喝多了，根本没有杀人的能力。其实是我下的手，是我杀了她之后，重新布置的现场。”罗刚的目光停在那冰冷的匕首上，生怕这家伙有过激的行为。

王涛皱起了眉头，摇了摇头说道："我宁愿你说的是真的，但那不可能！我不相信！因为我醒来的时候，凶器就在我的手里！"

"听我说，其实……"

"罗刚，我知道你想干什么，我也知道你是怎么想的，但事情已经到了这个地步，我无法选择，我只能把知道真相的人都除掉，我才有机会保住自己。"王涛一个箭步蹿到了罗刚的面前，左手掐住他的脖子，右手将匕首捅进了他的心脏。

罗刚倒了下去……

王涛取回了自己的快递，用那沾血的匕首划开了小盒子之后，取出了那封所谓的"忏悔书"。

与此同时，有几只萤火虫从那个被割开的快递盒中飞了出去，随即消失了……

一场欲将罗教授的尸体和住处焚烧殆尽的火灾，还未来得及大面积肆虐撒野，就被消防官兵及时地控制住了，而纵火的王涛也被缉拿归案。

站在烧得焦黑的现场，赵志国眉头紧锁、双手叉腰，目光不断地扫视着被烧了一半的房间，他原本带队过来是决定先将罗刚缉拿审问的——关于之前两名女大学生的失踪案，刑警们在许若华的公寓里发现了失踪女大学生的照片，在许若华的电脑里还存有相关的数据表格，记录着她们的性格、喜好、出行时间、交往人群等信息。而且前两次女大学生失踪之后的三天内，许若华的银行账户上都出现了大额款项的汇入，汇款人就是罗刚。

不过这场蓄意谋杀，使罗刚也殒命了。而王涛被逮捕时，虽然极力地辩解，但由于心理素质很差，没多久就对自己的罪行供认不讳了。

种种线索再次断掉了，这场能找出明显证据而结案的谋杀案，背后却是疑点重重，如果就连凶手都不知道自己在做什么，那么也许只有潜意识才能作为突破口。

“赵队，现在都勘查取证完毕了。还有什么问题吗？”小绍对自己的本职工作还是挺满意的，难得有一次案件会那么简单——嫌疑人慌慌张张下楼的时候正好就被他们给拦住了。

“你们先收队，我等一下程浩然他们。”

“那赵队我们就先撤了？”小绍一边说着，一边环顾了一下这个没多少线索的房间，一场势头不算很大的火灾过后，四处都是黑漆漆的焦煳状和脏兮兮的粉尘。

“赵队，我们来了。”程浩然风尘仆仆地赶到了，他的身后是白可和秦子谦。

小绍一看到心理猎人小组，略带好奇地问道：“已经能结案了，你们不会还能发现什么新线索吧？”

“线索正在向我们招手。”程浩然朝着小绍笑道，还挥了挥手臂，一脸不正经。

赵志国不好直接批评他，只好刻意地发出两声“咳咳”。程浩然倒也不至于连这点眼力见儿都没有，识趣地收敛了。

“看来这火灾被控制得很及时啊。”程浩然朝着赵志国竖起大拇指，咧嘴笑道。

“你除了阿谀奉承还会什么？”秦子谦幽幽地在他身后说道。

“哎，我说你这家伙是一秒不抬杠就难受是吧？”程浩然转过身来，盯着这个情敌挑衅道。

“好了好了，你们两人打情骂俏能留到工作结束后再进行吗？赵队看起来心情可不是很好。”白可提醒了一下。

“如果你们在这样废墟般的环境中，还能找出连刑警都找不到的线索，那么心理猎人小组也就不枉我极力保荐了。你们可要知道，这个小组让我承受了不少上级的压力，不少部门投的都是反对票。”赵志国正话反说地提道，对于心理猎人小组的能力，他现在是再清楚不过了。

“又不发工资，也没什么特权，还总得冒着一定的生命危险，真要取消了我们也不见得会损失什么吧？”程浩然故意抱怨了一下。

“赵队，我虽然向来不支持程浩然，但在这个问题上，我的看法也是一样的。这个小组就算是解散了，对于我来说没任何损失。”秦子谦语气平和地回应着，要不是为了陪在白可身边，就算是富豪小组他也不感兴趣。

赵志国一贯的作风是严谨，从不开玩笑，没料到难得开一次玩笑，竟然被这两个年轻人给指责了，而且说得一点儿都没错——由于要和官方撇清关系，保持一定的隐秘性，心理猎人小组名义上是法医小组，而内部没有任何关于他们的资料，他们不过就是普通的群众身份而已。

白可轻叹了一口气，她真觉得有句话必须得修改一下，“三个女人一台戏”应该改成“三个男人一台戏”才对！这几个男人就不能消停一会儿，让她好好观察一下现场吗？

白可发言了：“你们两个要不做，就干脆别做了！唠唠叨叨的比女人还烦！”

程浩然连忙道歉，表示再也不会和怨妇一样唠叨抱怨；秦子谦看着白可，嘴角下拉地苦笑了一下，算是收回刚才自己说过的话。

“好了，你们两个也不用再找了，我基本看出来当时的情况了。他的妻子其实是他杀的。”白可的语气不像是猜测。

“赵队，你有这房子的还原图吗？”

赵志国手上几张简单的资料中，果然有一张还原图。

“这是怎么弄到的？”程浩然诧异地问道。

“房地产商有结构图，而且受害者的朋友圈里也有一些居家的照片，具体的就不多说了，经过处理之后，虽不能说是百分之百地还原，但原貌基本还是能呈现出来。”赵志国解释道。

“你们看，客厅的桌子烧坏了，这里还有打破的茶具。但是茶具的位置有所偏离，这不像是在灭火过程中被移动的。”白可指了指。

“也就是说，罗刚极有可能还在这里向她致敬。”白可走到了烧得面目全非的相框前，那幅有着孔万萍的油画已经化作了灰烬，只剩下了边框。

“后来凶手来了，但并不是一见面就行凶。而且罗刚原本并不觉得凶手会行凶，他对这个凶手也绝对没有任何好感。”白可继续说道。

“看这些没烧毁的茶具就可以知道，如果是客人来访，正在喝茶的罗刚从礼节上来说，怎么也该给对方喝上一杯茶。但是你们看，只有一个杯子是离开了茶具的。”

“那会不会是罗刚从头到尾都没动过茶杯，而是凶手使用的？这样的话前面你说的致敬可就行不通了哦。”程浩然反问道。

“不会。从意向上来说，一名带有杀意的凶徒，通常对于圆形、圆状物品不感兴趣，攻击性极强的凶手会更倾向于锋利状体的物品。”白可回应着，又看了看四周。

“也就是说就算是罗刚给凶手喝茶，凶手也不会接过茶杯。所以使用茶杯的人，只能是罗刚。”秦子谦补充了一下。

程浩然皱着眉头摸了摸下巴，似乎一时半会儿也找不到什么合适的辩驳词，而且从精神分析来说，这也确实更吻合凶手和罗刚之间的关系。

“但是凶手在杀人之后便犹豫了，煤气爆炸他无法控制，可能会伤害到自己；分尸搬运对于他来说估计也是难以施行的，时间也不够。他的初衷估计只是想让罗刚永远地闭嘴而已，可是行动之后却发现自己是毫无计划的。”白可娓娓道来，好像审问王涛的警官就是她一样。

赵志国顿了顿，白可的分析和他对嫌疑人的理解，九成是能吻合的。

“你是怎么看出来的？”赵志国忍不住问了一下。

“你们看尸体的位置就知道了。”白可指着被画出来的尸体曾经被烧的位置——那是在两个房间之间的廊道内。

“如果是纯粹极端的行凶，凶手会很干净利落地选择一个地方分尸或者焚毁。然而凶手却犹豫了，甚至可以说是不知所措。他将尸体挪到那里，最终还是决定用一把火来消灭证据。”秦子谦又接过了白可的话。

“喏，你们看。在屋子里，这个位置最为狭窄，同样在心理上也会给人一种最为安全的感觉，犹如胎儿在母体里一般，这是潜在的认知，也是影响每一个人行为的重要因素之一。”白可继续分析着。

“凶手确实是一个心理素质很普通的人。”程浩然耸了耸肩，他明白赵志国的疑惑在哪里了——心理素质并不好的凶手，被断定连续杀了两个人，还是夫妻，这通常和情杀脱不了关系，但也没那么简单。因为罗刚居然还向死去的妻子“致敬”，其中定有隐情。

当下的情况，嫌疑人开口只不过是时间的问题而已，很容易就水落石出。

“钛合金特拉斯卡的内容破译了吧？”赵志国话锋一转。

“当然，那个怪老头可不是一般人。”程浩然笑着应道。

第十二章 | 罪恶长廊

“那张卡片里记载了隐形的生物方程式，而且从演算过程来看，确实可以办到……”程浩然神色凝重地说道。

“冯国峰果然和那批失踪的科学家有关联，他们如果还在境内的话，哪里会更适合隐藏？”赵志国沉思着。

“那个生物方程式，是以一种海洋生物的基因为基础的。”

“什么生物？”

“章鱼。”

“章鱼皮肤表面有普通的单色素细胞，在单色素细胞下面还有一种彩虹色素细胞。这种细胞的变色机制与单色素细胞是不同的，可以变化出更多类似金属的颜色。”程浩然解释道。

“变色机制在生物圈里案例也不少，就算提取甚至强化了基因，顶多也就是造成视觉差异而已，不算真的隐形。”秦子谦说道。

“头足类软体动物的变色主要分为三种：单色伪装变色、杂色伪装变色和间断伪装变色。单色就是一般的同一种颜色，主要为了适应平滑的背景，如海底的沙子；杂色是为了适应比较复杂的环境，如石块；而间断变色主要是为了破除整体感，让自己的整个身体看起来不像自己。”程浩然接着说道。

“彩虹色素细胞与其他单色素细胞非常不一样。单色素细胞在表层，彩虹色素细胞在深层；单色素细胞依靠特定波长光线的吸收和反射产生颜色，彩虹色素细胞是由于对光线反射产生干扰导致光线相互作用而产生类似金属的绚丽色彩。彩虹色素细胞变色也需要更多时间，多达 15 秒，而单色素细胞几乎瞬间就可以变色。可见，彩虹色素细胞可能更受中枢神经控制，电信号也会改变彩虹色素细胞的色彩，而且它是多个堆叠在一起的，不像单色素细胞是单层。秦大催眠师，你对催眠应该是非常了解的，知道利害关系了吗？”程浩然发出挑衅的信号。

秦子谦一怔，当他听见“彩虹色素细胞可能更受中枢神经控制”时，就恍然大悟了——这些科学家并不仅仅是想以伪装来表现隐形，而是想让生物主动通过自己的意识，随意改变细胞的色素颗粒扩散度，那就的的确确和隐形没差别了。

“改变颜色的根源是乙酰胆碱的释放。释放乙酰胆碱导致合成了一些彩虹色素细胞上的蛋白质，这些蛋白质影响了细胞膜内的渗透压，进而导致其含水量改变。最终使细胞膜的厚度改变，色素对光线的反射就改变了。而且这些蛋白质还可以形成阵列，从而改变光的反射。乙酰胆碱是一种神经递质，临床不作为药用，一般只做实验用药。人的脑组织有大量乙酰胆碱，但乙酰胆碱的含量会随着年龄的增加而下降。”

秦子谦不免倒吸了一口冷气，这样说来，人类其实同样可以驾驭变色从而隐形。

“可是就算那批科学家有这个科研能力和设备，那也需要研究的场地和被用来实验的人员。成功率也应该是极低的，而且被实验的人随时都可能会有生命危险。”白可加入了话题。

“一旦出现第一例隐形人，那么对于整个社会来说，影响就太大了，尤其是这样的技术还在冯国峰的手里，后果不堪设想！”赵志国忧心忡忡地说。

“场地要足够隐秘、庞大，还要有章鱼这样的海洋生物给他们进行研究。而且还是冯国峰能掌控的，这个地点应该不难推测出来。”程浩然停顿了片刻。

“你说的是冯氏集团在运河和大海交界处的那个建设项目？”白可问道，那里据说是要建立一个地标性的国际海洋公园的，她对那里还是相当感兴趣的。

“赵队，要不然你调动一下人手，给冯国峰来个突袭？相信这种地毯式的搜查，或多或少都能找出些什么。”程浩然明知故问地说道，其实他很清楚结果。

“如果事事靠大规模搜查就能解决，那刑警也都可以提前退休了。况且申请大规模搜查也并不是那么容易的事情，一旦搜不出什么，后续工作的展开也会受到影响。”赵志国摇了摇头。

“简单地说就是大招不能随便用掉呗。”程浩然摸了摸下巴，一脸认真地说着。

白可无奈地捂着额头，都什么时候了这家伙还有闲情逸致开玩笑！

“既然我们有可能要面对隐形人，那充足的准备也是必需的。”秦子谦若有所思地说着。

“七日祭的凶手一直都在向我们暗示着、引导着，以至于我们现在终于发现了冯国峰的破绽。”白可能感受到那个七日祭凶手内心的纠结，以及亦黑亦白的复杂立场，但是不管怎么说，那个家伙同样也是一个不折不扣的罪犯！

“秦大催眠师，你需要准备什么？我这边需要再找个人帮忙才行。”程浩然说道。

“七日祭的凶手同样擅长催眠的话，我们对此绝对不能掉以轻心，给我六个小时就好。”秦子谦说完转身就离开了。

“你需要谁的帮忙？”赵志国很清楚心理猎人小组就只有三人，难不成程浩然还要其他刑警的支援？

其实赵志国之所以力保心理猎人小组，也是事出有因的，他一直在暗中调查刑警队里的内鬼是谁，可是一直以来都无果。所以要与冯国峰斗，就必须兵行险着，这样才能出其不意地制胜。

“我需要你帮我找一名外号叫‘十一’的女孩，你帮忙一下的话，可以为我们节省不少时间，毕竟冯国峰知道钛合金特拉斯卡片被我们拿到了的话，他的研究阵地肯定会转移！”

“十一？”赵志国脸上浮现出疑惑，但也没立刻表态。

“他们应该不会大张旗鼓地转移，否则会引起怀疑。但我们的时间确实有限。”白可赞同道。

赵志国即便是心里认可了，也不会在嘴上第一时间就应承下来，他板着脸说道：“我考虑考虑……”

她是一名充满正义感的女孩，一心想做点什么，可是她父亲对她的能力总是不认可，于是她便和多家高档购物中心签订“偷窃”协议——她在有保安和监控的情况下窃取她想要的东西，与此同时她的偷窃过程也形成了一组又一组有效的安保参考数据。经过了十一次的成功“偷窃”之后，她已然小有名气，不少购物中心都跃跃欲试，想测试一下自家的安保措施是否形同虚设。

在一家奢侈品购物中心二层的跨楼天桥上，一名二十出头的女生来回地在那里徘徊着。

“十一，你已经到了？没想到上次还蛮顺利的。”一名男生悄然从她身后出现了。

她听到了熟悉的声音，转身抱怨道：“芥末同学，还不是因为上次你配合得那么逊，差点害得我被抓了！”

“好好好，一切都是我的错。今天保证不会再捅娄子了！”被称为芥末的男生连忙道歉，还忍不住多看了十一好几眼。

她的五官好似完美的雕塑，一双柳眉斜飞入鬓，两个漆黑灵动的眼珠子在大大的眼睛里咕噜噜转动，俏挺的鼻子，薄薄的红唇，脸蛋如象牙般洁白，身上仿佛镀了一层流光，随意往那儿一站，都散发着夺目的风采。

凛冽的冬日倒也颇具活力，因为这两名“惯犯”又要开始行窃了。

十一这个女孩也算是个名人了，她的身份就和谜一样，也就只有她这个不靠谱的同伙清楚。

对于知道这个称呼的人来说，“十一”就是那名连续偷窃了昂贵物品十一次，竟然还能安然无恙的女孩，这事情在某个圈子里可谓是“传遍了大街小巷”。

再简单点说，十一在许多人眼里就是一名女贼，经常在高档购物中心里顺手牵羊，而店员又没有她机灵，所以她通常都能得逞。

“一会儿别再犯错了哦，否则……”十一朝着芥末冷哼了一下。

“知道了知道了，我的姑奶奶。”芥末点着头，还拍了拍胸脯，一副“信我绝对没问题”的表情。

都说眼睛是心灵的窗户，而十一的眼睛清澈、纯真。她的双手十分敏捷，一只不大却很高档的皮包常挂在左肩上。

她一旦出手，看起来就像是在变戏法似的：右手会故意挑这挑那地选东西，左手闪电般地行窃。任何小巧的贵重商品只要被她看中，她就会用小指头把高档皮包打开，那件商品便随着她弯着的手落入了包里，她再用手很自然地一压，关上皮包，丝毫不会引起任何人的注意和怀疑。

为了增加得手的成功率，这些技巧她可是练习了很久，现在已经做得几乎完美，她左肩上的皮包可以很轻松地上下滑动，仿佛有了生命能听从指挥一般。

她很顺利地得手后，正准备昂首阔步地离开购物中心时，突然被人拍了一下，她不满地转身问道：“什么事?”

这是一名身材健美、还算英俊的保安，可他怪里怪气却还算礼貌地说：“对不起，您的包需要检查一下，请您配合。”

十一诧异又愤怒地反问道：“我的包？凭什么让你检查?”

“对不起，我怀疑您偷窃。”

“偷窃？我用得着偷窃？”她睁大了眼睛，显得特别无辜又无奈，“你竟然怀疑我是小偷？”

“对不起，这是我的职责。”保安嘴角挂着诡笑。

“职责？”她更加愤怒了，“哼，好过分的保安！”

“你很会躲避监控。”保安的语气不知道是讽刺还是赞美。

“你！你叫什么，我要找你们队长投诉你！”

“我姓程。”保安并不在乎地晃了晃名牌。

十一定睛一看，心想：“好啊，你这家伙叫程浩然是吧，不得罪我还没什么，要是再咄咄逼人，你的饭碗可就不保了！”

就在两人陷入僵局时，旁边已经开始有人围观，并用手机拍摄了，突然一个人冲了过来，她还没来得及反应，包就被拽走了！

“来人啊，快抓贼啊！”十一大声喊了起来。

偷窃的“证据”跟着那个瘦高的人影一并消失了，周遭围观的路人都还没反应过来发生了什么事，好戏就结束了，于是作鸟兽散了。

“见鬼！”程浩然捶胸顿足，一副很失落的样子。

“你怎么不去追？”十一质问道，“我的包被抢了你居然无动于衷，这是不作为！”

“你希望我有所作为？”程浩然不冷不热地问了句。

“当然！”她明亮的眼睛弯成了月牙状，嘴唇微微上挑，这很显然就是在讽刺和嘲笑。

程浩然很清楚她的意思，他低头沉思了片刻，说道：“实在抱歉，打扰您了，希望您的包能找回来。”

十一回到了和芥末约定好的汇合点，这个家伙已经在那里跷着二郎腿等着邀功了。

“在学校的时候你要是参加运动会，以你的速度肯定能得冠军，那个保安还没弄清楚怎么回事，你就已经没影了，这次你时间把握得勉强算合格了。”十一微笑着说道，但是脑海里依旧浮现出程浩然那诡异的笑意，这不应该是一名普通保安该有的神情。

“不过你以后还是要自己小心点儿，今天我这样救你也是靠运气。差点就被巡逻警察看到了，幸好我躲得及时。”

“好啦好啦，那我们就放松一会儿。走吧，我带你去吃顿好的。”

几个小时后，在另一家奢侈品购物中心，她把下一个目标定在了这儿。

她就像是精灵一般在里面戏耍着，找准了时机就故技重施。随着她的出现，不少柜台上的名表、火机，甚至是相机都悄无声息地没了踪影。

一切都很顺利，她的信心也逐渐复原，只不过几个小时前那个叫程浩然的保安莫名其妙地令人难以忘记。

可就在她准备离开的时候，她的肩膀又一次被拍了一下，这点到为止的力度她一点儿也不陌生，几个小时前她才这样被拍过。

她镇静地转过了身子：“什么事？”

话音未落，她看清了眼前的人，她瞠目结舌地盯着这个保安，简直就是见鬼了，居然又是程浩然，这显然不是凑巧碰上！

十一已经不能再淡定了，她四下张望了一下，朝着芥末做了个救援的眼神。

她的包又被芥末夺走了，但这一次，她的手腕被程浩然抓住。程浩然侧过了身子，先一步在芥末逃跑的方向伸出了脚去绊倒他，芥末整个人飞了出去，脸撞到了地面上，几乎立刻就失去了意识。

“你怎么会在这里？”十一像霜打的茄子一般沮丧地问道，她行窃技术高超，可是逃离术一旦被揭穿就会显得很苍白无力，瞬间就陷入了被动的局面。

“你用行窃来体验生活，我用抓窃来体验生活，也许我们还是同类人？”程浩然坏笑着说道。

“你为什么非要和我过不去？如果你不再纠缠我的话，我可以考虑给你很大的好处，比如让你加入我们?”

“你们这点儿小把戏少了点儿趣味和惊险，如果我能给你提供一个更有意思的冒险游戏，也不知道你敢不敢参加。”程浩然耸了耸肩挑衅地说道，这口气仿佛是嘲笑十一肯定不行。

十一稍微迟疑了一下。

“这游戏会有危险吗？能保证我的安全吗?”十一认真地问道，程浩然的话似乎引起了她的兴致。

“有危险，而且不能保证你的安全。你这么有技巧又自信，是个不错的人选，就是不知道胆识如何。”

“我参加!”

柠檬色的月亮低低悬在海面，波平浪缓的海面泛着一层银辉，在夜色中显得遥远、幽静、漫无边际，像是一片结了冰的湖水。

秦子谦的越野车悄悄地停在了目的地附近，两个男人坐在前排，两个女人坐在后排。

在程浩然简单地介绍之后，秦子谦还是很不客气地发难了。

“这女孩是谁?”他一向习惯独来独往，现在又莫名地多了个局外人，这使他的口气显得尤为生硬。

“叫我十一就好。”这个女孩似乎并不在意秦子谦的态度，反而很开朗地笑着。

白可并不表态，她不明白程浩然在这样重要的时刻，突然拉一名陌生的局外人是作何打算。

“相信我，十一肯定能帮上忙。”程浩然自信地说道。

秦子谦用质疑的眼神盯着程浩然，冷冷地说道：“你能不能帮得上忙都是个问题。”

谁知道话音未落，十一就扑哧地笑了出来，“原来你们是这样相处的呀？真有意思。”

白可对这漂亮的女孩并不反感，只不过一会儿的行动尤为危险，而且局外人是否信得过，这之间确实存有诸多问题。

“让她离开，否则我就不参加了。带一个拖油瓶是要误事的！要是给可可带来危险，哼……”秦子谦冰冷但很明确地表态。

“秦哥哥的脾气真大，听说你是鼎鼎大名的催眠师，怎么会那么不冷静？”十一眨巴着眼睛，无助地朝着白可看过去，她很清楚这车上谁最有话语权。

“就让她参与吧，至少我相信浩然的眼光。”白可朝着十一礼貌地微笑了一下。

“就是就是，让我参与吧。”十一赶紧趁热打铁地说道，相当机灵。

“既然如此，还是让我亲自送你走吧。”秦子谦说罢，变戏法似的取出了打火机。

就在火机盖子打开之前，一双白嫩的手已经捧住了他的手掌，一阵淡淡的香气扑鼻而来，并不浓烈，甚至还有点儿香甜。

他将十一的这个行为视为挑衅动作了，于是火机在他手指之间翻转了起来，手腕再一借力，弹开了十一的一只手。

“哇，秦哥哥还会变魔术呢？”十一鼓掌说道，她被弹开的手上，已经抓着秦子谦的火机了。

秦子谦心里一怔，他指间仿佛还能感觉到火机的存在，可事实却是被这小姑娘给夺走了？

“这女孩不简单……”他心里暗暗嘀咕着，目光凌厉地盯着十一。

白可也感到吃惊。秦子谦的确还有一个副业，那就是魔术师，只不过他的表演不是一般人看得了的，因为他只在做催眠的时候才会展示，但他曾为她展示过。

魔术师的手速和技巧绝对是远超于常人的，而现在这个叫十一的女孩，竟然能在秦子谦没觉察到的情况下，就夺走了要用来催眠她的火机！

秦子谦明白了点什么，原本极为强硬的态度也稍微缓和了一点儿，他板着脸伸出了手掌，意思是让十一把火机还给他。

“秦哥哥不会赶我走了吧？”十一还俏皮地吐了一下舌头，将火机轻轻地放回到秦子谦的手上。

秦子谦确实想在白可跟前挽回一下面子，但如果他过于较真，那就真的输了，所以他只好摆出一副若无其事的样子交代道：“别坏事就好。”

十一赶紧敬礼，虽然这个动作严重不标准，还带着几分淘气。

秦子谦从行李包中取出了一个装满了冰块的铁盒，打开之后小心翼翼地从里面取出了一管绿色的针剂。

“这是什么？”程浩然问道。

“你要知道我们的对手很复杂，如果七日祭的催眠师也在的话，那么抵御催眠术就至关重要。”

“就靠这东西？有什么用？”程浩然拿过了这管绿色针剂，摆在眼前仔细地端详着，除了呈现淡绿色以外，并没有什么特别的地方。

“这是专门从豆科属植物苦参中分离出来的生物碱——氧化苦参碱。氧化苦参碱是一种较强的免疫抑制剂，可以抑制多种炎性因子的释放，有明确的抗炎作用，同时对血管内皮细胞增殖具有抑制作用。”

“你们聊得好深奥，请问能说人话吗？”十一嘟起了嘴，有点儿不满地提议道。

“他的意思其实就是，在催眠的状态下，根据不同人的身体素质，细胞是可以加速增生的。其实这就是生物电流的作用。”白可耐心地回应。

“噢……”十一挤出了一个似懂非懂的表情。

“如果我们的对手在催眠的状态下被强化了，那么这个抑制细胞增生的针剂，你觉得会起到什么作用？”秦子谦故意朝着程浩然问道。

“不过敌手如果足够强的话，仅仅是抑制细胞的增生还不够吧？”

程浩然转了一圈手中的针剂。

“确实仅仅只是抑制还不够。所以我还加入了木本曼陀罗，也就是为什么这针剂会成为绿色的原因——其叶、花和种子含有生物碱，有毒，原本可供药用，但也有镇痉、镇痛及抑制分泌的作用。”

“如此一来，不但能完全抑制催眠的增强，还等于强行注入了镇静剂。”程浩然朝着秦子谦竖起了大拇指称赞道。

“就算他们以任何方式去强化生物体的机能，从而激发出潜力，也一样能被克制住。唯独……”秦子谦略带踌躇地说道。

车内一片安静。

“GFP（荧光蛋白质）也许能让隐形人现身。”白可这才意识到秦子谦可能早就研究出反隐形的药剂了，只不过受到的制约条件很多。

只见秦子谦得意地一笑：“这里是另一管试剂，就是GFP。只要能注射到隐形人的身上，不需要紫外线光源，只要见光，隐形人就得现形。”

“可是既然敌人都隐形了，我们还怎么注射？”程浩然晃了晃针剂，忍不住吐槽道。

秦子谦耸了耸肩：“几个小时内就把这些制作出来，已经是极限了，至于怎么应对，只能自求多福了。”

“不过这些针剂数量有限，本来只有三管的，你现在硬要多让一个人参与。”秦子谦语气虽然平缓，但还是有责备的意思。

十一沉默了，她意识到了这场“游戏”的危险，可她又不想退出。

“那就这样安排，把我这一份给她。”程浩然犹豫了片刻才说出来，因为他并不把这个当儿戏，况且这次行动确实很需要十一的参与，他可是花了大工夫去攻心才让这女孩加入的。

十一没什么反应，但内心却起了涟漪；白可不作声，一切以大局为重。

“就凭你？”秦子谦轻摇了一下头，“她的那一份，还是用我的吧。”

“好歹我对催眠的理解比你们要多，对于催眠的心理防御机制，也比你们要强得多。从队伍配置的角度上来说，不想团灭的话，就还是按照我说的做。”秦子谦边说边将针剂发给了其他三人。

当针剂递到了十一手中，两人的目光对上时，十一微微皱眉问道：“秦哥哥我们是不是在哪里见过？”

“不，我们没见过。”十一抿了抿嘴便不说什么了。

“那接下来我就说说我们的安排。赵队会为我们创造一次潜入的机会，剩下的就交给我们了，时间为六个小时。只要有一个人来不及撤退，他们就会出动营救。但那样的话，也许就很难再有第二次机会了。”程浩然严肃地提醒着，将沿海地下隧道的地图拿了出来。

四人在一条幽暗深邃的海底隧道中小心翼翼地前行了半个多小时，一路上都散落着不少小型的化学实验器材，可以看得出其转移的过程是多么匆忙。

这条海底隧道犹如幽暗的岩洞，阴森而又神秘，四周透着灰暗的幽光。上方有几处裂口，缓缓地渗着水，透下星星点点的水滴，恰似帐篷的天窗一样。

四周的墙壁似有浮雕图案，若是仔细看去，上面全都是奇奇怪怪的图形，有人有物，情态各异。洞顶悬挂着吊灯，海水顺着那些不算大的碎裂口一滴一滴地慢慢往下坠，叮咚之声，犹如玉落银盘，更显得幽静深远。

“我们是不是走错路了？”十一质疑道，沿着隧道过来的一路上，至少遇到了五次分岔路口，一旦走错的话，搞不好就迷失在这偌大的海底迷宫隧道中了。

“放心吧，我们排列大师的分析绝对没问题。”程浩然朝着白可咧嘴笑着，继续往前走。

前行了三百米左右，在拐弯的时候，他们的面前赫然跃出了一堵厚厚的石墙，看来是死路。

“好专业的分析，白走一趟。”十一有点懊恼地说道，看了看白可。

“别急，这里未必是死路。”白可环顾四周之后，在一旁的石墙上揭开了一面蜘蛛网。

“难道你不怕蜘蛛吗？”十一皱着眉头，同样是女生，她没想到白可居然会一点都不惧怕蜘蛛网什么的。

“怕。”白可简单回应道，“不过前提得真的是蜘蛛网才行。”

十一微微侧过了脸，用质疑的目光审视着白可面前的蜘蛛网。

“你们看。”白可掂了掂蜘蛛网，上面的许多根蛛丝亮亮的、细细的，倒有点儿像银，也有点儿像玻璃制的细丝，委实不算讨厌。

十一略带嫌弃地伸出手指触碰了一下那看似真实的蜘蛛网，结果却发现那质感很硬实，原来只是摆设而已！她这才舒展开了眉头，笑着说道：“这是假的呀！”

白可微笑了一下，瞟了眼还挂在石墙上那一动不动的蜘蛛。

一只大蜘蛛慢悠悠地从上方降下来，然后在半空中停住，罗织它的网。这是一只花斑蜘蛛，它有着小脑袋、大肚子，还长着难看的八条腿，真是其貌不扬。

十一其实非常恐惧这类型的生物，但如果明知道是假的还表现出恐惧感的话，那就有点儿丢人了，于是她左手叉腰，右手径直地伸出去，一把就捏住了那只还在动的巴掌大的花斑蜘蛛。

白可瞪大了眼睛。

“十一，你……”程浩然这时候都开不出玩笑来了，秦子谦在一旁也不作声地看着。

这个年轻的女孩难得见到旁人投来惊异的目光，于是她还得意地抬起了叉腰的左手，用手指戳了戳那不停乱动的花斑蜘蛛，觉得这假货还弄得挺真的。

“它是真的。”秦子谦环抱着双臂，冷冷地提醒了一下。

十一怔了一下，她觉得这个扑克脸男人肯定是在故意戏弄她，想令她出丑，于是她勉强地装出一副无所谓的表情，但额头上已经冒出了冷汗——因为她能清晰地感觉到手中花斑蜘蛛的恶心茸毛。

她瞄了眼手中的花斑蜘蛛，嗓子感觉干燥得发不出声音，仿佛舌根和喉管都黏在了一处——这活生生的蜘蛛俨然就是如假包换！

十一全身一阵酥麻，鸡皮疙瘩都泛了起来，她右手触电般地狂抖了一下，把花斑蜘蛛给甩了出去，她正要张口尖叫，就被秦子谦从身后一把捂住了嘴巴，无法发出声音。

秦子谦的后背贴在了石墙上，他"嘘"了一声。

海底隧道里又传来了匆忙繁乱的脚步声，还有推车的声响，听起来有不少人。

当这群人离去之后，他们四人才松了口气。

"这张银制蜘蛛网应该是启动钥匙。"程浩然从白可手中拿过了蜘蛛网，好奇地打量着，又在周围的石墙上敲敲打打，想听一听哪里是空心的，说不定那个传出清脆声响的位置会藏有一扇暗门。

果不其然，有一处的声响完全不同，而且这个位置恰好可以摆放一张蜘蛛网，大小和那银制蜘蛛网一模一样。

于是他将其放了进去，可是他发现这道别致的"锁"，堪比保险箱上的锁。

"十一，这个你应该很擅长了吧？"程浩然招了招手。

十一深呼吸了一下，来到了这个特殊机关锁的跟前，她半弯着腰，眯起了一边眼睛，仔细地听着每次旋转蜘蛛网时所发出的齿轮声。

大约用了不到十秒，只听"咔嚓"的一声，镶嵌着蜘蛛网的这面石墙像幕布一般往上拉了起来，出现了一道宽有一米、高有两米左右的拱形钢制门，而这门上有着电子门禁系统。

十一取下了她的发卡，简单地折弄了几下，不到十秒，就令门禁灯变成了绿灯。她小心翼翼地将门把手往下一按，缓缓地推开了这扇门。

四人潜入了这间四十平方米左右的房间，这里面有一个占据了大半个房间、齐腰高的水池，里面似乎装着什么。

由于光线昏暗，他们只好蹑手蹑脚地朝着池子移过去，那池子的外围有着许多触须状的巨大触手散落着。

“这居然是一只巨型章鱼？”白可难以置信地惊呼道。

“它好像已经死了。”秦子谦看着浸泡在池子里的巨型章鱼，这个大家伙目测周长至少有 9.1 米，从体形预估，体重约有 272 公斤——这是他根据水池中水的容积粗略计算出来的。

房间内还隐隐地散发着一些其他的怪味。

“搜一搜看看还能找到什么线索。”程浩然示意了一下。

十一定定地站在水池跟前，目瞪口呆地注视着那只巨型章鱼，她可是最爱吃章鱼串烧的，可是现在她只觉得恶心，还有些许的恐怖。

面对仪器倒地、试管散落一地的狼藉场景，白可微微皱起了眉头，目光重新移回到了水池中的巨型章鱼尸体身上。

“怎么了？”程浩然并没找到什么有价值的线索。

“这个房间中应该还有密室。”白可思忖了几秒之后回应道。

“我们一路过来的时候，那些乱糟糟的东西都是无意落下的，而且没人有时间去收拾。”白可沿着水池缓缓地绕行着。

“对。”

“可是这个房间里散落的零碎物品，却是经过精心设计而摆放的。”

十一感到不寒而栗，她隐隐感到暗处有人给他们设下了埋伏。

“这些科学家或多或少都会有一个共同点，就是对学术的研究通常是很严谨的。当这个成了习惯的话……”白可又看了看地面上的零碎物品，“你们看这些地上的物品，其间距并不是无意形成的。”

秦子谦和程浩然观察了一番之后，发现的确如此。

“但这也不是科学家所摆放的，因为它们之间的距离都恰到好处。”白可强调着，走到了一个不起眼的墙角处，敲了敲墙壁。

“还真是这样！每个物品之间都保持着‘社交距离’，既不是‘亲密距离’，也不是极远的‘安全距离’，看来真的被精心设计过。”程浩然摸了摸下巴，若有所思地琢磨着。

“也就是说，有人早就知道我们会来，而且一定会出现在这里。”秦子谦的话外之音就是他们现在处境可能会很危险。

“如果只是为了危及我们的人身安全，布局者不需要弄得那么复杂。况且这样的手段看起来，很可能就是七日祭那家伙干的。”程浩然有点儿不安，他感觉这一路走过来的长廊隧道中，遍布着看不见的罪恶和阴谋。

就在白可找到另一间密室的小门时，那扇门居然自己“吱呀”的一声打开了，可呈现在眼前的并不是一间密室，倒更像是一个竖立的棺材。

里面有一个直立的被黑塑料袋裹住的东西，从形状看来像是包了个人在里面。

白可感到脊梁骨一阵发凉，想查探一下却又鼓不起勇气，因为眼前这黑塑料袋中很显然装的就是人……

程浩然径直走了过来，他让白可后退几步，自己猛地一拽那个黑塑料袋，它“咚”的一声就倒在了地上，发出了沉闷的声响。

秦子谦也来到了旁边，精致的火机已然在手，只要是有意识的人类，他有把握在 5 秒之内就可以将其催眠。而十一默不作声地在一旁看着，她的心情很是复杂。

当程浩然将黑塑料袋拉开的时候，他们都震惊了……

里面的的确确是装了一个人，准确地说，是一具尸体。更让人惊异的是，这个人竟然是冯国峰的儿子——冯波！

程浩然蹲了下去，“他的眼角膜局部浑浊，但是瞳孔仍可辨认。也就是说死亡时间在 6 到 12 个小时。”

“看他嘴唇已经是明显的干、硬，还是暗褐色，这个也可以看出死亡至少 6 到 12 个小时。”程浩然接着说道，他轻轻地触动了一下冯波的尸体，全身都十分僵硬，紧紧地绷在那儿。

“一般情况下，人死后的 1 至 3 小时便会开始产生尸体僵硬，顺序是从头到脚。”程浩然说到这儿的时候，紧紧地皱起了眉头。

“而他的尸体已经是全身僵硬了，也就是说，死亡时间已经超过了 8 个小时。”程浩然声音中略带着颤抖，“根据尸体上尸斑的分布、颜色、浓淡程度，也都看得出……他的死亡时间已经超过了 8 个小时，他遇害已经有些时间了。凶手超前的预知能力，对我们来说威胁不小。”

程浩然低声说着，自己都觉得难以置信。

这时候他们进来的那扇门“砰”的一声关上了，一个人影出现在那里，并且还缓缓地鼓着掌。

秦子谦正准备抬手，却感觉手腕被一股莫名的力量给锁住了，火机被打落到了地上，脸上也重重地挨了一拳，他一个趔趄后退了几步，却看不见任何人。

“不要反抗了。很感谢你们的到来。”这是一个很熟悉的声音。

他们循着声音朝着那个人影望去，结果却令人瞠目结舌——这人竟然是刑警小绍！

“赵志国和冯国峰最终都只能被我玩弄于股掌之间。而你们不过就是棋子而已，所谓的心理猎人小组。”

程浩然看着这个说话阴阳怪气的家伙，他完全就是另一个人了，已不是曾经认识的小绍。不过最让他担心的，是他能感觉到那个隐形人就在旁边，可是对方也就是警告性地教训了一下秦子谦而已，并没立刻下毒手。

“我觉得在你们临死之前，我还是简单自我介绍一下。我叫绍钧，非我本愿地成了冯国峰的私生子，当然，这并不影响我对他、对罪恶的审判。”绍钧的笑容显得有些扭曲。

“杀了我们对你有什么好处？”白可镇定地问道，她已经不是当年那个遇到危险就想退缩的女孩了。

“好处？”绍钧冷笑了一下，“真是够平庸的，一定要有好处的事情才显得有意义？好吧，那就按照你们的理解，我说说好处。冯国峰在痛失独子之后，一定会千方百计地查出凶手然后报复，那么凶手如果是警方的人，那得多有趣。”

“他总不至于敢公然和警察作对吧？”程浩然戏谑地说道，想吸引绍钧的注意力。

“那倒不会，但是他会更需要有实力的帮手，我会在适当的时机为他出谋划策，引那老狐狸进我的圈套，而冯氏集团最终也会落到我的手里，当我具备了那样的财力，‘清洗’人类那肮脏的思维就指日可待了。”绍钧笑得十分狰狞。

“我们知道了那么多，万一活着出去了，你的计划可就泡汤了。”程浩然挑衅地说道。

“没有万一，你们今天肯定会死在这里。这个房间里已经装载好了毒气装置，只要我按下这个。”绍钧的口气不像是在对人说话，更像是对着无生命的棋子自言自语。

可是绍钧话还没说完，他的脸色一下就变得很难看了，毒气遥控器不见了！

“小绍，我早就感觉你不是个好人，哼。”

绍钧的身后传来一个女孩的声音，是十一！

“你不是出国了吗？赵诗茵……”绍钧声音中略带惊讶，他曾经追求过赵志国的女儿，但是这女孩没接受他，而且后来据说是出国之后就杳无音讯了。

“赵诗茵”这几个字再结合绍钧的表情，白可和秦子谦才意识到程浩然为什么非要带上这个女孩——她果然不是一般人！

而此时毒气遥控器神不知、鬼不觉地被十一给偷走了，至少目前的情况不会显得过于被动。

程浩然朝着绍钧冲了过去，就在他迈出第一步时，他感觉到肩膀被人给拉住了，不过这也是意料之中的事，于是他左手猛然抓住了隐形人的手，转身顺势一个肘击，隐形人被打飞了出去。

由于需要意识控制才能够隐形，在隐形人被击中之后，疼痛感使他现出形来，这人居然是冯波的贴身保镖！

“你们以为这样就能改变什么了？让你们见识一下真正的催眠。”绍钧将右手高举着，手中飞散出许多萤火虫。

“不好！”

程浩然、白可和十一几乎都在第一时间取出了秦子谦所准备的抗催眠针剂，然后朝着手臂上一推，注射了进去。

即便如此，包括秦子谦在内，他们眼前一黑，什么都看不见了……

白可终于醒了过来，她感到昏昏沉沉的，在幽黑中揉了下惺忪的眼睛。四下的黑暗让她不免心生恐惧，她想咽一下口水缓和情绪，可是唾液却不再流入她的喉咙，使口腔更加干燥而苦涩。

她不清楚现在是处于催眠幻境抑或现实之中，只好尝试着打探周围的情况。这似乎是一个混沌的世界，乌云密布的天空压得很低，唯一的光源就是那时而迸发出的紫色碎裂闪电。

“应该是幻境。”她心想着，暗暗舒了一口气。就连三年前那个怪人张博士的催眠都奈何不了她，想必现在她用不了多久就能破除这样的幻境。

她发现自己不断地起伏摇晃着，当她往近处看时，刚才释然的想法顷刻间就灰飞烟灭了，随之而来的是真实的恐惧感。

因为白可的身边，正躺着程浩然、秦子谦还有十一，如果这是催眠幻境，那么这些人一定都是假的，可是她能清楚地感觉到眼前这几个人是有生命的，这是一种直觉。

之所以起伏摇晃，是因为他们被困在了一条狭窄的小船上，而不断推动小船的是一波又一波的猩红色波浪，这味道中还夹杂着血腥味，深呼吸一口会发现竟然是如此真实。

其他人陆续醒了过来，大家面面相觑。

“我们怎么会在这里？”程浩然也难免有点儿慌乱了，他们此时身处在漫无边际的诡异海洋中。

虽然十一尽可能地控制着情绪，但还是忍不住地啜泣着。

“这里明明就是催眠幻境，但完全不合理……”秦子谦不解地说道。

“为什么？”白可环顾了一下周围，在这只狭窄的小船上，连划船桨都没有。

“如果是催眠幻境，我们怎么还能互相沟通？那个应该是独立场景才对。”程浩然直接回答了。

白可沉默了片刻，事实确实如此，她明知道这只能是虚拟的幻境，却束手无策。

大家突然发现船头有一个人，是绍钧！

他居然在那里悠然地垂钓，身旁还摆放着一个竹制的鱼篓。

程浩然站了起来，保持着身子的平衡，然后朝着绍钧靠了过去，他探头瞅了眼鱼篓中装了些什么，一看让他差点儿恶心地吐了出来。

在鱼篓中活蹦乱跳的，既不是鱼，也不是螃蟹，而是——

心脏、肝脏、肠子、断肢……

“你们这些心理专家不是很喜欢窥探别人的潜意识吗？现在看到了我的潜意识，感觉如何？”绍钧头也不回地说道。

话语间，他又钓上了一颗黑色的心脏，他抓在手中审视了片刻，摇了摇头，用力一捏，那黑色心脏就像气球一般爆掉了。

这只狭窄的小船并没有多大的空间，程浩然一步就跨到了绍钧的身后，他弯起了胳膊准备给这家伙来个锁喉，结果绍钧却如同空气一般扑朔迷离，根本无法捕捉到实体的形态。

“不用再做多余的挣扎了。我说过你们都得死，不过我现在又临时改变主意了，谁能从我的潜意识中逃出去，也许……”绍钧顿了顿，

“前面是一个血流瀑布，一旦坠落下去，你们在现实中就会心脏骤停。”

绍钧语气中流露着抑制不住的兴奋，他所谋划的一切都在有条不紊地发展着，眼下他就想亲眼目睹这几个巅峰级别的心理大师，在临死之前会是怎样的失态。

海流很快就将小船带到了血流瀑布的附近，那是一个如同冥狱深渊似的巨大无底洞。

绍钧诡笑着，他估计这些人唯一能做的就是等死，以及享受绝望，于是他现出了实体，以感受更真实的死亡所带来的压迫感。

可就在他得意忘形的时候，突然发现脖子被勒住了，这确实出乎他的意料，要知道，在他的潜意识世界当中，他本应是近乎无敌的存在才对！

“如果你不放我们出去，我们就一起死。这种精神的损伤你也逃不掉！”程浩然发出了冷冷的威胁，虽然在幻境中以被削弱后的力度很难勒死绍钧，但控制住他倒是绰绰有余。

那巨大的无底洞像是一只饕餮张开的贪婪之口，企图吞噬一切被它吸引过来的东西。

“我一命换你们四条命，就算一起死我也不亏。”绍钧反驳着。

“没关系，至少让你谋划已久的阴谋无法得逞。”秦子谦淡然地说着，口吻虽没有视死如归的壮烈感，但也颇具力度。

绍钧一怔，“你怎么会知道我早就开始谋划了？按理说心理猎人小组是不可能怀疑到我身上的！”

“确实不至于怀疑你，但你太轻敌——之前你故意放松心理戒备而被我催眠时，还故意营造了另一重心理幻境来反催眠。确实很高明，再优秀的催眠师估计都会中你这招。”

“那你是怎么识穿的？”

“天衣无缝就是你最大的破绽。你确实可以把我们都骗了，但是你忘了，刑警没那么容易就会被催眠。”

绍钧沉默了一下，继而狂笑了起来："我经营了那么久的计划，怎么能就这样破灭！"

"谁知道呢？反正你死了一切就结束了。"程浩然死死地控制着要狗急跳墙的绍钧。

就在小船被湍急的海流推到血流瀑布的边缘时，它的前方突然开启了一道亮光门，里面伸出了一只强而有力的手拽住了绍钧。

程浩然发现情况不对，扭头朝着大家喊道："快过来抱紧我！"

秦子谦虽然不乐意，但这个时候也考虑不了那么多了，白可和十一也围了过来，大家都紧紧地抱在了一起。

一股强大的吸力将所有人从空中拽进了那道白光中……

就像是被扔在了滚筒洗衣机当中一般，猛烈地旋转和失重让人头晕目眩，气力尽失。

又一次的昏厥……

所有人的意识和身体终于重合之后，唯独绍钧还没醒过来，大家依旧在有大型水池的房间中。

"把他交给赵队就……"程浩然话音未落，脸上就重重挨了一拳，腹部也被狠狠地踹了一脚。

秦子谦才反应过来，也被击打了好多下。

白可和十一什么都看不见，看来那个保镖又隐形了，大家又陷入了很棘手的处境当中。

程浩然和秦子谦也被拖得精疲力竭，剩下的力气也就只够喘气了。

隐形的保镖觉得时机成熟了，于是从附近拾起了一把匕首，迅速朝着程浩然冲了过去。

程浩然想挪动身子，但是从刚才的心理较量到现在，体力大幅度消耗，导致他连移动半步的力气都没有了。

眼看匕首的锋刃要扎入他的心脏时，白可突然出现在程浩然面前，这令他大吃一惊！她竟然用自己的身体去为他挡匕首！

这使程浩然在一瞬间爆发出了一股自己都想象不到的力量，一阵强而有力的缠打后，他将隐身的保镖击飞了出去。

程浩然追了过去，身体在空中划过一道流畅的弧线，在怪叫声中，那保镖一头栽倒在地上。没等他站起来，程浩然抬起脚踢向保镖的腹部。

十一连忙趁这个时候，用装有荧光蛋白的针剂朝着看不见的隐形人跑了过去，因为那家伙还握着匕首，所以能大致估测出其位置。她将荧光蛋白扎到了保镖的身上，才注射完就被保镖一脚踹开了。

保镖不得已只好暂时放弃匕首，集中精力用以隐形。

可是强化后的荧光蛋白，即便不需要紫外线的照射，也在发光。隐形人此时成了绿光人。

刚才那一阵爆发几乎消耗掉程浩然所有的体能，他单膝跪了下去。

保镖发现自己的隐形起不了作用，于是重新拾起了匕首，眼下没人能再抵抗了。

就在他冷笑着要迈出步子的时候，却发现自己无法动弹，甚至连身子都不受控制。

“不论隐形与否，只要你在一定的范围内，我的催眠你以为能躲开？”秦子谦手中的打火机在跳跃着，阻止着保镖唤醒绍钧。从催眠幻境回到现实的过程中，程浩然和秦子谦为了护住白可和十一，几乎是耗尽了所有的精神力。而绍钧要用自己的精神来控制那么大的“幻境场”，本身就消耗巨大，再加上与程浩然的缠斗，一时半会儿估计也是难以主动醒来。

“你以为控制我就赢了？不！你们最后还是输了！这个地方不会留下任何证据，一场爆炸会将这里彻底摧毁，被海水淹没。”保镖狂笑着，“就算你们现在逃跑，也来不及了，出去至少要二十分钟，而现在距离爆炸只有不到十五分钟了。”

“带上绍钧，我们快走！”程浩然喘着气说道。

“那他呢？”白可盯着全身发着绿光的保镖。

“带不了那么多人，就让他自生自灭吧。”程浩然看了秦子谦一眼。

“你们一个都逃不掉！”保镖望着程浩然他们离开的背影，歇斯底里地喊着。

程浩然一行人的身影消失之后，保镖惊喜地发现他所中的催眠术失效了！他赶紧在房间内的一块地砖前翻起了一面装置，输入了密码之后，那装着巨型章鱼尸体的水池中开启了一条通道。

“一群笨蛋，等着被炸死吧！一群自以为精通心理学的家伙，还没我想得远！”保镖大笑着，准备跳进那条通道中，可是他的身体又不听使唤了。

程浩然一行人的身影又出现了……

“你们既然准备和我们纠缠，那肯定会考虑到时间的紧迫性，也意味着你们早就安排好了后路。”程浩然坏笑着说道，“距离爆炸还有多久？”

“还有十分钟。”白可应道。

“绰绰有余！我们走吧。再见了，罪恶长廊。”程浩然最后看了一眼这个差点儿让众人丢掉性命的地方。

特警们早就包围了这个地方，他们逃出来之后，赵志国一声令下，防爆小组也立刻进入控制区。

此时，在远处一座二层的工厂车间内，一个狙击枪准镜的十字准心正窥探着所有的情况，那个准心从赵志国的头上移到了程浩然的头上。

枪手的胸前挂着一个锈蚀的十字架，他没想到又一次被程浩然搅了局，现在即便扣动扳机也改变不了什么，但他也决意要除掉程浩然了！

可程浩然说话的时候总是手舞足蹈，前后地移动，害得他无法定位，就在他终于逮到程浩然瞄准的时候，他听见了散乱的脚步声，但是动静非常轻，看来是警察包围了他所在的工厂，并且已经抵达二楼了。

“真该死！”枪手咒骂了一句，迅速取出了一管针剂，朝着自己的手臂注射了进去，他身上的服装也有特殊的配合效果，于是他整体都在从上到下地快速隐形着。

“不许动，警察！”

破门而入的特警立刻就控制住了这个地方，可是除了窗台上一把已经上膛的狙击枪以外，没有发现任何可疑人员……

图书在版编目(CIP)数据

心理猎人 / 符珑译著. -- 北京：法律出版社，
2018

ISBN 978-7-5197-2673-7

Ⅰ. ①心… Ⅱ. ①符… Ⅲ. ①长篇小说－中国－当代
Ⅳ. ①I247.5

中国版本图书馆CIP数据核字(2018)第206004号

心理猎人
XINLI LIEREN

符珑译 著

策划编辑 张发靖
特约编辑 黄梦梦
责任编辑 王 晗
装帧设计 乔智炜

出版 法律出版社
总发行 中国法律图书有限公司
经销 新华书店
印刷 固安华明印业有限公司
责任校对 郭艳萍
责任印制 沙 磊

编辑统筹 中国法律图书有限公司
开本 720毫米×960毫米 1/16
印张 16.5
字数 206千
版本 2019年2月第1版
印次 2019年2月第1次印刷

法律出版社 / 北京市丰台区莲花池西里7号（100073）
网址 / www.lawpress.com.cn
投稿邮箱 / wanghan@lawpress.com.cn
举报维权邮箱 / jbwq@lawpress.com.cn
销售热线 / 010-83938347
咨询电话 / 010-63939796

中国法律图书有限公司 / 北京市丰台区莲花池西里7号（100073）
全国各地中法图分、子公司销售电话：
统一销售客服 / 400-660-6393
第一法律书店 / 010-83938334/8335
西安分公司 / 029-85330678
重庆分公司 / 023-67453036
上海分公司 / 021-62071639/1636
深圳分公司 / 0755-83072995

书号：ISBN 978-7-5197-2673-7
定价：49.80元
（如有缺页或倒装，中国法律图书有限公司负责退换）